페어를 말하다

폐허를 말하다

맥락과비평 × 이유출판

context

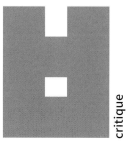

critique

| 목차 |

II 이후의 상상력

IV 의견들

다시, 페허에서

맥락과비평 편집위원

시작하는 책을 위해 폐허라는 해묵은 말을 불러낸다. 무엇보다 지금 이곳의 바스러진 현실을 가리켜 돌아보기 위함이다. 그것으로 우리 삶의 보이지 않는 이면이 폐허로 물들 수 있음을 환기하고자 했다. 이 작업은 말과 글로 표현되지 않는 것을 설명해내야 하는 일에 가깝다. 대지에 뿌리내린 존재들의 삶이 무너져 내릴 때 인간의 말과 글은 무력하나, 또한 유일한 목격자가 될 수 있기 때문이다.

현실의 폐허는 대부분 구체적 장소로 존재한다. 하지만 실체를 감춘 메타포로 발현되는 순간 역시 적지 않다. 이 말에 부여되었던, 혹은 이 말로부터 끌어낼 수 있는 의미와 감정이 여럿인 것은 그 때문이다. 귀납되지 않는 현실, 명료해질 수 없는 삶이 솟아오를 때마다 그 함의는 갈라지며 증폭될 것이다. 이런 의미에서 우리의 관심은 지나간 시간에 섞여 있을 폐허의 흔적 찾기에 머물지 않는다. 그보다는 지금 이곳의 장소, 사건, 궁극적으로는 삶에 주목하려 했다. 폐허가 어디를 지칭하는지, 무엇으로 나타나고 기억되는지, 그리하여 결국에는 어떻게 우리들의 실제 삶으로 연결되는지 묻고 싶었다.

한편으론 문학과 예술의 폐허가 종종 지난 시대의 '맨 앞'과 연결된다는 사실을 기억하려 했다. 백년 전, 막 주춧돌을 놓던 한국 근대문학의 첫 세대가 그랬다. 몇몇 청년 작가들이 '폐허'를 내세운 것은 원래의 말을 오독한 결과였지만, 식민지로 전락한 시대의 무게감은 모든 것을 압도했다. 와중에 '모더니티'의 번역어는 '근대'와 '현대'로 갈라졌고, 상황은 더욱 긴박해졌다. 늘 새로움이자 늘 현재인 무소불위의 힘이 분열되었으니, 지나간 것들과 다가올 것들은 주인과 노예의 변증법 속으로 빠져들 수밖에 없었다. 끝과 시작 사이의 불편한 친연성은 다가올 미래를 끌어당기는 과거의 구심력으로 우리를 이끈다. 다시, 폐허를 앞세워야 하는 이유가 여기에 있다.

물론 위의 질문들에 대한 답변이 하나로 모여들기를 바라지 않는다.

우리의 현실이 과거의 폐허 위에 구축된 것임을 인정하더라도, 그 현상을 읽어내는 데는 각자의 시선이 작동할 것이기 때문이다. 그 생각과 마음을 존중하되, 소통하고 논쟁하려 했다. 이런 바탕 위에서 폐허의 양상과 의미를 묻기 위해, 우리는 두 가지 전제를 제시했다. 장소로서의 대전, 사건으로서의 전쟁이 그것이다.

대전은 무색무취한 도시로 알려져 있다. 길게 쌓여온 전통이나 이 장소만의 고유성을 찾기 어렵다는 뜻일 것이다. 하지만 무색무취라는 표현의 저변을 살피려면, 먼저 이 도시가 두세 겹의 폐허를 딛고 세워졌다는 사실이 짚어져야 한다. 제국의 철로 위에 일본인들의 마을이 들어서던 백이십 년 전, 이곳은 사람이 살지 않는 허허벌판이었다. 드넓은 땅이 도시로 바뀌는 과정은 차별과 적대, 저항과 순응이 교차하며 범벅되던 시간이기도 했다. 패망한 일본인들은 쫓겨났지만, 해방의 기대감이 휘발되는 데는 긴 시간이 필요치 않았다. 또 다른 차별과 적대, 갈등과 순응 속에서 발발한 전쟁은 이 어린 도시를 한순간에 잿더미로 만들었다. 끝나지 못한 전쟁의 상처와 아픔은 아물기도 전에 우격다짐으로 봉합 당했다. 지난 백년 내내, 이 도시는 식민과 제국, 전쟁과 학살, 폐허와 재건의 파고 속에 놓여 있었다.

이런 의미에서 대전은 잔해들의 도시이기도 하다. 동아시아 근대의 모순과 비극이 집약된 채 이 도시 곳곳에 흔적으로 남아 있다. 그 내밀한 속을 들여다보고 싶었다. 흩어져 있는 기록과 이미지를 모아내고, 그 안에 재현된 전쟁과 폐허, 파괴와 재건의 의미를 다시 물으려 했다. 이를 위해 일본인들이 물러간 자리에서 피어난 문학과 예술, 미군의 폭격으로 잿더미가 된 폐허와 급하게 덧씌워진 재건의 여파를 하나하나 살폈다.

결국, 지난 세기의 한반도, 나아가 동아시아를 폐허로 만든 연원에는 전쟁이 자리한다. 대전 시가지에서 벌어진 전투는 한국전쟁 초기의 공방이 유일하지만, 3년 간의 국제적인 내전은 전과 후에 자리하는 여러 대규모 전쟁의 결과이자 원인이었다. '샌프란시스코 체제'가 들어서면서 청산되지 못한 제국 일본의 '15년 전쟁'이 앞에 있다면, 한국군의 파병을 불러온 7년 간의 베트남 전쟁이 뒤에 놓인다. 이처럼 폐허와 재건이 교차하는 부조리한 현실로부터 현대의 일상이 끌려 나온다. 그 안에는 식민과 제국, 전쟁과 파괴, 이념과 학살, 차별과 혐오가 뒤엉켜 있다.

위의 문제의식에 근거하여 출발점은 공유하되, 시각을 달리하는 학술적 담론, 비평, 시, 소설을 모아 네 부로 묶었다. 각 부의 첫머리에는 기획 의도를 밝히는 동인들의 입론이 자리한다. 1부를 여는 글인 「폐허의 세 양상」, 2부의 「폐허를 찾는 일」, 4부의 「폐허를 읽는 시선」이 여기에 해당한다. 이들 각각은 폐허의 개념과 발현 양상, 폐허의 예술적 재현과 해석, 폐허의 역사적 의미라는 주제를 끌어내기 위한 마중물이다. 이어지는 글들은 여기에 대한 응답이자 반박이며, 대안이자 상상일 것이다. 다만 사진과 원문 텍스트가 주를 이루는 3부만큼은, 소설로 서두를 열어 앞뒤의 부와 변별해 두었다.

1부는 미군의 폭격으로 폐허가 된 두 도시, 히로시마와 대전의 이야기다. 「폐허의 신전」은 히로시마의 상징인 '원폭 돔'을 역사적 기억의 전도라는 관점에 기대어 추적한 글이다. 핵폭발에서 살아남은 '인공의 잔해'가 전후 재건 과정을 거치며 평화의 상징으로 탈바꿈하는 맥락이 흥미롭다. '원폭 돔'을 평화의 유산으로 보존하는 과정에서 은폐된, 혹은 회수될 수 없었던 폐허의 목소리에 귀 기울여야 한다는 제언도 소중하다.
이어지는 두 편의 글은 전쟁으로 폐허가 된 대전을 모티프로 삼는다. 먼저 「폐허의 분노」는 한국전쟁 초반 인민군 점령기의 대전을 '잿더미'로 만든 원인이 미군의 집중적인 폭격이었음을 입체적으로 조명한다. 인민군을 따라 내려온 종군 작가들의 당시 기록과 수복 후 미군이 남겨놓은 사진은 하나의 폐허를 바라보는 두 시선에 대응한다. 대전 전투를 바라보는 남과 북, 그리고 미국의 시선은 폐허가 "무수한 해석의 갈래들이 교차하는 지점"임을 실증하는 사례로도 유용하다. 「폐허의 기억」에는 대전을 문학의 터전으로 삼았던 작가들이 여럿 등장한다. 한국전쟁의 복판에서 살아남은 작가들에게, 폐허는 '죽음과 신생을 동시에 품은' 공간으로 존재했다. 삭제되고 결락된 시간과 장소를 불러내 재현하는 과정은 폐허를 바라보는 시선이 하나로 모일 수 없음을 증명하는 또 다른 사례가 된다.

1부의 끝에서 최지인의 시 「산조」와 「남쪽」을 만난다. 느릿한 가야금의 울림이 장구 소리와 만나 퍼지는 찰나는, '멈출' 수 있거나 '정의할 수 있는' 무엇이 아니다. 그저 '둥둥' 흘러가는 것이다. 그렇게 시인은 서로 무관해 보이는 일상과 환상 사이에서 흘러넘치는, 무명의 폐허를 붙잡아낸다. 우리들의 삶 곳곳에 산조 가락처럼 폐허가 존재함을 암시하며 경고하는 셈이다.

2부는 한국전쟁이 전후 세대의 심성에 미친 여파를 다룬다. 먼저 「전후 한국 영화와 폐허의 비장소성」은 1950년대 영화에 나타난 폐허의 의미를 '비장소'의 출현이라는 관점으로 살핀 글이다. 전후 세대가 지닐 수밖에 없었던 '폐허 감각'이, 당시의 영화에서 기존의 질서나 세계관이 부정되는 '비장소'에 대한 탐닉으로 표출되었다는 것이다. 남는 문제는 '안정과 평화'의 대척점에 있는 '혼란과 무질서의 임시적' 공간이, 과연 '정체성'이나 '관계'와는 무관한 비역사적 장소로만 존재할 것인가라는 질문이다.

「내면의 공동과 폐허의 재건」은 1960년대 작가들에게 미친 한국전쟁의 영향을 이청준의 소설을 내세워 새롭게 읽어낸다. 더 어린 시절에 한국전쟁을 겪었고, 1960년 4월에서 이듬해 5월로 이어지는 격변기를 지나

016

온 세대에게, 전쟁의 기억은 내면의 공동(空洞)으로 현현한다. 이청준의 소설은 "원인을 알지 못하나 이미 파괴되어 버린 현실"을 재현한다는 점에서, 60년대 작가들의 폐허 의식을 선취하며 확장한 사례에 해당한다.

마무리는 윤은경의 시 「골렁이골」과 「거미」가 대신한다. 이름 모를 죽음들이 늘어서 있던 골짜기의 비극을, 이제는 많은 이들이 알고 기억한다. 하지만 시인은 우리들의 기억이 진정한 위무일 수 있는지 묻는다. 과거의 폐허는 지금의 현실에 거미줄처럼 이어지지만, 다시 거미줄처럼 부서질 수도 있다.

3부에서는 한 도시의 잊힌 기억, 그것을 구성하는 기록과 이미지들을 불러 모으려 했다. 문을 여는 소설 손홍규의 「빛이 빛나던 날」에는 눈에 보이지 않는 폐허와 눈으로 볼 수 없는 폐허가 나뉘어 있다. 전자는 죽음에 대한 기억에서 비롯하지만, 후자는 마을 사람들의 우화로만 존재한다. 두 폐허는 먼 길을 돌아 하나의 순간으로 모여들어 빛을 이루지만, 결국 재로 변하고 만다. 삶 깊숙이 자리한 정체 모를 불안과 두려움으로부터 폐허가 태어난다면, 그 허물어진 마음을 밝히는 빛 역시 폐허에서 태어나고 저무는 것일지 모른다.

「폐허의 환상통」은 한국전쟁 시기의 대전이 담긴 몇 장의 사진으로부터 시작된 글이다. 이 낯선 폐허에는 살아남은 탑, 무너진 시가지, 버려진 죽음이 동시에 존재한다. 이들은 대전을 불협화음의 도시로 만들며 우리의 인식을 뒤흔든다. 한편으로 이 사진들은 폐허의 정지된 프레임이기도 한데, 사진 안의 폐허가 프레임 밖에 존재하는 삶을 담아내는 방식에 대해서는 또 다른 논의가 뒤따를 수 있다. 이어지는 「대전, 폐허와 징후적 언어」에 대해서는 약간의 부연이 필요하다. 이 글은 한국전쟁 직후, 대전에서 발행된 문학 매체에 실린 폐허 관련 글들을 모아놓은 원문 자료집이다. 전쟁의 상흔이 고스란히 남아 있던 시절의 기록이지만, 지금까지 제대로 다루어지지 못한 비운의 텍스트이기도 하다. 로컬 문학의 관점에서 폐허 의식이 구성되는 맥락을 복원하는 계기가 되길 기대한다.

4부는 최근 간행된 두 권의 책을 빌려 폐허의 의미를 새로운 관점에서 조망하려는 시도로 채워진다. 먼저 「알지 못하는 앎」은 홀로코스트를 방관했던 평범한 독일인들의 내면에 주목한다. 세계대전에 참여했던 군인과 가족, 그 주변 인물들이 '폭력의 공모자'로 전락한 것은 묵인과 순응이라는 '침묵의 나선형'에 빠져드는 과정이었다. '생존'과 '폭력'의 쳇바퀴가 여전히 돌고 있는 현실에서, 폭력을 행사하는 소수가 아니라 침묵하고 묵인하는 다수의 문제를 살펴야 하는 이유가 여기에 있다. 다음으로 「죽지 않는 유령과 화해하는 방법」은 일본과 독일이 전후에 보인 행보에 대한 최근의 연구사를 비판적으로 수렴한 글이다. 두 나라의 차이는 국가, 민족, 지역 단위의 문제로만 치환될 수 없다. 그보다는 '역사적 현재'와의 화해, 그리고 '폐허의 토양'에 대한 인식 위에서 논의될 때 실체적 진실에 다다르게 될 것이다.

긴 겨울이다. 눈 내리는 현실의 폐허는 주위의 모든 것들을 급속히 빨아들이되, 실체를 감춰버리는 블랙홀처럼 존재한다. 그 어두운 심연을 들여다보려는 성찰과 상상이 누군가의 몸과 기억, 삶과 현실에 꽃처럼 연루되기를 바란다. 흐르는 강물에 붉은 꽃수염들이 퍼지듯 여러 마음, 여러 세계에 전해지기를 바란다. ▣▣

잿더미 위에서

I

　문제는 폐허가 자본과 국가의 논리로 재구축되는 순간 그 안에서 떠돌던 하나하나의 상처와 아픔, 진실과 거짓이 한 궤로 뭉뚱그려지기 쉽다는 사실이다. 그런 의미에서 현대적 폐허의 의미를 묻는 일은 내 안의 불편한 타자를 불러내 마주 보는 일로부터 시작되어야 한다. 그것은 지금 이곳을 살아가는 개인과 집단의 경직된 기억을 끊임없이 뒤흔드는 일이기도 하다. 동시에 발화된 역사 너머에 자리하는 침묵의 역사를 소환하고, 문학과 예술의 존재 이유를 톺아보는 발본적인 물음으로 이어져야만 한다.

페허의 세 양상

한상철

한상철 : 목원대 교수. 공저 『다시 새로워지는 신동엽』 등

우리 시대의 '폐허'는 무엇으로 존재하는가. 무너져 내린 성터와 사원, 폭격으로 초토화된 시가지, 빙하가 녹아내린 북극, 대도시 한복판의 버려진 쇼핑몰, 수용소에서 살아남은 자의 황폐한 내면. 모두가 폐허의 단면이지만 이들을 병렬하는 것만으로 폐허의 의미가 온전해지지는 않는다. 우리 시대의 폐허는 있으면서 없고, 없으면서 있다. '잿더미'로 변한 땅이 누군가에게는 새로운 터전이 되듯. 혹은 그 반대도 가능하다. 자본과 첨단 기술로 범벅된 대도시의 번화가가 누군가에게는 폐허로 인식되듯. 이 극단의 차이 속에서 어떤 장소가, 현실이, 그도 아니라면 마음이 폐허의 본령인가.

얽힌 실타래를 풀어가기 위해, 세 가지 잠정적 구분을 전제해 둔다. 첫째, 폐허는 서서히 낡아가며 자연과 뒤섞인 인공의 잔해를 가리킨다. 풍화된 유적들, 수많은 고대의 사원과 성터가 예술의 소재로 재발견되고, 독립적인 미의식을 획득할 수 있었던 것도 이로부터 비롯한다. 그런 의미에서 폐허는 과거를 품은 '장소'다. 둘째, 폐허는 한순간에 파괴된 삶의 터전이나 여기서 비롯한 비극적 현실을 아우른다. 전쟁과 재난들, 두 차례의 세계대전, 한국과 베트남, 우크라이나와 가자 지구에 이르는 파괴와 살육은 모두 폐허와 재건이라는 쳇바퀴를 불러왔고, 불러올 것이다. 무서운 것은 그 여파가 우리들의 현재에 끊임없이 연동되리라는 사정이다. 그런 의미에서 폐허는 현실을 구축하는 보이지 않는 이면이다. 셋째, 폐허는 살아있는 몸과 마음의 허물어짐을 지시한다. 근대의 보이지 않는 감옥들, 문명과 권력, 자본과 소외, 기술과 속도에 압도당한 개인의 황폐한 내면은 폐허의 또 다른 형태다. 집단적 기억 너머로 흩어진다는 의미에서, 이 폐허는 유형화될 수 없는 마음에 대응한다.

문제는 폐허의 세 양상이 명확하게 구별되기보다 뭉뚱그려져 발현되거나, 뒤섞인 채로 해석되기 쉽다는 사실이다. 그러니 과거의 잔해, 현실의 이면, 그리고 허물어진 마음 각각을 갈라보는 일이 필요하다.

1. 과거의 잔해

폐허(廢墟, ruin)라는 단어의 뿌리에 해당할 라틴어 'ruina'는 원래의 것으로부터 '떨어져' 나온, 그래서 '무너져가는' 모습을 일컫는 말이었다. 여기에 '붕괴, 급격한 추락, 넘어짐' 같은 도발적 의미가 결부되는 과정을 언어가 구성되는 역사라고 부를 수도 있겠다. 다만 이 단어가 지닌 섬뜩함 너머를 살피기 위해서는 그 처음에 놓인 퍼즐을 맞추는 일이 먼저일 듯싶다. 떨어져 나가거나 무너짐은 구축을 전제해야만 뒤따를 수 있는 과정이니 무엇인가를 만드는 행위가 앞서야 하고, 추락하거나 넘어져 쓰러짐은 유한한 존재의 귀결이니 생성과 소멸이라는 자연의 순리에서 멀지 않다. 이렇게 보면 폐허가 인공적인 형태와 유기적인 자연의 결합이라는 사전적 정의는 어원을 충실히 따른 결과다.

'폐허의 로베르'로 불렸던 프랑스의 화가 위베르 로베르(Hubert Robert, 1733-1808)는 대혁명의 파고에서 운 좋게 살아남은 왕당파였다. 이상화된 고대의 흔적을 재현하는 일에 평생 몰두했던 로베르의 그림은 예술적 폐허 개념의 교과서에 가깝다.[1] 오랜 시간에 걸쳐 서서히 낡아온 것들, 원래의 빛을 잃어버린 신전과 성곽의 소멸은 폐허를 상상하게 만드는 핵심 이미지였다. 이들은 돌아갈 수 없는 과거의 어느 이상향을 불러내거나, 때때로 이전까지의 미의식만으로 감당하기 벅찼던 영역, 가령 '숭고'에 닿기도 한다. 르네상스에서 바로크를 거쳐 낭만주의에 이르는 동안 유럽 회화의 배경이었던 고대 유적들은 예술로 재현된 최초의 폐허이자 그 자체로 독립된 미의식을 지닌 존재였다.

----

[1] 위베르 로베르에 대한 당대의 평가에 대해서는 신상철, 「18세기 프랑스 미술에서 고전 취향의 부활과 위베르 로베르의 폐허 미학」, 미술사학 28, 한국미술사교육학회, 2014. 7-9쪽 참조.

위베르 로베르, 「마르쿠스 아우렐리우스 동상과 비너스 동상이 있는 사원 유적지」, 1789

위베르 로베르, 「폐허가 된 루브르 그랑 갤러리의 전경」, 1796

　문제는 로베르가 소환해 낸 과거의 폐허들이 우리들의 현실이나 마음을 담아내는 데는 별다른 쓰임새가 없다는 사정이다. 오늘날 폐허라는 말로 명명할 수 있는 장소와 현실, 그리고 이로부터 비롯한 기억과 마음을 에두르는 데 서유럽 낭만주의에 기댄 시각은 넉넉하지도, 절실하지도 않아 보인다.

2. 현실의 이면

　낭만주의의 세기가 저물면서 감당하기 어려운 현실이 몰려들었다. 시간과 공간을 압축하면서 등장한 근대 기술 문명과 그 '어두운 이면'이었을 대량 살상 전쟁을 거치며 벌어진 일이다. 세계의 도시와 마을, 그 안의 사람들에게 닥친 혹독한 사연은 하나하나가 특별했지만, 동시에 모두에게 공공연해졌다. 폭력과 파괴가 일상화된 세상의 전쟁터에서 우리는 이전과는 다른 폐허의 풍경을 목도 하게 된다. 먼 과거 속 이상향으로의 회귀는 물론이고, 서서히 풍화될 시간마저도 빼앗겨버린 현대의 폐허가 등장한 것이다.

　　솟구치는 말들을 한마디로 표현하고 싶었다.
　　있는 그대로의 생생함으로.
　　사전에서 훔쳐 일상적인 단어를 골랐다.
　　열심히 고민하고, 따져보고, 헤아려보지만
　　그 어느 것도 적절치 못하다.

　　가장 용감한 단어는 여전히 비겁하고,
　　가장 천박한 단어는 너무나 거룩하다.
　　가장 잔인한 단어는 지극히 자비롭고,
　　가장 적대적인 단어는 퍽이나 온건하다.
　　　　　　- 비스와봐 쉼보르스카, 「단어를 찾아서」 부분, 1945

　두 번째 세계대전의 끝을 시작(詩作)의 출발로 삼았던 폴란드의 시인 비스와바 쉼보르스카(Wislawa Szymborska, 1923-2012)는 자신이 겪은 사태를 표현할 단어가 없다는 고백으로 전쟁과 학살의 비참함을 전한다. "열심히 고민하고, 따져보고, 헤아려보지만/ 그 어느 것도 적절치 못" 한 '단어'일 뿐이라는 시인의 전언은, 오늘날 이스라엘 공군의 폭격으로 폐허가 된 가자지구의 난민촌에서도 여전히 진행형이다.

「함부르크 에일베크 지역의 여파」, 위키피디아, 1945

「가자지구」, AFP 연합뉴스, 24. 7. 14

　폐허의 현실은 가해자와 피해자를 가리지 않는다. 독일군이 폴란드 국경을 넘었던 1939년 9월 1일, "어떤 상황에서도 민간인이나 요새화되지 않은 도시를 공중에서 폭격하지 말"자던 루스벨트의 제안에 대한 각국 지도부의 동의가 무너지는 데는 오랜 시간이 걸리지 않았다. 런던을 폐허로 만든 독일의 공습에 영국과 미국은 더 크고 무자비한 공습으로 보복했다. 히로시마에 원폭이 떨어지기 한참 전부터 일본은 중국의 대도시에 무차별 폭격을 자행하고 있었다.[2] 연합국과 추축국은 각자의 상대를 악마화하고 있었지만, 폭격이 만들어낸 폐허에는 죽음과 삶만이 존재했다.

가해자와 피해자를 구분하기 어렵게 만드는 현대의 폐허는 이성의 논리로 설명되거나 규정되지 않는다. 그것은 전쟁으로 파괴된 도시에 머물지 않고, 기후 위기로 인해 말라가거나 물에 잠긴 땅, 첨단 도시의 한복판에 버려진 유령 건축물, 재건의 서사로는 잡아낼 수 없는 파편화된 개인의 기억에까지 이어진다. 이처럼 우리 세계의 현실 곳곳에서 돌출하는 불특정한 폐허의 형상들은 자연 속에서 쇠락해 가는 인공적 형태의 존재론을 넘어선 지 오래다. 전쟁과 재난, 자본과 기술이 만든 현실 세계의 온갖 균열과 상처들은 폐허의 의미를 발본적으로 재배치시킬 것을 요구한다.

3. 허물어진 마음

폭격으로 무너진 폐허의 '꽃'과 '피'는 공중에서가 아니라 지상에서 드러난다. 유리 너머로 내려다보는 시선에는 잿더미 안에서 꿈틀거리는 삶과 죽음의 파동이 잘 보일 리 없다. 마찬가지로 국가가 기념하는 전쟁

----

2 2차대전 당시 독일공군과 영·미 공군에 행한 상호 폭격이 군사 목표에 대한 정밀폭격에서 대규모 민간 지역 폭격으로 확전된 양상에 대해서는 김태우, 『폭격-미공군의 공중폭격 기록으로 읽는 한국전쟁』, 창비, 2013. 31~37쪽. 중일전쟁 기간 일본군이 충칭에서 벌인 폭격의 218회의 공습과 그 여파에 대해서는 레너 미터(기세찬 외 역), 『중일전쟁』, 글항아리, 2020. 7-23쪽 참조.

폐허를 말하다

과 개인에게 실존하는 폐허는 공유될 수 없다. 폐허의 목소리를 찾아내 기록하고, 그 숨겨진 의미를 밝히는 일이 구체적인 장소, 사람, 사건으로 이어져야 하는 것도 이 때문이다.

전쟁의 폐허는 끊임없이 덧씌워진다는 의미에서 '팔림프세스트 (palimpsest)', 즉 '다시 쓴 양피지'와 같다.[3] 폐허를 기록하고 재현하는 일이 국가적 '기념비' 만들기와 소수자들의 '이야기 없는 장소' 사이를 넘나들기 때문이다. 끝나지 않은 한국전쟁은 영웅들의 조국 수호 서사가 될 수도 있고, 살아남은 자들의 '삶이 탈락된' 사연으로 소환될 수도 있다. 한편이 재건이라는 집단적, 국가적 기억에 봉사한다면, 다른 한편은 파편화된 타자들의 침묵을 헤집으며 비명(悲鳴)을 찾는 일이다.

대전역   폐허가 된 대전역 1950. 9.   오늘날의 대전역 2024. 1.

한국전쟁 초기, 대전역과 인근 시가지가 폐허로 변했다. 1950년 7월

----

3 팔림프세스트는 이미 쓴 글을 긁어내거나 씻어 지운 후, 다른 내용을 그 위에 겹쳐 기록한 양피지 사본을 지칭하는 말이다. 동물의 가죽으로 만든 팔림프세스트에는 지워진 글자의 흔적과 다시 쓴 글자가 겹쳐져 독특한 중첩의 형태가 나타나게 된다. 시간 차를 두고 적힌 텍스트는 본래의 성격을 보유하는 동시에 전혀 다른 맥락을 발현시키는 요인이기도 한 셈이다. 예컨대 '남한에 현존하는 유일한 북한의 공공' 건축물로 알려진 강원도 철원의 노동당사는 전형적인 팔림프세스트에 해당한다. 1946년 북조선노동당의 기관건물 건축사업에 따라 건립되었다가 한국전쟁을 거치며 파괴되었고, 수십 년간 방치된 채로 낡아가다가 남한의 등록문화재로 지정되는 연대기는 한 장소가 어떻게 덧씌운 양피지로 재현되는지를 보여준다. 박은영, 「기억의 장소, 철원 노동당사 폐허」, 서양미술사학회논문집 47, 서양미술사학회, 2017. 53-64쪽.

21일부터 두 달간 이어진 미군의 폭격 때문이었다. 이 폭격으로 대전역에 얽혀 있던 일본인들의 전사(前史)도 함께 사라져 버렸다. 1904년 작은 정거장으로 출발해 1918년 신축되었던 최초의 역과 그곳의 기억은 몇몇 텍스트와 이미지로 남게 되었다. 1958년 복구된 시가지의 정점으로, 새 대전역사가 들어섰다. 식민과 전쟁으로 멍들었던 기억이 손쉽게 해체당한 자리에서, 대전역을 둘러싼 사연들이 다시 구축되기 시작했다. 피로 물든 폐허에 세워진 도시였지만, 폐허의 '꽃'과 '피'를 기억하는 일은 관심 밖으로 밀렸던 셈이다.

　전쟁과 재난의 '폐허'들은 재건으로 향하는 집단적 기억과 폭력에 노출된 개인의 실존을 함께 품기 마련이다. 문제는 폐허가 자본과 국가의 논리로 재구축되는 순간 그 안에서 떠돌던 하나하나의 상처와 아픔, 진실과 거짓이 한 궤로 뭉뚱그려지기 쉽다는 사실이다. 그런 의미에서 현대적 폐허의 의미를 묻는 일은 내 안의 불편한 타자를 불러내 마주 보는 일로부터 시작되어야 한다. 그것은 지금 이곳을 살아가는 개인과 집단의 경직된 기억을 끊임없이 뒤흔드는 일이기도 하다. 동시에 발화된 역사 너머에 자리하는 침묵의 역사를 소환하고, 문학과 예술의 존재 이유를 톺아보는 발본적인 물음으로 이어져야만 한다. ◨◧

폐허의 신전

히로시마평화기념공원의 원폭돔 보존과 역사 기억의 전도

오은정

오은정 : 강원대 교수. 논저 『한국문화인류학』 등

1. 파괴된 세계와 폐허의 장소

1945년 8월 6일 아침 오전 7시, 북태평양 마리아나 제도의 테니안 기지를 떠난 미군 기상관측기 한 대가 고도 10km의 일본 히로시마 상공에 접근했다. 기온 26.7도, 구름과 바람이 없는 맑은 날씨였다. 일본 군이 미군기를 보고 내린 경계경보는 7시 31분에 해제되어 히로시마 시민들은 전시 중의 일상적인 활동을 재개했다. 약 40분 후인 8시 15분 원자폭탄을 탑재한 B29 폭격기 에놀라 게이가 두 개의 관측기와 함께 다시 히로시마의 동북쪽에 나타났다. 에놀라 게이는 고도 1km가 채 되지 않은 상공에 한 개의 폭탄을 투하하고 빠르게 되돌아 나갔다. 가늘고 긴 모양을 하고 있어 리틀보이(little boy)라고 불린 폭탄은 43초 후 오테마치(大手町) 상공 500m 근처에서 폭발했다. 우라늄235(235U)의 원자핵이 중성자를 흡수해 연쇄적으로 분열하면서 생겨나는 엄청난 에너지가 열과 폭풍, 방사선의 형태로 히로시마 시내 전체로 전달되었다. 폭발에 따른 폭풍은 시내 중심부의 목조와 콘크리트 건물 대부분을 무너뜨리고 폭심지 반경 약 1.3km^2에 이르는 지역이 화염에 휩싸였다. 거센 바람과 함께 불꽃이 퍼져나가 시내 중심부에서 반경 약 2km 안에서 탈 수 있는 것은 모든 것이 타버렸다. 폭심지로부터 3km 이내의 건물 9할 이상이 소실(燒失)되었으며, 4-5km 범위 내의 건물 3분의 2가 붕괴되었다. 인명 피해는 더욱 심각해서 히로시마 시 소재 인구 약 34만-35만 중 9만에서 11만이 사망에 이르렀다. 더욱이 이는 대체로 급성기인 피폭 후 4개월 이내의 사망자 수만을 추정한 것으로 이후의 방사능 후유장애를 포함한다면 그 숫자는 더욱 늘어난다.[1]

----

1 広島市·長崎市 原爆災害誌編輯委員會, 2005, 『広島長崎の原爆被爆災害』, 岩波書店.

2016년 5월 27일, 이 거대한 파괴로인해 폐허가 되었던 장소를 버락 오바마 당시 미국 대통령이 방문했다. 현직의 미국 대통령으로서는 처음이었다. 그는 히로시마평화기념공원의 희생자위령탑에 헌화를 마친 뒤, 핵폭발의 버섯구름은 도덕 혁명을 동반하지 않은 인류의 과학 혁명이 초래할 수 있는 파멸과 모순 그리고 희생을 가장 극적으로 보여주는 상징이라고 말했다.[2] 오바마 대통령의 연설 메시지는 2023년 개봉한 영화 <오펜하이머>와도 공명한다. 영화는 히로시마에 원자폭탄을 투하하기 직전에 이루어진 인류 최초의 핵실험 트리니티(Trinity)의 성공적인 폭발 뒤 주인공 오펜하이머가 축하하는 미국인들과 그 사이에서 고통스러워하는 히로시마 시민들의 환영들 속으로 걸어가며 비치는 고뇌에 찬 표정으로 막을 내린다. 제2차 세계대전 중 미국의 핵무기 제조 비밀 프로젝트의 총괄 책임자였던 그는 언젠가 다음과 같이 회고했다. "우리는 더 이상 이 세계가 옛날과 같지 않다는 것을 알았습니다. 몇몇은 웃었고, 몇몇은 울었지만, 대다수는 침묵했습니다. 저는 힌두 경전 바가바드-기타의 한 구절을 떠올렸습니다. 비슈누는 왕자에게 자신에게 주어진 의무를 다해야 한다고 설득하면서, 그의 천수(千手)를 드리우며 말했지요. '나는 이제 죽음이요, 세계의 파괴자가 되었도다.' 우리 모두는 어떤 식으로든 그와 비슷하게 생각했었던 것 같습니다."[3]

오바마 전 대통령의 연설과 오펜하이머의 회고에서 히로시마는 호모 사피엔스의 진화에서 가장 찬란했던 과학 혁명의 정점이 파멸과 죽음으로 현현한 근대의 패러독스를 보여주는 곳, 즉 인류의 진보를 향해 근대 이성이 구축한 세계의 한 축이 무너진 잔해로 그려졌다. 두 사람의

----

2   U.S. The White House, Remarks by President Obama at Hiroshima Peace Memorial.

3   J. R. Oppenheimer, NBC TV 1965 다큐멘터리 "The Decision to Drop the Bomb"

인식이 새로운 것은 아니다. 히로시마는 오랫동안 전 세계 많은 이들에게 20세기 근대 역사의 참혹함을 보여주는 폐허의 장소로 상상되어 왔다. 폐허에서 솟아난 송이버섯에 대한 이야기로 후기 자본주의적 착취의 생태적 파국의 상황을 우회하여 조금은 희망적인 다종의 세계로 상상하는 애나 칭의 논의도 그런 면에서 의외로 앞의 두 언설의 계보를 잇는다. 서구의 역사에서 히로시마의 폐허는 근대 이성과 진보가 희망을 만들기 어려운 자리, 모두가 종결되었다고 상상하는 그 자리의 대표적인 장소이다.[4]

그러나 이 글은 히로시마를 폐허 뒤에 잠재해 있는 희미한 희망의 가능성의 실마리로 이 장소를 묘사하는 여러 역사적 언설 속의 클리셰보다는 이 폐허 위에 세워진 거대한 신전(神殿)을 통해 전후 일본이 전쟁 이후 구축한 역사 기억의 전도(轉倒) 과정을 들여다보는 데 초점을 둔다. 일본의 문학비평가 후쿠시마 료타(福嶋亮大)는 그의 책『부흥문화론』을 통해 일본의 역사에서 폐허는 단지 종말 혹은 끝이 아니라,[5] "새로운 현상을 어느새 빗물처럼 모아들이는 역사의 웅덩이" 또는 "평범하고 단조로운 평면이 아니라 요철이나 틈새, 단층이 많은 함몰지대"에 가까웠다고 말하며 폐허를 통해 서서히 직조되는 새로운 사상과 정치가 무엇인지가 문제라는 점을 갈파한 바 있다. 그는 전쟁이나 재난이 인간의 폭력성, 질서의 기만, 혹은 정신의 극적인 아름다움이나 희생을 혼란스럽게 얽는 것과 달리 그 모든 것이 다 휩쓸고 지나간 뒤의 폐허는 "파국을 위해 일직선으로 무너져 내리는 것이 아니라, 부흥이라는 역사의 웅덩이 속에서 자신의 문화적 자산을 일구고 거기에 새로운 생명을 불

----

4 애나 칭, 2023,『세계 끝의 버섯』, 노고운 역, 현실문화연구.
5 후쿠시마 료타, 2020,『부흥문화론 : 일본적 창조의 계보』, 안지영·차은정 역, 8쪽.

어넣는 안식과 창조의 시간대"가 분출한다고 보았다.[6]

  한 발의 원자폭탄이 폭발하고 모든 것이 파괴된 히로시마의 폐허는 과연 전후 일본에서 어떠한 역사의 웅덩이로 기능했으며, 여기에는 어떠한 사상과 인식이 모여들었는가? 히로시마의 시민들 그리고 일본인들은 이 폐허를 어떻게 바라보았으며 그 위에 어떠한 세계를 구축하고 만들어 냈는가? 본고는 히로시마의 폐허 위에 세워진 하나의 거대한 세계를 들여다보기 위해 이 폐허 위에서 보존된 하나의 건축 기념물, 일명 '원폭 돔'을 주목한다. 공식명칭 '히로시마평화기념비'로 불리는 이 파괴된 건물은 아시아태평양 전쟁 당시에는 히로시마 상업장려관으로 쓰이며 군도로 성장한 히로시마의 번영과 위용을 전시하는 건축물이었다. 하지만 1945년 8월 6일 히로시마에 투하된 원자폭탄의 폭격으로 파괴된 이후에는 줄곧 원폭 투하를 기념하는 하나의 잔해로서 히로시마를 대표하는 상징물이 된 사물이기도 하다. 본고는 전후 일본 사회에서 진행된 '원폭 돔'의 보존 과정을 살펴보면서, 이 기념물이 폐허 위에 구축된 거대한 신전(神殿)으로 상상되고 있음을 검토하고자 한다. 전후 일본에서 원폭 돔은 '전재 부흥'과 '평화'의 목소리를 담아내고 전달하는 신전으로 기능해 왔는데, 이는 과거 일본의 제국주의 식민 지배와 아시아태평양 전쟁의 침략 사실을 '원폭의 피해국'으로 전도시키는 한편, 가해의 역사를 은폐하고 일본이 사상적으로 보수화되는 과정에서 끊임없이 소환된 장소로 기능해왔다.

----

6 문학평론가 강지희는 이 파국과 균열에 역동성과 활기 그리고 행동의 동력을 제공하는 것을 파토스라고 이야기한다. 강지희, 2022, 『파토스의 그림자』, 문학동네, 7쪽.

1945년 미국군에 의해 공개된 일본 원자 폭탄 투하 당시 항공 촬영 사진과 히로시마 원폭돔(옛 히로시마 상업 장려관, 현 히로시마 평화기념비)의 모습(오른쪽). AP 연합뉴스

2. 히로시마의 폐허, 남겨진 잔해

아시아태평양 전쟁이 일본의 패전으로 끝난 이후 시내 중심부의 주요 시설 모두가 원자폭탄의 폭격으로 완전하게 파괴된 히로시마 시내에서 폐허는 신속하게 제거되어야 할 패배의 흔적이었다. 일왕의 항복 선언 이후인 1945년 말 일본 정부는 건설성을 중심으로 전시 중 피해가 극심한 도시들을 재건하기 위한 부흥 정책을 서둘러 실행해 나갔다. 히로시마 시당국 또한 전재부흥국(戰災復興局)과 히로시마시부흥심의회를 결성하고 도시 재건을 위한 발걸음을 재촉했다.[7] "원폭 투하 직후 앞으로 히로시마에는 75년 동안 풀도 하나 나지 않을 것이다"라는 비관적인 전망 속에서 새로운 도시 건설을 위한 제안들이 쏟아졌다. 그중에는 히로시마를 "인구 약 20만 명, 농업을 중심으로 한 원예왕국"으로 건설하자는 내용도 있었다.[8] 원예는 폐허를 딛고 자라나는 초목의 싱그러움을 통해 죽음으로부터 소생(蘇生)한다는 의지를 상징했다.

----

7   広島市, 2009, 『ひろしまの復興』, 広島市都市整備局都市計画課.

8   앙리 르페브르, 2011, 『공간의 생산』, 양영란 역, 에코리브르, 4쪽.

원예왕국이라는 제안이 최종적으로 채택되지는 않았지만, 히로시마에서 죽음의 그림자를 거두고 소생하는 삶과 희망을 채우는 작업은 지속되어야 했기에 도시 재건의 과정에서 전쟁의 잔해와 폐허는 제거되어야 할 대상이었다. 이러한 분위기 속에서 폭격으로 무너지고 풍화로 인해 점점 더 상태가 나빠지고 있던 산업장려관(원폭 돔)의 잔해도 붕괴 위험이 있으니 철거해야 한다는 주장들이 힘을 얻었다(中国新聞, 1954/5/2). 1952년 원폭투하기념일을 앞두고 하마이 신조(浜井信三)[9] 당시 히로시마 시장은 폐허가 된 도심의 무너진 건물을 보존하는 일이 "돈(세금)을 들여서까지 해야 하는 것은 아니"라는 의견을 내놓았다. 같은 자리에서 오하라 히로오(大原博夫) 히로시마현 지사 또한 "(미국 점령군에 대한) 적개심을 불러일으키려고 하는 것이 아니라면, 평화를 기념하는 데 있어 꼭 남기지 않아도 된다고 생각한다"라고 했다.[10] 히로시마에 본사를 둔 지역지 『주코쿠신문(中国新聞)』은 이러한 분위기가 연합군이 일본을 점령하고 있던 당시의 시대적 배경에서 일본인들이 원폭 돔을 "원한의 유물"로 볼 수도 있으며 무너진 잔해를 보며 비참한 기억을 되살려야 하는 고통을 겪어야 하기 때문이라고 해석했다.

원폭으로 파괴된 건물을 철거하자는 주장은 나가사키시(長崎市)에서도 크게 다르지 않았다. 나가사키시는 전쟁 복구 과정에서 원폭으로 붕괴된 건물을 모두 철거하고 개축했는데, 이 과정에서는 원폭투하 당시 아시아 제일의 천주교회당이라고 불리던 우라카미(浦上)성당도 예외

----

9   하마이 신조 시장의 히로시마 시장 재임 기간은 1947-1955년, 1959-1967년으로 총 16년에 이르며, 히로시마시의 전재 부흥기의 대부분을 보냈으며 '원폭 시장'으로 불리기도 한다.

10 『주코쿠신문(中国新聞)』은 이 분위기가 당시 미군 점령하에서, 일본 시민들에게 원폭 돔이 "원한의 유물"로 보일 위험도 있고, 돔이 불러일으키는 비통한 기억을 되살리고 싶지 않은 뿌리 깊은 시민 감정이 배어 있었기 때문이라고 해석하고 있다(中国新聞社, 1997). 『주고쿠신문(中国新聞)』이 원폭투하일을 맞아 마련한 좌담회 「평화제(平和祭)를 말한다」(1952/8/6)에서

가 아니었다. 패전 직후 폐허 위에 임시로 건물을 지어 운영되던 우라카미 성당 측은 신도들이 늘어나자 이들을 수용하기 위해 무너진 성당을 철거하고 새롭게 짓기 시작했다. 이 같은 분위기는 당시 우라카미성당 철거를 앞두고, 다카와 쓰토무(田川努) 나가사키 시장이 "오늘날 원폭이 무슨 의미인가는, 단지 저 한 점의 잔해를 가지고서 증명해야만 하는 것이 아니다"라고 하면서, "오히려 저런 것을 다 치워버리는 것이 영원한 평화를 지키는 의미가 아닌가 생각하는 사람도 많을 것"이라고 말한 것에서도 잘 나타난다.[11]

요컨대 패전 직후 폐허가 된 히로시마를 재건하는 과정에서 원폭 돔은 붕괴 위험과 안전 문제, 연합군에 대한 복수심을 환기한다는 주장, 원폭의 고통스러운 참화를 상기시킨다는 의견에 따라 철거될 수도 있었다. 『주고쿠신문』이 1950년 초에 히로시마 지역에서 실시한 한 여론조사에 따르면, 원폭 돔의 철거를 바라는 시민들은 "(당시의) 참상을 기억하고 싶지 않다"라고 보고하고 있다(『中国新聞』, 1950/2/11).

그러나 한편으로는 원폭으로 완전히 파괴된 히로시마 도심에서 독특한 외형으로 남아 있는 파괴된 돔의 모습은 히로시마의 "유일한 볼거리"로서 계속 해서 여러 사람들의 시선을 끌어모았다. 전후 일본의 평화교육을 주도했던 진보적 교사들은 상업장려관 건물이 학생들에게 전쟁의 교훈을 몸소 보여주는 장소라고 보았다. 히로시마 시내의 전재복구가 점차 진행되어감에 따라 원폭 돔으로 수학여행을 오는 이들이나, 해외에서 방문하는 관광객의 수가 증가하기 시작했다. 1950년대 일본의

----

11 후쿠마 요시아키(福間良明, 2016; 2015)는 1958년 우라카미 성당의 철거 당시, 나가사키의 시민들 사이에서 철거 문제는 큰 관심을 끌지 않았으며, 오히려 철거하는 편이 살아남은 사람들의 아픔과 슬픔을 더 하지 않는다는 의견도 많았다고 말한다. 나가사키 관광 지도에서도 우라카미 성당은 주요한 관광의 포인트가 아니었으며, 오히려 고통을 상기시키는 곳을 관광지로 한다는 것 자체에 대한 반발도 있었을 정도였다.

철도 속도 개선에 따라 장거리 수학여행이 활성화되기 시작했을 때 히로시마와 나가사키는 이미 평화 교육의 중심 거점이 되었다.

이처럼 원폭 돔의 시각적 현저함은 폐허가 된 히로시마에서 독특한 '관광적 가치'를 지니게 되었다. 수학여행 등의 활성화와 함께 "세계 어느 곳에서도 찾을 수 없는 모습"의 원폭 돔은 엽서와 그림으로 그려져 히로시마 시내의 관광 기념품 진열대에 놓였다. 이러한 분위기를 반긴 것은 히로시마현관광연맹, 시관광협회, 교통업자 등 관광관계자들이었다. 이들은 이후 원폭 돔 철거 주장이 힘을 얻기 시작하던 1950년대 초반 원폭돔 철거 반대 운동을 주도하기 시작했다. 1954년 5월에는 이들 관광관계자들을 중심으로 원폭돔보존기성동맹(가칭)이 결성되었고, 원폭 돔 철거 반대 운동을 조직적으로 전개하기에 이르렀다. 원폭돔보존기성동맹은 (1) 원폭 돔은 히로시마 시민의 평화를 희구하는 상징이며, (2) 역사적 기념물임과 동시에 관광자원이 부족한 히로시마시로서는 중요한 관광자원이라는 점을 내세웠다. 이들은 원폭 돔을 철거하게 되면 다시는 파괴된 모습으로 복원하기는 어렵다면서 철거가 아닌 파괴된 그 모습대로 이 건물을 유지하자고 하였다. 그리고 파괴된 원폭 돔의 영구 보존을 위해 약 600만 엔의 재원 모금 운동을 전개 하는 등 활발하게 활동했다(中国新聞, 1954/5/21).[12]

이와 같은 움직임 속에서 피폭된 건물의 잔해가 히로시마의 상징이 되어 관광객들의 시선을 끌며 "팔리기 시작한 것"에 대한 불쾌감과 거부감을 표하는 사람들도 없지는 않았다. 하지만 황폐해진 원폭 돔을 피폭자의 은유로 여기는 시민들도 있었다. 원폭으로 파괴된 형상을 간직한 돔이 피폭자들보다 상대적으로 좀 더 오래 남아 있을 것이라는 단순한

----

12 福間良明, 2016:114-7.

물리적 사실은, 이 돔이 피폭자를 대신하여 그 참상을 다른 이들에게 전할 수 있으리라는 믿음을 표명케 했다. 1960년 4월 5일 피폭 후 후유 증으로 백혈병 앓고 있던 고등학생 가지야마 히로코(楮山ヒロ子)는 사 망한 후 남긴 일기에서 "저 고통스러운 산업장려관만이 언제까지나 무 시무시한 원폭을 후세에 전해주겠지"라고 썼는데, 이 사실이 알려지면 서 원폭 돔 보존 여론은 더욱 고양되었다. 관광업계 상공인이 중심이었 던 기존의 보존 운동에는 시민들과 함께 히로시마피폭자단체협회, 전국 교직원노조, 원수폭금지일본국민회의 등 다양한 평화단체와 반핵단체 들이 가세했다. 각계에서 진행된 원폭 돔 서명 운동도 전국적인 지지를 얻으며 확대되었다. 여론에 힘입은 히로시마 시의회는 피폭 21년 후인 1966년 원폭 돔의 보존을 공식 결의하기에 이른다(中国新聞, 1966/7/12). 시의회는 "원폭 돔을 온전히 보존해 후세에 남기는 것은 원폭으로 목숨 을 잃은 20만 명 이상의 희생자와 세계의 평화를 바라는 사람들에 대해 히로시마 시의회가 달성할 의무의 하나이기도 하다. 원폭 돔의 보존에 대해 철저한 조처를 해야 한다"라고 기록했다.

　시의회에서 원폭 돔의 보존이 결정되면서 이 파괴된 원폭의 잔해 는 '미래 세대'에 전쟁과 원폭의 참화를 전달할 사회적 책임을 공식적으 로 부여받았다. 원폭 참화를 후세에 전하라는 사회적 의무를 전달하는 데 있어 파괴된 외관은 핵심적인 요소였기 때문에, 원폭 돔의 파괴된 외 형을 어떻게 보존할 것인가는 다른 무엇보다 시급한 사안으로 대두했 다. 히로시마 시의회는 히로시마대학 공학부 건축과연구실에 보존 방 법 조사를 의뢰했고 잔해가 떨어져나가지 않도록 특수접착제 공사를 시행했다. 또한 원폭 돔을 둘러싼 기념공원을 조성해 이 구역 일대를 하 나의 통일된 장소로서 보존할 수 있도록 하였다. 1967년 황폐해진 원폭 돔 동쪽에는 철제 울타리가 설치되었고 사람들의 출입도 금지되었다 (中国新聞, 1967/8/5). 히로시마평화기념식을 하루 앞둔 1967년 8월 5일에는 원폭 돔의 제1차 보존공사가 완료되었고, "무너져가던 것에서 훌륭하게 재생(再生)된" 것을 기념하여 준공식이 치러졌다. 『주고쿠신문』은 원폭 돔이 전쟁의 참화와 핵병기의 무서움을 전달할 "역사의 증인"이며 보존공사로 인해 이제 영구히 보존될 수 있게 되었다고 전했다(中国新聞, 1967/8/5).[13] 히로시마 시장, 아사오 요시아키(浅尾義光) 히로시마 시의회 의장을 비롯해 원폭 돔 보존을 위한 전국단위 모금에 앞장선 하마이 전 히로시마 시장 등 내외국인 약 500명이 모였다. 축사에서 하마이 전 시장은 "축하의 말보다는 답례를 하고 싶다"라며 "(원폭 돔 보존을 위한) 모금이 목표를 달성한 것은 히로시마를 반복하지 말라는 비원(悲願)이 세계에 계속 타오르고 있음을 증명한다. 이 돔은 전쟁의 참혹한 사실을 각인시키고 있다"라고 말했다.

원폭 돔의 제1차 보존공사 준공식을 통해 원폭 돔은 일본의 패전 후 피폭자들이 경험한 참상을 체현한 사물이면서도 유한한 피폭자들의 생명(生命)과 대비되는 영원한 수명(壽命)을 지닌 존재로서 피폭자들을 대신해 전쟁의 참혹함을 후세에 각인시킬 '역사의 증인'으로서 내세워졌다. 그로써 원폭 돔은 "히로시마를 반복하지 말라는 비원"을 담지한 '평화기념도시' 히로시마의 페르소나(persona)로서 새로운 사회적 인격과 임무를 지니게 되었다. 히로시마의 근대화와 산업화, 번영과 비전을 전시하던 선진적인 공간으로 위용을 뽐내던 산업장려관은, 이제 피폭의 참혹함을 전파하는 전시물로 전환되었다. 파괴된 산업장려관에 주어진 이러한 새로운 사회적 의무와 역할은 이 구조물의 물질성 그 자체에서 비롯되었으므로, 그것의 수명을 물리적으로 지속시킬 필요를 낳았다. 붕괴된 건물에 생긴 만여 개의 균열이 강력접착제인 에폭시 수지 18

----

13 전임 하마이 신조 시장을 이어 민주사회당 후보로 출마해 히로시마 시장에 당선. 재임 기간은 재선을 포함에 1967년에서 1974년까지 이어졌다.

톤으로 메워졌다(中国新聞, 1967/8/5).

3. 히로시마평화기념공원 조성과 원폭 돔

한편, 원폭 돔의 보존은 모토야스가와 강 바로 앞의 히로시마평화기념공원 조성의 중요 상징물로도 자리하면서 그 의미를 더했다. 1946년 히로시마시 부흥국은 히로시마부흥도시계획을 통해 오늘날 히로시마평화기념공원 일대의 나카지마(中島) 지구와 모토마치(基町) 지구를 나카지마공원과 중앙공원으로 조성한다는 계획을 제시했는데 여기서 원폭 돔은 공원의 중요 축선의 기초가 되었다. 이는 일찍이 전후 히로시마 부흥 계획에 당시 도쿄대 건축과 조교수였던 단게 겐조(丹下健三)가 정부의 전재부흥원 촉탁으로 도시 재건을 위한 기초 조사와 토지이용계획 입안 과정에 참여하면서 시작된 일이기도 하다. 단게 겐조는 히로시마의 재건 과정에서 나카지마 지구와 모토마치 지구를 하나의 통일된 지구로 하여 시청과 시민의 커뮤니티 센터(공회당, 도서관, 원폭자료관)가 자리잡아야 한다는 확고한 원칙을 제시한 바 있다.[14] 실제로 그러한 원칙을 담은 계획은 1949년 5월 제정된「히로시마평화기념도시건설법」과 함께 현실화되기 시작했다.

히로시마평화기념도시건설법은 일본 의회에서 높은 지지를 받아 가결됐는데, 당시 중의원 본회의에서 야마모토 히사오(山本久雄) 의원은 이 법안의 의의를 다음과 같이 설명했다. 첫째, 히로시마시의 전재(戰災)는 세계사적 의의를 가지고 있기 때문에 이에 대해 국가의 국제적 조치가 필요하다. 둘째, 세계 각지에서 히로시마 시의 재건에 많은 관심을

----

14 千代章一郎, 2012, "丹下健三による'広島平和公園計画'の構想過程,"『広島平和科学』, 34호 64-5쪽.

가지고 이를 세계평화의 발상지로 만들려는 열렬한 여론이 고양되고 있다, 셋째, 헌법으로 전쟁을 포기한 일본이 이 기념사업을 통해 전쟁에 의해 파괴된 폐허 위에 세계 항구 평화의 상징으로 새로운 평화 기념 도시를 건설하는 것은 매우 의미 있는 사업이며 국제 신의를 고양할 수 있다, 넷째, 히로시마 시를 평화 기념 도시로서 건설하려면 국가의 특별 지도와 감독 하에 실시되어야 한다.[15]

야마모토 의원의 설명에서 주목할 점은 히로시마의 전재, 즉 이곳의 폐허가 가지고 있는 세계사적 의의와 세계 각지의 여론에 관한 언급이다. 야마모토 의원뿐만 아니라 히로시마 시 당국이나 이곳을 '평화의 성지'로 만들고자 하는 히로시마의 상공회의소 등 시민들은 이 '폐허'의 가치를 세계사적 차원과 세계 시민의 시선에서 읽어내고자 했다. 문제는 이러한 세계사적 차원과 세계 시민의 시선에 대한 언급 속에서 히로시마는 핵무기의 최초 사용이라는 인류 역사의 한 장면의 장소로만 의미화되었을 뿐 아시아태평양 전쟁 과정에서 일본의 제국주의적 침략의 중심 군도(軍都)로 기능했던 역사는 전혀 등장하지 않았다는 점이다. 당연히 전쟁 시기 피식민지로부터 동원되었거나 이주했던 조선인, 전시 중 붙잡힌 연합군 포로, 대만과 중국인 등 전쟁을 겪었던 이들의 존재는 주목받지 못했다.

또 다른 문제점은 히로시마의 평화도시 건설과 평화기념공원 조성이 '국가의 특별 지도와 감독' 하에서 실시되어야 한다는 관점에서 비롯된다. 히로시마평화기념도시건설법 제정 당시 히로시마시장이었던 하마이 신조는 한 신문과의 인터뷰에서 "피폭도시인 히로시마의 부흥"이 "국가적인 의의"를 가지고, "국가적인 이익"과 연결되어야 한다는 생각

----

15 일본국회 중의원 회의록 본회의 26호(1949년 5월 10일). (http://kokkai.ndl.go.jp)

을 가지고 히로시마를 평화기념도시로 재건해나갈 법률을 만들어야만 국가로부터 지원을 받을 수 있었다고 회고했다.[16] 그의 말은 원폭으로 도시인구와 산업기반이 대부분 파괴된 상태에서 세수가 부족한 시 재정을 생각했을 때 중앙정부로부터의 재정지원이 필수적이었음을 짐작할 수 있는 대목이기도 하다. 그렇지만 일본 의회 또한 피폭 도시 히로시마의 부흥이 '국가적인 의의와 이익'을 갖는다고 동의했을 때 그 이면에는 '유일피폭국'인 일본이 피해자라는 의식이 함께 하고 있었다. 여기서 원폭 돔은 전쟁 당시 히로시마 시민들의 피해를 넘어 일본이라는 국가의 피해를 상징하는 것으로 전환되었으며, 그와 함께 전쟁을 일으킨 주체, 즉 일본 국가의 전쟁 책임을 비가시화했다. 히로시마평화도시건설법 제정은 러일전쟁 이후 명백한 군사도시로 성장한 히로시마가 전재 부흥 과정에서 '전쟁'이 아닌 '평화'를 전면에 내세운 도시로 재건되는 과정의 단면을 잘 보여준다.

히로시마가 평화도시로 재건되는 과정에서 원폭 돔은 중요한 상징으로 부각되었을 뿐만 아니라 평화를 위한 신전의 본당과 같은 임무를 부여 받았다. 1949년 실시된 평화기념공원 디자인 공모에 채택된 단게 겐조의 설계안은 원폭 돔을 평화공원의 공간 배치의 핵심으로 두었다. 그는 1946년 전재부흥원 촉탁 활동 당시 파괴된 산업장려관이 가진 상징성을 감안하여 이것은 반드시 남겨야 한다는 의견을 제시한 바 있었다. 그의 평화기념공원 설계안은 원폭 돔을 북쪽 정면으로 바라보게 하면서, 그 아래 중간에 아치형의 공양탑을 놓고, 다시 그 아래로 평화기념 자료관을 배치해 일직선을 이루도록 했다. 이러한 배치를 통해 가장 남쪽의 평화대로에서는 공양탑과 원폭 돔을 북쪽의 일직선 상에서 같이

---

16 広島市, 2009, 『ろしまの復興』, 広島市都市整備局都市計画課, 6쪽.

볼 수 있게 된다. 즉 단게 겐조는 원폭 돔을 중심으로 평화기념공원의 주요 사물과 시선을 배치하고 구조화했다. 평화기념공원의 디자인 공모전 심사를 맡았던 건축가 기시다 히데토(岸田日出刀)는 여러 설계안들이 평화공원의 주요 축선(軸線) 설정에서 원폭 돔이 갖는 상징적 의미를 간과했으며, 이는 현지시찰을 하지 않은 관념적인 태도에서 비롯된 것이라고 하면서 원폭 돔이 공원 부지에 포함된 의미를 적극적으로 내세운 단게 겐조를 높이 평가했다.[17]

후에 단게 겐조는 이 설계안이 메이지 신궁과 같은 신사의 구조를 염두에 두고 있었다고 말한 바 있다. 이와 관련하여 1967년 7월 야마다 세츠오(山田節男) 당시 히로시마 시장은 시의회 임시회에서 공원을 설계한 단게 겐조의 발언을 소개하면서 그가 "어쩐지 별로 어수선한 것들은 놓고 싶지 않았다"고 했으며 "실은 그곳을 메이지 신궁과 같이 생각했다"고 하는 말에 감명을 받았다고 회고했다.[18] 실제로 비평가 다카하시 히데토시(高橋秀寿)가 지적하는 것처럼 단게 겐조의 평화기념공원 설계안은 그가 1942년 "대동아 조형 문화의 비약적 앙양(昂揚)"을 목표로 실시된 공모전에서 1위를 한 대동아공영 신사 디자인을 바탕으로 하고 있다. 야마다 세츠오 시장은 단게 겐조가 원폭사몰자 위령비, 원폭 공양탑, 원폭 돔을 축으로 조성한 이 일대는 하나의 신궁과 같은 성역(聖域)이며, "집에 불단이 있고, 또 궁이 있다고 하는 것"과 같이 "신성한 장소"로서 "깨끗하고 청결하지 않으면 안 되는 곳"이라고 설명했다. 히로시마평화기념공원은 1956년 일반에 개방되었다.

원폭의 파괴로부터 뼈대를 앙상하게 남기고 무너져 가는 원폭 돔의

----

17 頴原澄子, 2005, "原爆ドーム保存の過程に関する考察 1945年-1952年" 『日本建築学会計画系言論文集』, 第596号, 229-234쪽.

18 西井麻里奈, 2013, "韓国人原爆犠牲者慰霊碑と'聖地'の論理," 『日本学報』, 第32号, 72쪽.

폐허를 말하다

가치를 히로시마 시 재건의 가장 핵심 상징이라고 본 단게 겐조의 통찰은 놀랍게도 나치 독일에서 아돌프 히틀러의 측근으로 다수의 건축물을 설계한 건축가이자 군수부 장관이었던 알베르트 슈페어(Albert Speer)의 "폐허 가치 이론"을 떠올리게 한다. 슈페어는 아무리 웅장하고 수려하게 지어진 건축물이라 하더라도 결국에는 무너져 잔해로 변해갈 수밖에 없는데, 건축은 바로 그 사실에서 출발해야 한다고 하면서 오히려 낡아서 "폐허가 되는 바로 그때"가 가장 지고하고 영웅적 영감과 숭고한 정신을 전승할 수 있는 때라고 보았다.[19] 실제로 나치 독일 시절 슈페어의 건축물들은 파괴된 상태에서도 여전히 모범을 보이는 건축물을 상정하고 설계되었다고 이야기된다. 와해되고 부서진 것, 붕괴되어 잔존한 것은 분명하고 특별한 메시지를 전달할 수 있는 신성한 그 무엇이라는 점을 단게 겐조는 잘 알고 있었다. 단게 겐조가 아시아태평양전쟁 당시 공모한 대동아공영신사의 설계안이 신사 배치의 대칭적인 구조를 이루는 수직과 수평 두 개의 축의 최종 지점에 신성한 공간인 본전을 두면서, 이것이 "대동아 건설 충령의 신역(神域)"이란 구도를 만들고자 했다는 것은 잘 알려져 있다. 그는 전쟁이 끝나고 나서 실패한 그러한 대동아공영신사의 모습을 히로시마평화기념공원과 그 본전 위치에 원폭 돔을 배치함으로서 다시 완성하였다. 어떤 평론가들은 그가 일찍이 폐허가 된 원폭 돔의 '예배적 가치'를 깨닫고 원폭 돔이라고 하는 '본전'을 가지는 공원의 구조를 구상했다는 것은 그리 놀라운 일이 아니라고 지적하지만,[20] 이는 실상 나치 독일의 건축가 슈페어의 폐허 가치 이론의 존재론적 실험의 현현에 다름 아니다. 그런 점에서 히로시마평화기념공원과 원폭 돔의 위치 등에 대한 해석에서 전후 일본의 히로시마 평화 담론이

19 후쿠시마 료타, 2020, 『부흥문화론 : 일본적 창조의 계보』, 안지영·차은정 역, 365쪽.
20 『西井麻里奈, 2013, "韓国人原爆犠牲者慰霊碑と'聖地'の論理』, 第32号, 84쪽.

옛 제국의 침략적 욕망과 질서의 연속선상에 있으며 일본인의 집단 기억 속에서 그러한 가해의 역사가 은폐되고 있는 모순을 보여준다고 한리사 요네야마의 지적조차 어쩌면 잘못되었을지 모른다.[21] 히로시마평화기념공원과 원폭 돔은 평화를 외치는 전후 일본과 전전 일본 사이의 모순이 아니라 하나의 국가로서 일본이 전전과 전후에도 특별히 변화한 것이 없으며 오히려 피해자라는 외양과 유일피폭국의 서사 속에서 정치적으로는 더욱 보수화되리라고 암시하고 있었을 것이다. '성역'과 '신전'은 서로 다르게 균열하거나 어긋나는 '시끄러운' 소리를 허락하지 않으며 단지 단일한 하나의 목소리만을 허용하는 장소이기 때문이다.

4. 폐허에서 세계유산으로: 원폭 돔의 세계유산화

1996년 12월 5일 유네스코 세계유산위원회(World Heritage Committee)는 1945년 8월 6일 아침 히로시마 상공에서 폭발한 원자폭탄에 피폭되어 건물의 잔해 일부를 남긴 옛 히로시마상공회의소 건물, 일명 '원폭 돔'을 세계유산으로 등재했다. 위원회는 원폭 돔이 "핵의 시대라 일컬어지는 20세기 최대의 부(負)의 유산"으로서 "1945년 8월 첫 핵폭탄이 폭발한 지역에 유일하게 남아 있는 구조물"이며, "히로시마 시민을 비롯하여 많은 사람들의 노력을 통해 폭발 직후의 상태 그대로 보존"되어 있고, "인류에 의해 지금까지 창조된 가장 파괴적인 힘의 놀랍고도 강력한 상징일 뿐만 아니라 모든 핵무기의 궁극적인 폐기와 세계 평화를 위한 희망을 표현"하고 있다고 부연설명했다.[22]

일본이 유네스코 세계유산조약을 비준한 1992년 9월 일본 문화청

----

21   Yoneyama, Lisa, 1999, Hiroshima Traces, University of California Press

22   유네스코. https://whc.unesco.org/

폐허를 말하다

이 제1차 세계유산추천 목록을 만들었을 때 원폭 돔은 예비 대상으로
도 포함되지 않았었다(中国新聞社, 1997:56). 원폭 돔은 "연대(年代)가
너무 짧아" 일본의 당시 문화유산법에 따른 문화재 지정의 대상이 되지
않았기 때문에 추천의 법적 근거가 없다는 이유였다.[23] 하지만 1950년대
원폭 돔 보존 운동 때와 마찬가지로 원폭 돔의 세계유산화 추진 운동은
히로시마 지역의 상공회의소와 시민들을 중심으로 빠르게 퍼져나갔다.
1992년 9월 히로시마 시의회는 "핵 시대를 사는 인류의 다짐의 상징, 일
본의 항구 평화 실현의 결의를 나타내기 위해" 세계 유산의 추천 명단
에 원폭 돔을 넣으라고 요구하는 의견서를 채택했다. 1993년 6월에는 히
로시마 지역의 주요 이해관계들이 모여 「원폭 돔의 세계유산화 추진회」
가 출범해 백만 명이 넘는 서명을 모아 일본의 중 참 양원 의장에게 전
달했다. 원폭 돔의 세계유산화에 대한 시민 여론이 높아지자 추진에 유
보적이었던 문화청은 세계유산이 반드시 유적의 연대기만을 판단기준
으로 하는 것은 아니라고 하면서 폴란드 아우슈비츠 강제수용소가 세
계유산에 등재된 점을 염두에 두고 대응하기로 입장을 바꾸었다. 이에
1995년 5월 문화청은 원폭 돔을 문화사적으로 지정, 9월 세계유산 추천
목록으로 등록했다.[24]
　　제2차 세계 대전의 전쟁 기념물 중 세계문화유산으로 지정된 것은
폴란드의 아우슈비츠 강제수용소(1979년 등재)에 이어 두 번째였다. 회
원국 21개국이 참가한 유네스코 세계유산위원회 표결에서 중국과 미국
은 불참했다. 미국은 원폭 돔은 전쟁의 유산이며 세계유산위원회가 전
쟁 유산에 대한 처리 문제를 재검토해야 하며, 원폭 돔의 세계문화유산
등재 결정을 지지할 수 없다고 발언했다. 중국은 제2차 대전 당시 일본

23　中国新聞社, 1997, 『ユネスコ世界遺産原爆ドーム』, 中国新聞社, 57쪽.
24　中国新聞社, 1997, 『ユネスコ世界遺産原爆ドーム』, 中国新聞社, 61-2쪽.

의 가해 책임을 언급하며 표결 자체를 보이콧했다. '전쟁의 유산'이라는 미국의 입장에 대해, 히로시마 시는 이것이 '평화의 기념물'이라는 입장을 내세웠다.

원폭 돔을 신전의 본당으로 위치시킨 히로시마평화기념공원 설계의 공간 구조와 배치가 전후 일본의 전쟁 책임 은폐와 역사 기억의 왜곡을 상징한다면, 원폭 돔의 세계유산화는 그 은폐와 왜곡이 히로시마의 역사를 원자폭탄의 폭발 시점으로 고착화하는 시간성의 정치를 보여준다. 원폭 돔의 세계유산화는 메이지유신 이후 근대화와 제국주의 침략의 역사를 걸어온 일본이 히로시마를 전쟁의 유산이 아니라 평화의 도시로 내세워지는데 가장 중요한 기념물이었다. 원폭 돔의 세계유산화는 군도(軍都)였던 옛 "廣島(히로시마)"나 주고쿠지방의 지역중심 "広島(히로시마)"가 아닌 "피폭 도시로서 세계 영구 평화의 실현을 목표로 도시", 즉 가타카나 「ヒロシマ(히로시마)」로 재탄생을 의미했다.[25] 세계유산위원회가 원폭 돔을 '옛 산업장려관'이 아니라 '히로시마평화기념비'로 명명한 것에서도 알 수 있듯이 그 평화 기념의 주체는 히로시마 시민도 아니었으며 전쟁 당시의 일본 제국의 신민들 혹은 피식민지인들이 아니라 영구 평화를 바라는 '인류'가 호명되었다. 가타카나 히로시마가 상징하는 영구 평화의 실현은 히로시마의 폐허를 메이지 유신 이후 일본의 근대 역사의 성찰 과정이 아니라 핵무기 이후의 세계 역사 속에서 보편화하려는 의지와 함께 했다. 여기서 평화는 일본이 근대 역사에서 만들어온 구체적이고 특수한 맥락에 대한 성찰에서 비롯되는 평화가 아니라 주체를 특정하지 않은 보편적이고 영구적인 평화로 전환되었다.

앙리 르페브르는 공간의 생산에 대한 그의 논의에서 시간성

25　広島市, 2006, 『平和記念施設保存·整備方針』, 広島市, 2쪽.

폐허를 말하다

(temporality)이 공간성(spatiality)으로 이행하는 끊임없는 과정을 여러 이질적인 생산물들이 "동시적인 공존상태에서 맺는 관계, 즉 (상대적) 질서와/혹은 (상대적) 무질서까지도 모두 포함"해 생산되는 과정으로 설명한 바 있다.[26] 공간은 인간과 사물의 시간적 변화 그리고 이들이 사회적 삶 속에서 생산되고 구조화되는 이질적인 관계들의 집합이며, 총체성(globalité)을 띠는 "관계의 집합"이다.[27] 공간의 생산이 "일련의 조작" 대상이 되는 것은, 이 공간의 생산에 개인적인 것, 국지적인 것과 지역적인 것, 국가적인 것, 그리고 글로벌한 것들이 "서로 끼어들고, 간섭하고, 재구성하며, 층층이 쌓이면서 때로는 충돌"하고 상호작용하기 때문이며, 이러한 상호작용 속에서 공간은 비로소 그 윤곽을 드러낸다.[28] 즉, 공간의 생산에서 사물의 보존과 배치의 문제는 하나의 주어진 물리적 조건이 아니라 다양한 담론과 실천의 결합으로 이해된다. 유네스코 세계유산으로 지정된 히로시마 원폭 돔과 평화공원은 히로시마의 시민과 일본이라는 국가 그리고 글로벌한 차원에서 요구되는 의무와 책임을 전시물의 배치와 공간의 배열, 그리고 의례의 연행을 통해 일본이라는 국가적 스케일에서는 원폭투하일(8월 6일, 이는 일왕의 항복선언이 발표된 8월 15일과 다르다)이라는 특정한 시간을 소환하며 국가적 위령 의례를 연행하는 상징이 되는 장소로서, 특정한 시간이 동시대의 것으로 반복적으로 소환되는 기억의 정치화 과정의 핵심 장소가 되었다.

요컨대 세계유산화된 원폭 돔은 평화를 위한 여러 가능성의 조건들, 다중적 시간성의 중첩 속에서 1945년 8월 6일 8시 15분이라는 찰나적 순간을 '평화'의 기점으로 고정하고, 역사적 책임을 둘러싼 여러 담론

----

26   앙리 르페브르, 2011, 『공간의 생산』, 양영란 역, 에코리브르, 133쪽.
27   앙리 르페브르, 2011, 『공간의 생산』, 양영란 역, 에코리브르, 26-7쪽.
28   앙리 르페브르, 2011, 『공간의 생산』, 양영란 역, 에코리브르, 155쪽.

적 실천과 비담론적 실천이 교차하는 권력-지식의 장에서 평화의 페르소나를 전시하는 더욱 강렬한 이미지로 재탄생하는데 일조했다. 히로시마평화기념공원 시설 어디에서나 마주할 수 있는 8과 15를 가리키는 시침과 분침의 배열과 함께, 원폭 돔은 원자폭탄이 폭발하던 순간을 현실의 시공간에 분할하여 소환함으로써, 전쟁의 맥락을 무화시키고 서로 다른 시간에 죽어간 사람들을 하나의 시점으로 배열하며, 그 죽음과 관련된 다양한 역사적 맥락과 시간 속에 위치한 이야기들을 유보시켰다. 8시 15분의 히로시마는 역사적 맥락에서 탈각한 채 세계 보편과 영원성의 시공간을 향한 '성전'이 되었다.

5. 평화의 가면을 거두고 성역을 해체하기

"히로시마는 더 이상 폐허가 아니네요!" 2024년 6월 히로시마에서 열린 국제학술대회에 참석한 한 지인이 히로시마평화공원을 같이 걸으며 나에게 말했다. 천여 명은 족히 넘을 법한 수학여행단과 외국인 관광객들이 여러 조형물 앞에서 줄을 맞추어 사진을 촬영하는 현장을 피해 다니다 보면 어느새 공원은 여느 관광지와 다름 없는 장소로 느껴지기까지 한다(그림2). 원폭 투하 직전과 직후의 히로시마를 대비하는 기념관의 전시와 공원 곳곳에 배치된 추모비에는 원폭의 참화가 고스란히 드러나지만 단정하게 정돈된 공원을 걷다 보면 어느새 고통을 상기하는 일은 적극적인 상상력을 동원해야 하는 노동에 가까운 작업을 필요로 한다.

또한 일견 평화로운 관광지 같은 모습 한편으로 전쟁과 내전, 테러, 학살 등이 끊임없이 이어지는 세계 곳곳의 비참한 고통과 참화 속에서 원폭 돔만이 유일한 평화의 상징물로 기능하기 어렵다는 우려도 생겨났다. 거기에 1990년대 이후 한국과 중국 등 아시아 여러 국가들이 일본 정

히로시마평화기념공원(왼쪽)과 공원 북측에 위치한 원폭 돔(오른쪽). 2024년 6월 필자 촬영.

부를 상대로 한 전쟁 책임에 대한 보상 요구와 일본의 전후 역사 왜곡에 대한 비판 등도 더해졌다. 그리고 이러한 비판은 전쟁과 역사의 책임을 지지 않는 국가가 주도하는 일련의 '평화'를 위한 공간의 생산과 담론의 실천 속에서, '평화'라는 가면을 거두어내려는 움직임이기도 했다. 그렇다면 원폭 돔을 중심으로 조성된 히로시마평화공원이라는 공간이 국가가 아닌, 피폭자와 히로시마 시민들, 제국 일본의 식민과 전쟁의 역사에 휘말린 아시아태평양 지역의 사람들의 다중적 목소리를 담아 내는 공간으로 다시 재생산될 수 있을까?

히로시마 원폭 돔과 히로시마평화공원의 공간 실천에 대한 담론적 개입을 염두에 두면서, 결론에서 주목하고자 하는 개념은 세속화의 개념이다. 본래 '세속화하다'(profanare)라는 용어는 천상의 신들과 지옥의 신들에게 남겨진 고유한 '성스러운 것'과 구분되는 것이자 인간세상의 법의 영역에서 끄집어내어 신에게 '봉헌된'(sacrare) 것과 반대되는 것을 이르는 용어다(아감벤, 2010:39). 성전은 세속적인 것과 성스러운 것을 분리시키는 장소다. 성전은 성스러우며 신에게 봉헌된 지고의 가치, 단일한 목소리를 세속적인 것으로부터 분리시키는 장치이자 그 분리가 수행되고 조절되는 장소다. 무엇보다 성전에서는 이 성스러운 가치를 위해

하나의 희생제의가 연행된다. 희생제의는 세속적인 것에서 성스러운 것으로 인간의 영역에서 신의 영역으로 이행을 재가한다. 그런 점에서 세계유산화된 원폭 돔과 히로시마평화공원이라는 신전은 그 조성 당시의 설계의도에서부터 오늘날 수상이 참석하는 평화기념식이라는 희생의례를 통해 '평화'를 피폭자, 아시아, 더 나아가 세계로부터 분리시키고 일본의 국가적 소유물로 취함으로써 성역화하는 공간이었다고 볼 수 있다. 그리고 이 성역의 신성함을 위한 희생제의의 공물로서 원폭의 희생자들을 두었다. 이를 통해 이 신전은 과거 전쟁의 역사적 책임을 지지 않는 국가가 주도하는 일련의 '평화'를 위한 실천과 앎과 담론, 지식들이 '평화'를 '파괴'와 대비되는 것으로 물화시키는 하나의 가면과도 같은 역할을 수행해 왔다.

세속화는 이러한 성역화의 흐름에 반하는 모든 실천들을 통해 만들어진다. 아감벤은 세속화를 희생제의에 의해 분리된 것을 다시 의례를 통해 세속의 영역으로 되돌린다는 의미로 사용하였다. "세속적인 것이란 본디 성스럽거나 종교적인 것에서 인간들이 사용하고 소유할 수 있게 되돌려진 것을 말한다."[29] 그는 희생제의에 의해 분리·분할된 것을 공통으로 사용될 수 있게 되돌리는 역(逆)-장치를 통해 성스러운 물건은 다시 인간이 자유롭게 사용할 수 있는 것으로 되돌려질 수 있다고 보았다. 그것은 바로 이 문제를 짊어진 자들이 그 기억의 장치들에 개입할 수 있게 되는 것, '통치될 수 없는 것'(l'Ingovernabile)에 빛을 비추는 것으로부터 시작한다. 과거를 지운 역사의 한 시공간만을 성역화하는 것이 아니라 그 이전의 역사를 말하는 것, 단일한 목소리에 불협화음을 내는 것, 이러한 것이 가능할 때 문제를 올바르게 제기할 수 있다. '통치될 수 없는

---

29 조르조 아감벤, 2010, 『장치란 무엇인가? : 장치학을 위한 서론』, 양창렬 역, 난장, 40쪽.

폐허를 말하다

것'은 모든 정치의 시작이며 소실점이라는 점에서,[30] 히로시마평화기념비의 전시와 히로시마평화공원이라는 공간에는 국가가 아닌, 피폭자와 히로시마 시민들, 제국 일본의 식민과 전쟁의 역사에 휘말린 아시아태평양 지역의 사람들의 여러 복수의 목소리를 들리게 하고 그 존재를 가시화하면서 이 성역화된 공간을 세속화하고 민주화한 공간으로 재정치화해야 한다. 그런 점에서 여기서 필자는 전후 일본의 전도된 역사 인식에 끊임없이 비판을 가하는 목소리의 중요성을 새삼 재고하고자 한다.

벤야민은 과거의 기억을 쓰는 작업이 "하나의 공간, 순간들, 그리고 불연속적인 것"을 언급하는 것이라고 말한다.[31] 벤야민의 역사에 관한 사유는 히로시마를 폐허로부터 소생하는 평화라는 희망으로 단일하게 이야기하는 현재의 일본의 전후 역사 인식의 단일성, 그리고 영구 평화를 지향하는 원폭 돔의 보편적 시공간이 아니라 과거와 현재의 역사를 성좌와 같이 되살리고, 그와 같은 다중적인 이야기들 속에서 평화라는 이름으로 가리워진 성전에서 암송되는 전후 일본의 역사 미몽으로부터 깨어나게 할 수 있는 서사들을 필요로 한다. 폐허에서 역사의 통지자와 지배자 혹은 승리자의 이데올로기가 아니라 그곳에서 전쟁의 고통을 감내했던 패배자들과 쓰디쓴 반성과 통찰을 했던 이들의 이야기를 들어야 한다. 히로시마의 폐허가 만들어낸 역사의 웅덩이에 하나로 회수되지 않는, 어긋나고 균질하지 않은 복수의 목소리를 채우는 것 그리고 하나의 역사로 구축되지 않은 은폐되고 숨겨진 이야기를 발견하여 채우는 것, 전도된 역사의식에 균열을 내는 것, 그것이 남은 이들의 몫이다. ◨◪

----

30   조르조 아감벤, 2010, 『장치란 무엇인가? : 장치학을 위한 서론』, 양창렬 역, 난장, 48쪽.
31   최성만, 2014, 『발터 벤야민, 기억의 정치학』, 길, 308쪽.

폐허와 분노

미군의 반도 폭격과 북한의 기록

임재근

임재근 : 평화통일교육문화센터 교육연구소장. 공저『철도, 대전의 근대를 열다』등

1. 기록의 목적과 의미 그리고 전쟁

선사시대와 역사시대를 나누는 기준은 문자이다. 역사는 기본적으로 문자로 기록된다. 문자 이외에도 그림이나 사진, 영상 등 다양한 기록 매체들이 있지만 한동안 기록의 대표 수단은 문자였다. 한국전쟁은 기록에 있어서 수많은 기록을 달성했다. 한국전쟁 초기 한국정부의 기록 시스템은 완전히 붕괴됐다. 부산일보를 제외한 전국 대부분의 일간지들은 제대로 발행되지 못했다. 이 시기 국무회의록, 국회회의록 등 정부의 기록도 거의 남아 있지 않다. 이에 반해 미군의 기록은 상당했다. 전쟁일지, 보고서, 명령서 등 다양한 기록이 작성되었고, 기록된 사진과 영상도 많았다. 부대마다 기록을 담당하는 병사가 있었고, 기록을 전담하는 부대도 있었다. 미국에 비하면 상대적으로 적은 양이겠지만, 발 빠르게 남하하며 통치지역을 확대한 북한 측은 폐간된 신문을 복간시키는 등 많은 기록물을 생산해냈다. 기록의 목적은 다양하다. 상부 보고 목적의 기록부터, 전공(戰功)을 확인하기 위한 목적의 기록, 때로는 심리전과 선전 목적의 기록도 있었다. 전쟁 발발 후 수 십년이 지났지만, 그 기록들은 다양한 영역에서 활용되고 있고 중요한 사료가 되기도 한다.

전쟁의 참상은 상상을 초월한다. 전투 현장뿐 아니라 곳곳에서 죽음이 발생했다. 하지만 죽음의 순간은 잘 기록되지 않는다. 죽음을 기록할 겨를이 없기 때문이다. 때로는 죽음을 기록해 선전에 활용하기도 했지만, 은폐하고 싶은 죽음은 의도적으로 기록에서 배제됐다. 전쟁의 참상은 전선(前線)에만 국한되지 않았다. 후방이나 비전투지역에서도 수많은 죽음이 있었다. 민간인 학살이 그 현장이었고, 후방 지역에 가하진 폭격 속에서도 헤아릴 수 없는 죽음이 존재했다.

전쟁에서 기록의 목적이 있고, 기록의 효과 또한 있었다. 폭격을 두고도 폭격을 가한 이들과 폭격 당한 이들 모두 기록에 충실했다. 폭격을 가한 이들은 폭격의 효과를 확인하고 상부에 알리기 위한 목적으로 기록했다. 또한, 검증된 폭격의 효과로 위력을 과시하며 상대에게는 공포감을 주고, 아군에게는 승리의 확신을 주는 선전수단으로 활용하기도 했다. 기록의 목적은 상반되지만 폭격을 당한 이들 또한 기록에 적극적이었다. 폭격의 결과로 인한 무참한 죽음과 파괴의 참상을 기록해 폭격한 이들을 규탄하는 증거로 활용했다. 기록은 여론전에서 유리한 환경을 만들려는 선전의 수단이었다. 또한 아군에게는 상대방에 대한 적개심을 분출시키는 요인으로도 작용했다.

2. 폭격의 기록: 폭격당한 이들의 기록

한국전쟁 초기 북한은 점령지역에서 로동신문이나 민주조선 등 자신들의 기관지를 인쇄해 배포했을 뿐만 아니라, 해방일보와 조선인민보 등을 복간시켜 점령지역에서 자신들의 정책을 알리고 미군들의 범죄를 고발하는 선전 수단으로 적극 활용했다.[1]

조선인민보는 해방 직후 경성(서울)에서 처음 출현한 신문이다. 1945년 9월 8일에 조선총독부 기관지 경성일보에 있던 진보 좌익 계열의 사원들이 주도해 창간했고, 진보적 민주주의를 표방한 신문이었다. 하지만 미군정을 비판했다는 이유로 미군정 당국이 1946년 9월 6일에 발행정지 처분을 내려 발행이 중단되었다. 해방일보는 1945년 9월 19일 조선공산당 중앙위원회 기관지로 창간했다. 1946년 5월 18일에 이 신문을 인쇄한 조선정판사가 조선공산당의 활동자금 조달을 위해 위조지폐를 인쇄했다는 혐의로 발행 정지 처분을 받아 폐간되었다. 그러다가 한국전

----

1   임재근, 「한국전쟁기 대전전투에 대한 전쟁기억 재현 연구」, 북한대학원대학교 박사학위논문, 2020, 22쪽.

쟁에서 인민군이 서울을 점령한 직후인 1950년 7월 2일 두 신문의 제호(題號)를 그대로 사용해 신문들을 새로 발간하기 시작했다. 다만 복간된 두 신문의 호수 모두 1호부터 다시 시작됐다.[2]

한국전쟁 보도에서 북한은 로동신문에 송학용, 민주조선에 김인환, 김문국, 전욱 등 언론사 기자 뿐 아니라 민병준, 박팔량, 김사량, 남궁만, 리태준, 김남천, 림화, 송영 등의 작가들을 적극 활용했다.[3] 작가들은 종군파견장을 지참하고 종군작가라는 지위로 전쟁 기록에 나섰다. 인민군관복을 착용하고 기자들과 함께 최전선부대에 종군하면서 전투장면 뿐아니라 전선생활, 민간인 학살과 폭격으로 인한 처참한 현장 등을 눈으로 보고, 듣고, 체험해 기록했다.[4] 기자들과 작가들은 로동신문이나 민주조선, 해방일보와 조선인민보 등 지면을 통해 종군기, 전선실기, 전투기 등의 형식으로 민간인 학살과 폭격에 대한 기록을 남겼다.[5] 서울, 수원, 천안, 대전에 이르는 인민군의 전투행로를 따라 가며 글을 써왔던 김사량은 금강을 사이에 두고 벌였던 전투에서 미군의 폭격상황을 로동신문을 통해 다음과 같이 서술했다.

밤은 자정에 가까웠다. 하늘에는 쉴 사이 없이 번개가 치고 있었다. 그러나 그것은 번개가 아니라 불을 토하는 포격의 반영이였다. 천지가 깨여질듯 우뢰가 터지고 있었다. 그것은 우뢰가 아니라 포성이였다. 꽝, 꽝… 우루룩, 쿵 쿵… 궁궁궁 … 공중에 불벼락이 튀고 일순간 논벌과 산판이 번개불에 번쩍번쩍 빛난다. 전선일대의

---

2   김영희, 『한국전쟁기 미디어와 사회』, 커뮤니케이션북스, 2015, 439-444쪽.

3   SA 2005 7/80, 「작가 기자 관계철(남반부 관계)」, 국립중앙도서관.

4   신경득, 『조선 종군실화로 본 민간인 학살』, 살림터, 2002, 20-21쪽.

5   임재근, 「한국전쟁기 대전전투에 대한 전쟁기억 재현 연구」, 123쪽.

부락마다에는 불길이 펄펄 타오른다. 벌써 며칠째 계속되는 미군 항공대의 무차별 폭격과 금강대안으로부터의 맹포격에 의하여 금강연안은 벌둥지처럼 쑤셔지고 불바다를 이루고 있었다. 금강도하를 앞두고 노도와 같이 진격하는 인민군대의 위세 앞에 적군은 최후발악적인 반격으로 발광하였다.[6]

미군의 폭격은 인민군에게 위협적인 존재였다. 이 시기 인민군과 미군은 금강을 사이에 두고 공주와 대평리에서 치열한 공방전을 치르고 있었다. 1950년 7월 초 한강 방어선이 붕괴되었고, 미군 지상군이 참전했지만 7월 5일 오산에서 인민군과 첫 전투 이후 연일 10km씩 뒷걸음질 치고 있었다.[7] 당시 금강은 한강 다음 자연 방어선이었고, 전차 및 야포 등 대규모 병력이 건널 수 있는 금강 하류의 교량은 경부선 금강철교(신탄진철교), 금강 남쪽 대평리와 북쪽 나성리를 잇는 금남교, 공주 북쪽의 신관리와 공주 시내를 잇는 금강교 3개뿐이었다.[8] 미군은 금강방어선을 구축하면서 교량 3개를 모두 파괴시켜 절단시켰다. 그럼에도 불구하고 금강을 넘은 후에도 도로를 따라 이동해야 했기 때문에 기차 이동만 가능했던 경부선 금강철교(신탄진철교) 부근은 제외하고 파괴된 교량 부근에서 치열한 공방전이 펼쳐질 수밖에 없었다. 미군은 금강을 건널 수 있는 나룻배마저 모조리 파괴시켜 금강 방어선을 구축했고, 폭격으로 지원에 나섰지만 7월 14일 공주 방어에 실패했고, 대평리 방면 방어선도 7월 16일에 붕괴했다.[9] 하지만 미군의 폭격은 멈추지 않았다. 미군은 금

----

6   김사량, 「우리는 이렇게 이겼다 (1)」, 『로동신문』 1950.08.19.

7   임재근, 「한국전쟁기 대전전투에 대한 전쟁기억 재현 연구」, 25쪽.

8   임재근, 「한국전쟁 영상과 또 다른 대전지역사 쓰기」, 『역사연구』 제41호, 2021, 35-36쪽.

9   임재근, 위의 논문, 45-48쪽.

강을 방어하는 데는 실패했지만, 인민군들의 남하 속도를 늦추기 위해 폭격을 지속했다. 그러다보니 인민군은 미군의 폭격을 피하기 위해 탱크를 비롯한 장비뿐 아니라 부대들을 은폐하거나 엄폐하는 데 무진 애를 썼다. 또한 폭격의 피해를 줄이기 위해 폭격에 불리한 야간시간대에 전투 행위에 돌입하거나 이동을 했다. 이 상황에 대해 박팔량이 조선인민보에 다음과 같은 글을 남겼다.

> 금강도하를 전후하여 며칠 동안은 미군항공대가 금강라인우를 잠시도 쉬지 않고 떠다니였다. 소경 막대질로 공연히 골짜기를 기관포로 쑤셔도 보고 과수원 속에 폭탄을 던져도 보고 또 길가의 부락에 소이탄도 뿌려보는 등 별지랄을 다한다. 도하부대들의 음폐지를 찾으려고 악이 받친 것이다. 그러나 전선 일대에는 모터찌클을 하나 얼씬하지 않는다. 다만 교묘하게 위장한 련락병들이 밭고랑과 나무그늘밑을 스쳐다니고 통신병들이 무선전신으로 여기저기 련락을 부르기에 바쁘다. 저녁 때가 가까와지면서 적항공대는 더욱 애가 박박 타는 모양이였다. 큰길을 타고 저공비행을 하다가는 획 뒤채이며 돌아서서 산굽이를 두루 헤매여보기도 하고 강줄기를 향하여 쏜살같이 내달려도 보고 이왕 끊어진 공주 철교를 마저 마사보려고 백사장에 폭탄을 던지기도 하였다.[10]

한국전쟁 동안 제공권을 장악하며 한반도 전역에 수많은 폭탄을 투하했던 미군 폭격은 위력적이었다. 하지만 한국전쟁 초기에는 제공권을 두고 치열한 공방전도 있었다. 1950년 7월 14일 17시경 인민군 항공기

----

10 박팔량, 「종군기(3)」, 『조선인민보』, 1950.08.09.

가 대전 상공에서 미군 4발 폭격기와 추적기 6기와 공중전투를 벌였는데, 미군 4발 폭격기 2기를 격추시켰다.[11] 대전전투를 전후해서도 미군 항공기를 인민군의 전투기들이 격추하거나 고사포부대들이 격추하는 경우도 있었다.[12] 반대로 인민군 항공기가 격추 당하는 경우도 있었다. 박팔량은 격추당한 비행기의 조종사를 인터뷰해 다음과 같은 기사를 남겼다.

대전 공략전을 엄호하려고 떠나오다가 다수의 적 공군과 조우하여 일대 공중전을 연출했다는데 그는 보리짚오리를 입에 물고 뚝 문질러 끊으면서 적개심에 불붙는 눈을 번쩍이며 《어서 가서 또 타고 나와야 겠소.》하는 소리를 되뇌인다. 적기의 뒤를 물고 산골짜기 속으로 몰아 넣으며 불을 쓰게 한뒤 사방으로 몰려드는 적기들 속을 솟아오르며 휙 꺾어돌아 다시금 공격태세로 나가려는데 불행히 휘발유탕크와 랭각장치에 총탄이 명중되어 화재가 발생된 것이였다.[13]

앞서 살펴봤던 장면은 전투 과정에서 치열하게 벌어진 공방전의 모습이었다. 그러나 폭격은 전선이 아닌 비전투지역에서도 이어졌다. 이에 대해 북한 측의 언론에서는 미군의 폭격을 규탄하는 내용의 기사가 줄을 이었다.

----

11   조선인민군 총사령부, 「7월 16일 아침보도」, 『로동신문』 1950.07.16.

12   「7월 21일 아침보도」, 『로동신문』 1950.07.22., 「7월 21일 저녁보도」, 『로동신문』 1950.07.22.

13   김사량, 「우리는 이렇게 이겼다 (2)」, 『로동신문』 1950.08.20.

놈들의 항공대는 등살이 달고 약이 올라 태치듯 공중걸이를 하며 돌아가나 전선에서는 아무러한 뾰족한 수도 없다. 놈들은 할 수 없이 후방을 기울거리며 악독한 분풀이와 복수를 평화로운 도시와 농촌과 그리고 무고한 인민들에게 들여댄다. 얼마나 흉악하고 비렬하고 야수적인 놈들인가? 미제국주의자들은 벌써 인간들이 아니라 악귀들이다. 렴치도 없고 체면도 없고 륜리도 없는 인간 폐업의 야수떼다. 패주 궤멸하는 괴뢰군과 헌병, 경찰놈들이 애국자와 무고한 인민들을 도살하고 달아남으로써 분풀이를 하듯이 미제고용병들은 폭탄과 총탄을 안고 와서 해방의 기쁨에 겨운 평화인민들의 도시와 촌락을 폭격하고 기총소사함으로써 비렬한 복수를 꾀하고 있다.[14]

놈들은 해방된 남반부지역에 평화로운 농촌과 도시에 계속 무차별폭격하고 있다. 원쑤들의 폭격으로 인하여 파괴된 공화국 남반부 해방지역의 평화도시와 농촌에서 학살된 인민의 숫자는 이루 헤아릴 수 없다. 평택 천안 조치원 공주 대전 등지를 비롯한 많은 도시와 농촌들은 문자 그대로 피바다를 이루고 있으며 많은 도시와 농촌은 지금 놈들의 무차별폭격으로 인하여 인민들의 생명 재산이 살상 파괴되였다. 불에 타는 가산과 화염에 쓰러져가는 사랑하는 남편과 아내 아들과 딸을 찾아 우는 피해자들의 모습은 보는 사람들로 하여금 단장에 울분과 더불어 미제에 대한 절치의 증오를 금할 수 없다.[15]

----

14   김사량, 「우리는 이렇게 이겼다 (2)」, 『로동신문』 1950.08.20.

15   「천인공로할 미 악귀의 만행 방화 학살 강탈 자행 - 충남 공주 방면 농촌의 피해 속보」, 『해방일보』, 1950.08.02.

위 기사에서 "평화로운 도시와 농촌"라는 표현이 등장하며 '평화'가 부각된다. 비전투지역에 행해진 미군의 폭격에 대해 평화를 파괴하는 반인륜적 행위로 규탄하는 목적이 담겨 있다. 심지어 미군 항공기의 폭격으로 미군 포로까지 죽게 되었다며 미군 폭격을 비난했다. 전쟁은 물리전의 성격이 강하지만, 심리전 또한 중요한 요소로 작용한다. 심리전에서는 명분을 누가 선점하는 가가 중요한데, 여기에 적대감을 고조시키는 것도 담겨 있다. 전자는 상대를 향한 심리전이라면, 후자는 아군을 향한 심리전의 요소이다. 또한 명확한 주장은 내용의 구체성이 동반될 때 설득력이 높아지는데, 박팔량의 종군기에는 그 구체성이 담겨 있었다.

미국항공대의 이와 같은 폭격에 의한 손해만도 평택거리는 돌굴뚝 하나 남지 않았고 온양도 없어지고 천안은 전시가에 4분지 3을 잃었고, 소정리, 전의 등 장거리와 그외의 수없이 많은 부락이 자취도 없어졌다.... 패전에 대한 야수적 복수, 야수적 발악, 야수적 분풀이... 미군항공대의 잔인성은 이루 말할 수 없다. 피난갔다 부락으로 돌아오는 부녀자를 길가에서 하나만 발견해도 독수리처럼 달려들며 기관포를 휘두르고 논밭에서 일하는 사람의 그림자 하나만 보아도 폭탄을 투하한다. 천안과 성환 사이의 어떤 산모퉁이에서 나는 부락인민을 무참하게 학살하는 몸서리치는 광경을 목격하였다. 폭격에 의하여 재무덤이 된 부락에 돌아와 부녀자들이 통곡하고 사내들은 깨어진 그릇에다 타다 남은 된장을 묵묵히 퍼담고 또 막대기로 잿더미 속을 뚱기적이며 살림살이 쪼각을 끄집어내고 있었다. 이때에 미군습격기 3대가 이 광경을 발견하고 병아리를 본 독수리 떼처럼 갑자기 덮쳐들었다. 부락민들은 어린애를 둘러업고 비명을 지르며 부락에서 빠져나가려다 길가에 퍽 퍽 쓰러졌

폐허를 말하다

다. 부녀자와 어린애와 늙은이들을 학살하는데서 무상의 쾌감을 느끼는 듯 놈들의 비행기는 더욱 미쳐 날뛰었다.[16]

서울이 개전 3일 만에 함락되었고, 한강 방어선에 이어 금강 방어선마저 붕괴된 상황에서 대전전투는 '임시수도'를 둘러싸고 벌어진 최대의 공방전이었다. 또한 인민군의 남진 속도와 미군의 방어 속도가 결정되는 중요한 분기점이었고, 인민군 전차와 미군의 대전차 무기 사이에 시험전이기도 했다.[17] 미군은 1950년 7월 20일 대전전투 과정에서 인민군의 T-34 전차를 15대 이상을 파괴했다. 그중 제5공군의 폭격기로 파괴한 5대의 전차는 모두 유성에서 대전으로 오는 길목에 있었다.[18] 도심이었던 대전 시가지에서 직접적인 폭격은 어려움이 있었다. 도시화된 좁은 지역에 대한 폭격은 아군과 적군을 구분하지 않고 양측 모두에게 피해를 입힐 수 있었다. 그러다보니 대전전투 당일 미군의 폭격은 제한적일 수밖에 없었다. 하지만 미군의 대전시가지에 대한 폭격은 오히려 대전전투에서 패해 퇴각한 후 증가했다. 7월 21일에 미군은 대전역을 공중에서 폭격해 후송에 실패한 탄약과 보급품이 실려 있던 열차를 파괴했다. 미군의 항공 폭격은 여기서 그치지 않고 대전을 다시 수복하기 전까지 수차례 이어졌다. 규모가 가장 컸던 폭격은 인천상륙작전이 개시된 9월 15일에 있었다. 이날 미 극동공군 폭격기사령부는 B-29 9대를 전선과는 무관한 대전으로 출격시켜 90톤가량의 폭탄을 투하했다.[19]

----

16   박팔량, 「종군기(3)」, 조선인민보 , 1950.08.09.

17   임재근, 「한국전쟁기 대전전투에 대한 전쟁기억 재현 연구」, 2쪽.

18   국방군사연구소, 『(한국전쟁전투사)오산 - 대전전투: 서부지역 지연전』, 국방군사연구소, 1993, 226쪽.

19   전갑생, 「한국전쟁기 대전의 피해상과 전후 복구」, 대전광역시, 『한국전쟁에서 4월혁명까지의 대전』, 대전광역시, 2020, 107-117쪽.

이처럼 인민군이 대전을 통치하던 시기, 북한은 대전에 가하진 미군의 폭격 목적을 패전에 대한 분풀이로 해석했다. 그러면서 피해상황을 적나라하게 보도하며 미군에 대한 분노감을 증폭시켰다. 다음은 대전 전투 과정에서 가해진 미군의 폭격에 대한 김사량과 김남천의 글이다.

예상대로 얼마 안되여 적군의 항공대가 나타났다. 시체바다를 이룬 제놈들의 참상에 질식을 한듯, 골짜기속을 한번 저공으로 스친 뒤로는 다시금 접할 생각도 않는다. 대공화기가 일제히 맹렬한 사격을 개시하였기때문이다. 놈들로부터 로획한 고사기관총까지도 수없이 많이 동원 되였었다. 항공대는 개울거리며 방정맞게 몇번인가 상공을 높이 뒤채이며 돌아가다가 공연한 대전시가지를 폭격하기 시작하였다. 서울서 뺨맞고 시골서 주먹질하는 격이였다.[20]

반 시간 이상을 계속가는 폭격과 기관포 사격과 소이탄 투하로 이 평화 그대로인 마을은 졸지에 불바다로 변하였다. 해가 져서 화광이 충천하는 마을을 굽어보면 도시나 공장지대의 폭격에 비하면 그 피해액으로 기천분지 일도 될까말까한 이 작달한 부락이 타을으는 것을 소름이 끼쳐 참아 볼 수가 없었던 것이다. '대체 이 마을에 무슨 군사시설이 있다는 것인가? 군대가 주둔해 있다는 것인가? 평화주민이 저놈들에게 무슨 적대되는 행동을 꾸미고 있다는 것인가?' 그 이튿날도 이 부락에 대한 원쑤들의 폭격은 되푸리되었다. 텅빈 부락에서 폭탄소리에 놀라 암소 한 마리와 돼지 두 마리가 논뚜렁을 달리는 것을 세 차례 네 차례 집요하게 감돌며 이 무

----

20 김사량, 「우리는 이렇게 이겼다 (6)」, 『로동신문』 1950.08.23.

고한 가축들을 논가운데 거꾸러트리고야 말았다. 신작로 연변에 내어놓았던 농민들의 가난한 농짝 이불보퉁이 속을 저공으로 떠돌며 악귀들은 수십 개의 수류탄으로 태워버리고야 잔인하기 비길 데 없는 식인귀들의 직성을 풀었던 것이다.[21]

폭격의 실제적 피해 상황은 역설적이게도 미군과 국군이 대전을 수복한 1950년 9월 28일 이후 미군 통신병에 의한 기록으로 재확인된다. 10월 5일에 촬영된 'KOREAN WAR, RUINS OF TAEJON'이란 제목이 달린 영상에는 폭격으로 파괴된 대전역의 모습이 고스란히 담겨 있다. 역사뿐 아니라 플랫폼에 설치된 구조물이 주저앉았고, 철로도 휘어져 기차 이용은 불가능한 상태였다. 파괴된 잔해 위를 지나는 어린 아이들의 모습이 포착되면서 더욱 비극적 장면으로 묘사되었다.[22]

폭격으로 파괴된 대전역
*출처: 영상 ADC 8401의 재생 장면을 파노라마 형태로 편집.

----

21   김남천, 「종군수첩에서(2) 대전에서」, 『해방일보』. 1950.09.06.
22   RG 111, ADC 8401, KOREAN WAR, RUINS OF TAEJON, NARA.

11월 2일에 촬영된 'RUINS OF TAEJON Korea'라는 제목의 영상에
도 완전히 폐허로 변해버린 대전 시가지의 모습이 고스란히 담겨 있었
다.[23] 정확한 촬영날짜를 알 수 없지만 비슷한 시기에 촬영된 'RUINS
OF TAEJON'라는 제목의 영상에는 잔해 속에서 아이들이 쓸 만한 물건
을 찾기 위해 땅을 파고 있고, 폭탄을 맞아 파괴된 시가지의 모습도 함
께 담겨 있었다.[24]

폭격으로 폐허가 된 대전시가 항공사진
*출처: http://images.google.com/hosted/life/759a0e967b3c5328.html(검색일: 2024.08.05).

1951년 6월 셔쉘(Joe Scherschel)이 촬영한 LIFE의 사진을 보면 대전
전투 이후 1년 가까운 시일이 흘렀음에도 대전 시내의 중심부는 제대로

----

23   RG 111, ADC 8373, RUINS OF TAEJON Korea, NARA.

24   RG 111, ADC 8833, RUINS OF TAEJON, NARA.

복구되지 못하고 집과 건물이 대부분 파괴된 채 폐허 상태가 유지되고 있다는 것을 확인할 수 있다. 형체가 온전히 남아 있는 건물들은 충남도청사, 대전시청사, 산업은행대전지점 건물, 충남도립병원, 몇몇 학교건물 등에 불과했다. 주택과 목조건물은 폭격의 직접적 피해뿐 아니라 폭격의 여파로 불타 없어진데 반해, 벽돌과 대리석 등 석재로 만든 건물은 상대적으로 온전히 남아 있을 수 있었다. 충남도청사와 대전시청 등 규모가 큰 건물들은 직접적인 폭격을 벗어나 파괴되지 않았다. 미군 폭격기들이 미군들이 수감된 시설이나 미군 포로들이 건물 옥상에 올라가 있던 건물은 폭격하지 않았기 때문이다.[25]

　미군의 폭격에 대해 북한 측은 개별 작가의 종군기를 넘어 조직적 대응도 있었다. 북한은 개전 초기부터 조국통일민주주의전선(조국전선) 조사위원회를 설치해 조사와 더불어 보도에도 적극적으로 나서 미국에 대한 적대적 정치선전으로 활용했다. 조국전선은 남북한의 71개 정당·사회단체 대표 704명이 1949년 6월 25일부터 28일까지 나흘 동안 평양에 모여 결성한 조직으로, 북한의 통일노선과 정책을 관철하는 전위기구 역할을 수행했다.[26] 조국전선 중앙위원회 상무위원회는 1950년 7월 14일 허헌 의장을 수반으로 하는 조사위원회를 창설했고, 전쟁피해 내역을 조사하고 선전하는 활동을 맡겼다. 조국전선 조사위원회는 한국전쟁 기간 중 도시와 농촌의 주택구역, 문화시설, 공장 등 산업시설들에 대한 미군의 폭격과 기타 미군 범죄를 조사해 상세히 보도했다.[27] 보도는 1950년 8월 18일 1호 보도를 시작으로, 9월 16일 2호 보도, 12월 26일 3호

----

25 대전광역시사편찬위원회, 『대전의 옛 이야기-하권』, 대전광역시, 2016, 942-943쪽.

26 김태우, 『폭격 : 미공군의 공중폭격 기록으로 읽는 한국전쟁』, 창비, 2013, 155쪽.

27 『조국전선조사위원회 보도 : 미제와 리승만 도당들의 죄악에 대하여』, 조선로동당출판사, 1951, 1쪽.

보도에 이어 1951년 3월 1일 4호 보도까지 이어졌다. 그중 대전과 인근 지역에 관련된 내용은 2호에 보도되었다.[28]

조국전선 조사위원회는 1950년 9월 16일의 '미국 무력 간섭자들과 리승만도배의 만행에 관한 조국통일 민주주의전선 조사위원회의 보도 제2호'를 통해 "7월 19일 오전 6시경부터 미군들은 대전으로부터 달아나는 일방 주택 상점 및 기타 문화기관이 거의 전부를 차지하고 있는 중동, 정동, 원동, 대흥동, 인동 등 대전시의 각 지역에 휘발유를 뿌리고 불을 질렀다."며, "그 결과 374호의 주택, 35개의 국가기관, 140개소의 평화산업 시설, 9개의 학교, 12개의 병원들이 잿더미로 화하였다."는 결과를 내놓았다.[29] 그리고 "7월 20일 충청남도 대전시에서 래습한 미군 폭격기 수대는 대전 공업중학교에 맹폭을 가하여 동교의 본관 14교실, 신관 8교실 및 그 안에 있던 일체 교수용품들을 전소"시켰고, "7월 30일 충청남도 대덕군 구즉면에 래습한 미군 전투기 수대는 구즉인민학교를 목표로 기총소사를 감행하여 전교사를 벌둥지와 같이 파괴하였다."라고 보도했다.[30] 또한, 8월 2일 미군 항공기 6대는 대전에 내습하여 충남 양주장, 충남 고무공장, 산업회사 제1공장 창고동에 다수의 폭탄을 투하하여 공장들을 파괴하였고, 8월 6일에도 미군 전투기 수대가 대전에 내습하여 대전 연필공장을 폭격하여 공장을 완전히 파괴하였다.[31]

조국전선 조사위원회는 폭격과 기총소사로 인한 구체적인 인명피

----

28 1호 보도와 2호 보도의 명칭은 '미국 무력간섭자들과 리승만 도배들의 만행에 관한 조국통일 민주주의전선 조사위원회의 보도'이고, 3호는 '미군과 리승만 군대의 평양에서의 만행에 관한 조국통일 민주주의전선 조사위원회의 보도', 4호는 '미군과 리승만 군대의 서울 인천 및 그 주변에서의 만행에 관한 조국통일 민주주의전선 조사위원회의 보도'였다.

29 『조국전선조사위원회 보도』, 90쪽.

30 위의 책, 45-46쪽.

31 위의 책, 82-83쪽.

폐허를 말하다

해 결과도 내놓았다. 조사위원회의 '보도 제2호'에는 "7월 26일 대전시 인동 삼방사 앞 정미소에서 방아를 찧던 인부 5명이 점심을 먹고 있을 때 래습한 미 항공기 3대는 그들에게 기총소사를 감행하여 3명을 즉사하게 하고 2명을 중상하게 되었다."고 보도되었고, "(8월 3일)대구 방면으로부터 침입하여 온 미군 항공기 2대는 대전시 신안동 거리를 걷고 있던 시민 7명에게 기총소사를 가하여 3명을 즉사시키고 4명을 중상시켰다."라고 이어갔다.[32] 또한 "8월 18일 충청남도 대전시 판암동 335번지에 거주하는 대전중학 1학년에 재학중인 리경무(15)와 여섯 살 되는 그의 동생은 미군의 만행으로 중상당한 아버지의 약을 구하려 가다가 때마침 래습한 수대의 미군 전투기를 보고 풀밭에 피신하였다. 이것을 발견한 미군 전투기는 두 어린이에게 기총사격을 가하여 리경무를 즉사케 하고 그의 동생을 중상을 입혔다."라는 조사 결과도 내놓았다.[33]

　미군의 대전시가지 폭격은 시위에 있어서도 한낮에 진행할 수 없게 만들어 야간시위로 진행하게 만들었다. 대전에서는 8월말 경부터 9월 초 사이, 만 명 이상이 참여하는 야간시위가 수차례 진행됐다. 그 중 9월 4일 밤에 시위에 참가한 방직공장 여성노동자 리정자는 "미제 침략 분들은 우리들의 시위의 자유를 박탈하려고 기총소사를 감행할지 모르나 놈들의 어떠한 총알도 우리의 격분된 군센 결의는 꺾지 못할 것이다"라며 야간시위의 이유와 더불어 미군에 대한 분노의 감정을 표출했다. 같은 날 철도노동자 리종호도 "적기의 맹폭으로 나는 나의 사랑하는 동지들과 집을 잃었다. 그러나 반드시 이 불구대천의 원수는 갚고 말겠다. 지금 나의 핏줄기는 원수를 무찌르겠다는 복수심에 용소슴치고 있다"고 말하며 미군의 폭격으로 동지를 잃은 슬픔과 미군에 대한 격분의 목

32　위의 책, 55-58쪽.

33　위의 책, 70쪽.

소리를 담아냈다.[34]

3. 폐허의 기록 그리고 분노

대전 시가에 행해진 미군의 공중폭격은 도심을 파괴하고, 대전을 점령한 인민군들에게 심대한 피해를 주었다. 하지만 당시 대전은 주요 군사시설이 존재하지 않았고, 전투가 벌어진 전선에도 해당하지 않았기 때문에 미군의 공중폭격은 명분이 부족했다. 미군들의 폭격은 인민군들만 골라 살상하지 않았다. 미군은 당시 대전에 남아 있던 사람들을 모두 적으로 규정했거나, 인민군을 살상하는 데 발생하는 부수적 피해로 인식했다.[35] 빠른 속력의 항공기를 이용한 폭격방식은 아군의 피해를 최소화하고, 적군에게는 광범위한 피해를 줄 수 있는 장점을 가진 공격수단이다. 그런데 폭격의 결과물인 '폐허'는 폭격을 행한 집단은 물론 폭격을 당한 집단에게도 정치선전의 차원으로 적극 활용되었다.

미군의 폭격은 전쟁이 끝난 후 북한의 소설이나 선전물에도 등장한다. 1990년 '불멸의 력사' 총서 중 하나로 출간된 안동춘의 소설 『50년 여름』은 한국전쟁 초기 대전전투까지의 과정을 상세하게 묘사하고 있다. 소설의 마지막 부분에는 도시가 폐허되는 과정을 다음과 같이 생생하게 표현했고, 폐허의 요인과 분노의 대상을 미군으로 돌리고 있다.[36]

시꺼먼 포연에 휘감겨 검은 장막을 뒤집어쓴듯한 도시의 상공으로는 끊임없이 불기둥이 솟구쳐올랐고 포탄파렬로 부서진 대포

---

34   조선중앙통신, 「원쑤들의 어떠한 폭격도 우리의 투지를 꺽지 못하다」, 『해방일보』 1950.09.08.

35   임재근, 「한국전쟁기 대전전투에 대한 전쟁기억 재현 연구」, 174쪽.

36   안동춘, 『50년 여름』, 평양: 문예출판사, 1990.

며 자동차, 철갑모, 찢겨진 시체들이 재개비처럼 날아올랐다. 아침 일곱시경 인민군련합부대들이 시가중심에 들어서자 띤사령부는 도시방화를 명령하였다. 삼복더위의 땡볕에 버쩍 마른 초가집들과 기와집들이 화약더미처럼 불타오르자 도시는 염열의 지옥을 련상시켰다.

평양에 있는 조국해방전쟁승리기념관의 별관으로 건축된 대전관에 설치된 전경화 '대전해방작전'은 작품의 규모나 작품에 담긴 내용에서도 놀라움을 자아낸다. 높이 15m, 둘레길이 132m, 화폭 면적 1,980 m^2인 대형 작품의 전경화 '대전해방작전'에는 대전 포위전의 시작과 끝에 이르는 10여 일 동안의 전 과정을 담았다.[37] 방대한 작품을 완성시키는 데 40여 명의 작가가 참여했고, 1972년 작업을 시작해 1년 6개월만인 1974년 4월에 완성시켰다.[38] 전경화 '대전해방작전'은 원통형 건물 내부에 360도로 설치된 대형 파노라마이기 때문에 명확한 구분선은 존재하지는 않으나 <주력부대의 돌격전>, <포위섬멸전>, <시가전>, <인민들의 전선원호>, <적들의 패망상>, <해방된 인민들의 감격>의 6개 부주제로 구성되어 있다. 그중 '포위섬멸전'에는 비행기 폭격으로 파괴된 군용열차와 화염이 묘사되어 있다.[39]

폭격은 실질적 파괴를 통해 전쟁에서 유리한 효능을 나타내기도 하지만, 심리전의 측면에서도 효과를 발휘한다. 폭격당한 이들의 처참한

----

37 전광남, 「주체적인 전법으로 미제를 타승하신 탁월한 군사전략가: 대전해방전투의 나날을 더 듬어」, 『로동신문』, 2016.07.21.

38 김수지, 「평양의 조국해방전쟁승리기념관」, 정근식 편, 『전쟁 기억과 기념의 문화정치: 남북한 과 미국·중국의 전쟁기념관 연구』, 진인진, 2016, 109쪽.

39 하경호, 「위대한 수령님의 주체적인 군사사상, 군사예술의 대승리를 영웅서사시적으로 형상한 불멸의 화폭」, 『조선예술』, 7호(1975), 57-59쪽.

전경화 '대전해방작전' 중 '포위섬멸전' 부분
*출처: 임재근, 「한국전쟁기 대전전투에 대한 전쟁기억 재현 연구」, 북한대학원대학교 박사학위논문, 2020,
  100쪽.

장면을 목격한 이들은 상대방에 대한 두려움과 공포를 발생시키기 때
문이다. 폭격을 두려운 존재로 인식하면서도, 또 다른 측면에서는 폭격
의 피해를 활용해 분노를 증폭시키고, 미제의 만행을 고발하는 선전과
선동의 수단으로 활용하기도 한다. 그렇기 때문에 폭격의 결과물인 '폐
허'를 적나라하게 표현하고, 집중해서 부각시킨다. 이런 목적으로 북한
은 다수의 기자와 작가를 동원해 글을 쓰고, 민족전선 조사위원회까지
조직해 적극 대응에 나섰다. 그리고 여전히 폭격의 기록과 폐허의 결과
물을 소환하며 미군의 악행을 고발하는 선전 수단으로 사용하고 있다.

폐허를 말하다

4. 희미해진 폐허의 망텔리테

작가의 글은 시대상을 반영하고 인간의 행동을 평가해 그 상황을 작가적 시점으로 표현해 낸다. 하지만 작가들의 글쓰기는 자신이 처한 위치에 따라 초점이 달라지고 상반된 글이 만들어지기도 한다. 전쟁은 인류의 평화를 파괴하고, 인간의 생명을 앗아가는 인류사적 최대 비극이다. 그런데 이런 죽음과 파괴, 폐허 속에서도 작가들의 펜은 멈추지 않았다. 작가들의 글에는 그들의 내면이 반영되어 있겠지만, 글에 다 담지 못한 내면의 일부도 있을 것이다.

일제 강점기 일본 식민지 구상 속에 계획되고 형성된 대전이라는 도시는 한국전쟁을 겪으면서 폐허의 도시가 되었다. 폐허의 주된 요인이 미군의 폭격이었다는 사실을 알게 되는 순간 분노의 감정을 어디로 표출해야 할지 혼란스러움을 느끼기도 한다. 대전은 폐허의 도시에서 빠르게 회복했고, 지금은 140만여 명의 광역도시가 되었다. 한국전쟁 당시와는 비교할 수 없을 정도로 도심의 면적은 확장됐고, 수직상승의 욕구로 고층 건물들이 들어서면서 도시의 스카이라인도 많이 바뀌었다. 도시의 확장과 회복으로 폐허의 흔적은 대부분 사라졌고, 폐허를 대하는 망텔리테도 점점 희미해졌다. 하지만 우리는 폐허의 요인이었던 전쟁을 아직 끝내지 못하고 있다. 그래서 또 다시 이 땅이 전쟁터가 된다면 어떤 형태의 폐허와 마주할지 무척 두렵다. ◼◗

폐허의 기억

한국전쟁과 대전의 소설들

김화선

김화선 : 배재대 교수. 공저『경계와 소통, 지역문학과 문학사』등

1. 폐허 속으로

　독일의 작가 W. G. 제발트는 2차 세계대전의 막바지에 폭탄이 떨어지던 밤에 대한 기억을 문학이 모두 지워버리고 아무것도 기억하지 않았다는 사실을 규탄한다. 2차 세계대전이 종전을 향해 가던 시기 영국 공군이 40만 번 출격하여 100만 톤의 폭탄을 투하하고 그로 인해 몇몇 독일 도시들이 "거의 철두철미하게 붕괴되"고 독일의 민간인 60만 명이 공중전으로 희생된 파괴 행위를 마치 없었던 일마냥 삭제해버린[1] 독일 전후문학의 직무유기에 분노하면서 제발트는 "완전한 파괴"와 "성공적인 재건"의 만남에 주목한다. 그는 공습으로 파괴된 "무시무시한 폐허 사이를 아무 일도 없었다는 듯이, 그리고 도시가 늘 그렇게 보였다는 듯이" 무덤덤히 걸어다니는 무감각이 "새로운 시작을 선언하고 지체 없이 재건 및 소개(疏開) 작업에 뛰어들 수 있었던 확고한 영웅주의의 다른 얼굴이"라고 지적한다.[2]

　이와 같은 제발트의 주장은 공중 폭격으로 초토화된 거리에 들어선 첨단 도시의 풍경이 감추고 있는 폐허의 이면을 응시하게 한다. 이면을 응시하는 시선은 파괴된 현장성 자체에 주목하여 비애의 감정을 쏟아내고 폐허 위에 기념비처럼 세워놓은 찬란한 시작을 상찬하지 않고 문학이 폐허를 어떻게 재현하고 있는가를 새롭게 되짚어볼 것을 요구한다. 독일의 작가들이 소수를 제외하고 집단적 망각에라도 걸린 것처럼 공중전의 폭격과 그로 인한 파괴에 침묵했다는 제발트의 비난으로부터 한국전쟁을 겪은 우리의 문학은 얼마만큼 자유로울 수 있을 것인가.

- -

1　W. G. 제발트, 이경진 옮김, 『공중전과 문학』, 문학동네, 2013, 13-14쪽 참조.
2　위의 책, 16쪽.

문학이 말하지 않고 "은밀한 삭제"[3]로써 닫아버린 공백의 영역을 붙들고 침묵 너머의 자리로 들어가려면 전쟁이 초래한 폐허의 이미지와 마주할 수밖에 없다. 본래 폐허란 "건물이나 성 따위가 파괴되어 황폐하게 된 터"[4]를 가리키지만 "파편이나 잔해, 흔적으로 남은 폐허는 파괴 행위 이전과 이후를 한꺼번에 환기하는 포괄적 장소로서 문명의 종말이라는 사건 전후의 시간성이 구체적 공간으로 형상화된 자리"[5]라는 점을 염두에 두어야만 한다. 폐허는 곧 직선적 인과관계로 구성되고 해석되는 자리가 아니며 무수한 해석의 갈래들이 교차하는 지점[6]이기 때문이다. 따라서 폐허를 보는 행위는 폐허 이전과 그 이후를 품고 모든 타자들의 섞임을 허용하면서 문학의 윤리를 실천하는 일이 된다.

폐허를 모든 것이 부서져내린, 그리하여 아무것도 없는 '무(無)'의 자리로 이해하는 결과론적 입장이 회피하고 지워버린 타자들의 목소리를 불러오고 하나의 문학이 아닌 여러 문학'들'의 얼굴을 맞대기 위해 이 글은 폐허 속으로 들어가고자 한다. 한국전쟁과 폐허를 증언하고 있는 대전(大田)의 소설을 중심으로 대전문학사에 반영된 폐허의 망탈리테(mentalites)를 분석하는 작업은 하나의 기억, 하나의 역사가 창조해 놓은 재건의 영광 뒤로 밀려난 목소리들을 복원하고 대전의 문학장을 구성했던 다양한 실체들과 조우하는 작은 걸음이 될 것이다.

----

3   위의 책, 10쪽.
4   네이버 어학사전 참조.
5   김화선, 「어린이 청소년 SF 서사에 나타난 폐허의 상상력-이현, 『로봇의 별』 1·2·3을 중심으로」, 『아동청소년문학연구』 제34호, 2024, 12쪽.
6   박수연, 「폐허의 미메시스」, 자음과 모음 제32호, 2016, 395쪽 참조.

2. 폐허의 기억, 폐허의 감각

폭격과 화염, 공중전이 만든 잿더미

1950년 6월 25일, 한국전쟁이 시작된 지 사흘 만에 서울이 인민군에게 함락되고 6월 27일부터 7월 16일까지 20일 동안 임시수도가 된 대전에서 인민군과 미군의 전면전이 펼쳐졌다. "인민군의 남진 속도와 미군의 방어 속도가 결정되는 중요한 분기점"[7]이었던 대전전투는 미국과 한국의 관점에서는 인민군의 남진을 지연한 작전으로, 북한에서는 미군 제24사단에 심각한 전력 손실을 입힌 승전으로 기억되고 있다. 대개 대전전투는 오산전투가 있었던 1950년 7월 5일부터 평택, 천안, 전의, 조치원을 거쳐 7월 20일 대전시가지에서 발생한 대전시가전투까지 포함하는데, 특히 7월 20일 새벽에 대전 시가지에서 시작된 대전시가전투는 대전 도심에 큰 피해를 입혔다. 월턴 해리스 워커 중장(Walton Harris Walker, 1889년 12월 3일~1950년 12월 23일)이 대전비행장에 착륙하여 미군 제24사단을 지휘하고 있던 윌리엄 딘(William Frishe Dean, 1899년 8월 1일~1981년 8월 24일) 소장을 만났고 미국과 호주 국적의 전투기가 공중에서 인민군을 응징한다는 미국의 언론 보도나 인민군 항공기들이 대전비행장을 폭격하고 미군 항공기들과 공중전을 치렀다는 북한 측의 언급을 참고할 때[8] 당시 대전에서 치열한 공중전이 전개되었다는 사실을 짐작할 수 있다.

이렇게 서로 다른 관점에서 기억되고 있는 "대전전투를 전후하여

----

7 임재근, 「한국전쟁의 대전전투에 대한 기억재현 : 전쟁기억을 평화와 인권의 가치를 기반으로 재조정해야」, 『가톨릭 평론』 제30호, 우리신학연구소, 2020, 169쪽.

8 임재근, 「한국전쟁기 대전전투에 대한 전쟁기억 재현 연구」, 북한대학원대학교 박사학위논문, 2020, 28-29쪽 참조

대전지역에서는 군·경에 의해 민간인학살 7,000여 명, 인민군에 의한 민간인학살 1,500여 명 등 수천 명의 인명피해가 발생했"[9]다는 외면할 수 없는 진실을 문학은 어떻게 기록하고 있을까. 삶과 죽음의 경계를 넘나드는 격렬한 대전전투의 얼굴을 기억하는 문학 작품으로 소설가 염인수(1912-2006)의 『깊은 강은 흐른다』(도서출판 심지, 1989)를 꼽을 수 있다. 소설가 염인수의 작품을 먼저 불러오는 까닭은 그가 해방 이후 대전의 농업시험장에서 근무하며 문학가동맹 대전지부에 속한 작가로 활동했고, 대전에서 직접 체험한 한국전쟁의 참상을 장편실화소설 『깊은 강은 흐른다』와 수필 「제2동 20호실」(『정』, 미리내, 2003)에서 증언했기 때문이다. 더욱이 염인수는 문학가동맹 결성의 책임을 지고 보도연맹원들을 대거 구속하던 시기에 대전형무소에 수감되었다가 학살 직전 기적과도 같이 생존하였을 뿐 아니라 이때 온몸으로 겪었던 "전쟁에서 오는 약탈과 노략질의 흔적"을 글쓰기를 반복하며 이겨냈다. 이러한 이유로 그를 첫머리로 호명해 본다.

대전의 주변에서 벌어진 공방전은 격심했다. 우리가 피난한 마을은 과수원 역의 내 건너 마을이었기 때문에 그 전투는 바로 우리 눈 앞에서 전개되고 있었다.

과수원 역 앞 철교를 건너 대전 가는 바로 그 언덕에는 미군 야포부대가 치열하게 포탄을 뿜어대고 있었다. 과수원 역 뒷산 너머에서는 인민군의 야포가 일정한 간격을 두고 쏘아대는 소리가 그치지 않았다.

또 유성 저편에서는 내를 중심으로 치열한 총격전이 콩 볶듯

---

9   위의 논문, 181쪽.

폐허를 말하다

이 쏟아지고 있었으나 도무지 그 양상을 헤아릴 길이 없었다. 그 전투가 밤이 되면서는 총격이 섬광을 대낮처럼 환하게 어둠을 밝히기도 하였다. 인민군은 그 포격전과 더불어 주력부대는 논산 연산께서 올라와 과수원 남쪽 산 밑을 돌아 대전을 포위하고 있었다.

연합군 공군은 거의 과수원 상공에서 떠나지 않고 포격을 가했다. 어느 땐가는 인민군대 수십 명이 냇가에서 목욕을 하고 있을 때였다. 그때에 폭격기가 날라왔으나 그들은 하천 양편으로 줄지어 앉아 꼼짝하지를 않았다. 폭격기는 기수를 낮추어 정찰하였지만 그들을 발견치 못하고 그대로 날라갔다.

- 염인수,『깊은 강은 흐른다』, 105~106쪽

대전이 함락되는 날 대전은 불타고 있었다. 대전의 구시장에서부터 목척다리까지 그 사이의 하천을 중심으로 대전의 중심지는 모조리 불타고 있었다. 그것은 공중에서 석유를 뿌려놓고 전소시킨 것이라고 했다.

초저녁부터 타기 시작한 거리는 밤새도록 탔다. 그 불타는 화염은 십여 리가 떨어진 과수원 뒷산에까지 훤하게 비치고 있었다. 뒷산의 숲들이 붉게 물들고 있었다. 대전은 훨훨 불타고 있었다.

- 염인수,『깊은 강은 흐른다』, 107쪽

서대전을 넘어 유천리 앞 다리에 이르렀을 때였다. 요란한 폭음소리에 고개를 돌려보니 대전역 상공에 B29편대가 그 일대에 폭탄을 퍼붓고 있었다. 그 폭탄은 공중에서는 펑하고 소리를 냈다가 잠시 후 지상에 떨어질 때에는 찢어지는 듯한 소리를 내었다.

- 염인수,『깊은 강은 흐른다』, 134쪽

『깊은 강은 흐른다』에서 인용한 예문에 드러난 것처럼, 염인수는 대전 시가지에서 전투가 일어나기 직전 대전 지역 인근에서 벌어진 공방전의 양상은 물론 공중 폭격으로 화염에 휩싸인 대전 시가지의 모습을 실감나게 묘사하고 있다. 염인수는 야포 부대의 전면전과 "치열한 총격전"을 포탄을 뿜어내는 소리와 쉬지 않고 들리던 콩 볶는 소리 같은 청각적 이미지를 소환함으로써 전쟁 상황에 직면하면서 느꼈던 불안과 공포의 감정을 고스란히 전달한다. 나아가 대전역 상공에서 미군 폭격기인 B29편대가 퍼부은 폭탄이 대전의 중심지를 모조리 파괴하는 장면을 목격자의 시선으로 재현한다. 비행기의 무차별 폭격이 대전천을 중심으로 한 대전역 주변과 구시장, 그리고 목척다리까지 화염에 휩싸이게 만들고 결국 그로 인해 대전의 시가지가 초토화되는 장면은 전쟁이 철두철미하게 모든 것을 파괴하는 폭력 행위라는 사실을 명확히 보여준다. 무릇 전쟁은 "국가나 그에 준하는 교전단체 간에 무력을 사용하여 적대세력을 토벌하는 행위"이건만 "적의 전쟁수행능력과 전쟁의지를 없애기 위해 적 점령하의 주요 도시나 생산시설, 동력시설, 교통·통신시설, 정치·군사의 중추부 등을 파괴하는 현대 공군의 폭격작전"[10]이 인민군의 핵심 지역이 될 대전을 철저히 무력화시켰던 것이다. 뿐만 아니라 그 과정에서 민간인들은 보호해야 할 존재들이 아니라 언제든 적군에 협력할 가능성이 있는 잠재적 적군으로 전락하고 만다. 그러니 공중에서 폭탄을 퍼붓는 B29편대의 공격은 제발트가 몸서리쳤던 "완전한 파괴" 그 자체였음을 부정할 수 없다.

이와 같이 염인수가 기억하고 있는 "그 정체를 제대로 보지도 못하고 하늘을 덮는 듯한 전투기의 공습 속에" 보낸 달포의 시간은 그가 문

---

10   김태우, 『폭격 : 미공군의 공중폭격 기록으로 읽는 한국전쟁』, 창비, 2013, 28쪽.

학 활동을 하던 삶의 근거지인 대전이라는 도시를 폐허로 만들어버린다. 존재하던 것들을 무화시키는 폭력적 행위로 자행된 공중전을 실제로 체험한 염인수는 당시의 대전 거리를 이렇게 설명하고 있다.

> 대전의 거리는 말 그대로 폐허였다. 그때 문예총 사무소는 시청 옆 어느 피난 간 사람의 빈집 한 채를 사용하고 있었다. 사무소 안에는 문학 음악 연극 동맹이 있었으나 그것들은 너무나 헤싱헤싱한 이름뿐인 사무소였다.
> 나는 그날 저녁 문학가동맹에서 일하고 있는 S양과 어깨를 나란히 하고 은행동을 거쳐 목척다리께를 걷고 있었다. 그곳 일대는 집 한 채 없는 폐허로 대전천 저편까지 바라다 보였다. … 중간 생략 … 대전 거리는 갑자기 술렁이기 시작했다. 나는 그날 도립병원으로 인민군 부상병 위문을 갔었다. 마루바닥에 딩굴고 있는 사람, 눈까지 싸맨 사람, 팔 다리가 부러져 그 아픔에 소리치는 사람, 그러나 그 부상병들을 돌봐주는 사람은 아무도 없었다.
> - 염인수, 『깊은 강은 흐른다』, 15~17쪽

대전전투 이후의 상황을 설명하고 있는 이 장면에는 폐허가 된 대전의 거리와 부상 당한 인민군들의 참상이 드러나 있다. "집 한 채 없는 폐허로" 변한 대전의 거리는 공중전의 폭격이 지니는 위력을 보여주기에 충분하다. "신문사의 H를 비롯하여 문학하는 사람, 음악하는 사람 등" "안심하고 앉아 있다가" 죽어버린 사람들에 대한 기억은 염인수를 두려움과 상실의 고통으로 몰아넣는다. 염인수가 목격한 폐허가 된 대전의 거리는 이처럼 죽음과 파괴, 존재했던 이들의 부재로 채워진다.

"6·25가 터지던 날 투옥되어 생사의 기로에서 몸부림치던" 염인수는 연합군이 다시 대전을 점령하기 전 "이제는 모든 것이 끝날 날이 돌아온 것"을 직감하고 폐허가 된 대전을 떠난다. 좌익 문단 활동을 한 이력으로 인해 자신에게는 "문학적 시원의 공간"이었던 대전을 떠나 부역자라는 낙인을 숨기고 살아갈 수밖에 없었기 때문이다. 그러나 염인수가 대전전투가 벌어지고 폐허가 된 대전의 거리를 침묵의 영역에 묻어두지 않고 기꺼이 기억하고 발화하는 까닭은 대전에서 겪은 한국전쟁의 고통이 비록 자신을 역사의 부역자로 만들었다 할지라도 그 모든 삶의 순간들을 남김없이 기록함으로써 자신이 글을 쓰는 작가였다는 정체성을 잊지 않기 위함이었다. 대전을 떠나 익산, 군산을 거쳐 서울로 거처를 옮기고 자신의 이름을 숨긴 채 일용직 노동자로 살아가는 날들이 이어졌지만 염인수는 자신의 이야기를 쓰고, 다시 쓰면서 작가라는 정체성을 버리지 않고 남몰래 지켜나갔다. 글을 쓰는 행위가 그에게는 절박한 생존의 근거가 되었던 탓이지만 그런 기록을 오랜 시간이 지나고 해금 조치가 이루어진 이후에야 출판했다는 사실은 이념의 굴레가 얼마나 컸던가를 짐작하게 한다.

한편, 열 살을 갓 넘긴 나이에 고향인 대전에서 한국전쟁을 겪은 소설가 조선작(1940-)은 자전적 경험을 반영한 「시사회」에서 "우리가 겪은 전쟁이란 그다지 대단한 것은 아니었다"고 고백한다. 그저 "아주 멀찍이서 들려 온 포성과 두 가지 정도의 비행음(飛行音)을 들은 것이 우리가 체험한 전쟁의 전부였"고, 전쟁이 "우리들의 피난한 요처(要處)를 멀찍이 우회했던 것"이라 말하지만 피난처에서 대전으로 돌아와 폭격을 실제로 경험한 후로는 전쟁이 삶의 터전을 어떻게 짓이겨놓는지를 절감하게 된다. 조선작은 「시사회」에서 어린 서술자의 목소리를 빌려 "종복이 녀석"에게 전해들은 공중전의 양상을 상세히 전달한 뒤 "우리들"의 눈으로 대전역이 폭격을 받은 상황을 목격한 장면을 다음과 같이 생생하게 표현한다.

종복이 녀석은 미군기들에 의한 네이팜탄의 폭격을 현실감이 흘러넘치는 어조로 이야기해 주었다. …중간 생략… "석 대씩 세 편대, 삼삼은 구 아홉 대나 경폭기들이 하늘을 휩쓸었다."

　종복이 녀석은 이렇게 이야기를 시작했다. 아홉 대의 폭격기는 세 편대에서 각각 한 개씩의 조명탄을 낙하했다. 폭격기들은 밝혀진 조명탄 불빛 아래의 밝음과 그 상공의 어둠 사이를 제비들처럼 자맥질하며 폭격을 개시했다. 폭격기들의 날개에 종류를 알 수 없는 시꺼먼 폭탄들이 굴비 두름처럼 매달려 있었다. 읍에는 벌써 인민군들의 탱크가 들어와 있었다. 탱크들은 일제히 포탑(砲塔)을 하늘로 향하고 폭격기들을 겨누었지만, 그것은 장님이 파리를 잡는 것만큼이나 무모했다. 폭탄을 얻어 맞은 탱크들이 성난 망아지처럼 길길이 뛰었다.

　읍은 순식간에 불바다가 되었다. 조명탄의 불빛도 이제는 빛을 잃었고 읍은 송두리째 재가 되는 판이었다. 불길이 길을 건너고 연기가 아이들처럼 떼지어 거리를 활보했다.

- 조선작, 「시사회」,

『한국문학전집 33』, 삼성출판사, 1985, 189~190쪽

　정거장에 폭격이 있던 전날 밤, 우리들은 정거장 근처에서 치솟아 오른 신호탄을 보았다. 신호탄은 우리들이 옛날 이야기로만 들어 왔던 도깨비불과 흡사했다. 검은 하늘로 치솟아 오른 불덩이 하나가 어느 지점에 가서는, 마치 도깨비불처럼 갈라져 좌우로 전개되는 것이었다. 그때는 마침 공습 경보가 울리고 난 다음이었다. 그러나, 그 공습 경보에 뒤따라 나타난 비행기는 전투기가 아니었고, 느릿느릿 저공을 선회하는 정찰기 한 대였던 것이다. 그 정찰기는 한 대는 정거장 근처에서 치솟아 오른 신호탄을 보았던 모양이었다.

그리고 다음날 아침 정거장에 대대적인 폭격이 감행된 것이었다. 하늘은 시꺼먼 중폭격기의 편대로 뒤덮여 있었다. 그 중폭격기의 편대가 정거장의 상공에 이르른 순간 폭탄이 우박처럼 쏟아져 내렸다. 또 한 번, 뒤따르던 편대도 시꺼먼 폭탄을 쏟아 놓았다. 정거장 근처는 금시 불길 속에 뒤덮였다. 레일이 엿가락처럼 휘어져 불길 밖으로 솟구쳐 올랐고, 이어서 굉음(轟音)이 우리들의 고막을 찢었다. 우리들은 두 손으로 귀를 싸쥐고 놀란 망아지처럼 충격으로 흥분한 몸뚱이를 길길이 뛰었다. 폭격이 끝나고 중폭격기의 편대가 사라진 다음도 정거장 근처는 마치 사격장처럼 요란스럽게 콩 볶는 듯한 소리가 끊이지 않고 있었다.

- 조선작, 「시사회」, 215~216쪽

조선작이 「시사회」에서 그려내는 대전전투의 실체는 염인수가 목격한 대전전투의 장면과 유사하지만, 염인수의 깊은 강은 흐른다 에 비해 공중전의 양상을 더욱 섬세하게 묘사하고 있다. 어린아이를 초점화자로 선택하여 "놀란 망아지처럼 충격"을 받은 당시의 상황을 비유적 표현을 적극 활용하여 제시한 덕분에 독자들의 공감을 얻기가 훨씬 용이하다. 이를테면 "제비들처럼 자맥질하며", "굴비 두름처럼", "도깨비불처럼 갈라"지고, "성난 망아지처럼", "길길이 뛰었다"와 같은 단어들을 끌어와 폭격의 밤을 시각화함으로써 생생한 리얼리티를 획득한다. 그 결과 폭격기 편대들이 폭탄을 쏟아 놓은 바람에 대전 시가지가 "불바다가 되었"고 "송두리째 재"로 남게 되는 과정이 고스란히 재현된다.

폭격이 감행된 결과 대전 시가지는 "멀리서 바라보기에도 일견 철저하게 파괴된 폐허"로 변모한다. 어린 주인공의 눈에 포착된 "그 오유(烏有)의 잿더미"는 소설가 조선작이 체험한 대전전투, 나아가 한국전쟁의 실체였다. "버리고 온 집과 아버지"가 있었던 자리를 파괴하고 무너뜨려 폐허로 만든 것은 다름 아닌 전투기들의 폭격이었다. 「시사회」가 언급한 "오유의 잿더미"는 있었으나 사라진 무의 상황을 상징하는 잿더미로써 한국전쟁이 초래한 폐허의 이미지를 부각시킨다.

죽음의 잔해와 전쟁 이후의 현실

"대전에서 자라고 대전에서 초·중·고, 대학을 나온 대전의 작가"[11]라고 스스로를 지칭하는 소설가 김수남(1944~)은 대전이 겪은 한국전쟁의 상처를 폐허의 이미지로 기억한 바 있다. 김수남은 "전세가 바뀌고 북진하는 국군을 따라 다시 돌아온 대전역에서 바라본 시가지는 전부 폭격 맞아 폐허로 변해 있었다. 그때까지도 도시 군데군데서 연기가 피어올랐다. 충남도청 건물같은 큰 건물 몇 채만 들어왔고 제대로 서 있는 건물은 거의 없었다"[12]고 술회하면서 한국전쟁이 시작된 직후 대전 근교와 시가지에서 벌어진 공중전이 대전의 거리를 폐허로 만들었으며, 폐허가 된 대전에서 소설 속 인물들이 마주한 것은 훼손된 시체로부터 환기되는 죽음이었다는 점을 강조하고 있다. 김수남의 증언과 더불어 염인수 역시 『깊은 강은 흐른다』에서 대전시가전투가 끝난 대전의 풍경을 버려진 야포와 찢겨나가거나 손상된 병사들의 시체로 환기하고 있었다.

나는 대전에 들어가기로 했다. 과수원 인도교 앞에 다다르니 다리 건너편이 바라보이는 길 모퉁이에 야포 한 대가 버려져 있었다. 그리고 그 포의 주변에는 무수한 탄환이 흩어져 있었다. 대전을 넘어가는 얕은 언덕에 다다랐다.

----

11   김수남, 『걸레도둑 만나러 나는 테미로 간다』, 도서출판 이화, 2013, 표지 날개 작가 소개.

12   김수남, 「폐허와 재건, 그 틈을 채우다-판잣집 들어선 대전천 둑방은 하나의 생존구역」, 『대전 근현대사초 2』, 2013, 121쪽.

그 언덕길 바로 밑 밭고랑에는 군 병사 시체 삼 구가 띄엄띄엄 흩어져 있었다. 두 시체는 흑인, 하나는 백인이었다. 그들은 거의 나체에 가까웠다. 그중 흑인 병사 한 사람의 눈은 완전히 튀어나와 있었다.

대전 시가지에 들어섰다. 거리 주변에는 불탄 냄새가 심했으며 아직도 연기가 나는 곳도 있었다. 대전 변두리를 빼놓고 중심가는 완전히 폐허가 되고 만 것이었다. 한 곳을 걷다 보니 고양이 한 마리가 죽어 있었다. 고양이는 담을 뛰어넘으려다 떨어진 듯 담 밑에 뻗어 있었으나 털은 온전했다.

대전 시립도서관이라고 짐작되는 곳에 이르러서였다. 미군 시체 한 구가 길 옆 잿더미 위에 버려져 있었다. 그 시체 하반신은 없어져 버렸고 상반신만이 남아 있었으나 검게 변한 얼굴은 잿더미에 반쯤 묻혀 있었다.

              - 염인수,『깊은 강은 흐른다』, 108~109쪽

과수원을 지나 대전의 중심가에서 시립도서관에 이르는 길에서 염인수가 감각한 불탄 냄새와 연기, 주검만 남은 잿더미는 대전전투의 실체를 상징적으로 보여준다. 특히 털이 온전한 상태로 죽은 고양이와 대조적으로 하반신은 없어지고 잿더미에 얼굴을 묻은 손상된 시체는 처참한 전쟁의 비극을 상기시킨다. 이렇듯 염인수가 목격한 폐허가 된 대전 시가지 안에는 훼손된 죽음들이 가득했는데, 조선작의「시사회」역시 대전시가전 이후에 잿더미가 된 대전에서 미군병의 시체를 발견하고 전쟁이 주는 공포를 깨닫는다는 점에서 죽음의 파편들로 채워진 폐허의 터를 이야기한다는 공통점을 발견할 수 있다.

읍으로 들어가는 도로의 막바지, 완만한 경사의 비탈이 구불

구불 휘어져있고, 그 비탈을 올라서면 읍 전체를 한 눈에 내려다볼 수 있는 그런 고갯길의 초입에서 우리들은 한 명의 미군병을 발견했다. 미군병은 길섶의 무성한 잡초를 깔아뭉개고 한가로운 자세로 누워 있었다. 미군병의 출현은 우리들 여섯 개의 다리를 얼어붙게 했다. ...중간 생략... 잊고 있었던 기억이 되살아난 것처럼 미군병의 시체는 나의 코끝에 갑자기 싸알한 악취를 풍겨 냈다. 옆구리의 부패한 상처에 집중적으로 미물(微物)이 번창하고 있는 모습을 나는 발견했다. 갑자기 섬뜩해져서 나는 시체의 곁을 도망치기 시작했다.
- 조선작, 「시사회」, 172~173쪽

「시사회」의 어린 주인공은 동생과 진숙이와 함께 대전의 중심가로 돌아오는 길에 미군의 시체를 발견한다. "전투기들의 기총 소사에 머리가 뚫린 시체"를 "곳곳에서" 목격한 '나'의 눈에 "한가로운 자세로 누워" 있는 것으로 보였던 미군병은 가까이 다가가 보니 이미 부패하기 시작한 시체였음이 드러난다. 시각적 이미지가 포착한 "한가로운 자세"가 "싸알한 악취"라는 후각적 감각으로 전환되자 '나'는 "부패한 상처"에서 번창하고 있는 미물을 발견하고 죽음이 던져주는 극심한 공포를 경험한다. 이와 같은 반전은 거리를 두고 전쟁을 우회적으로 체험했던 어린 주인공이 미처 깨닫지 못한 참혹한 전쟁의 실상을 마주하게 되는 계기를 만들어낸다. 이는 "이발 기계로 듬성듬성 밀어붙이다 만 아이의 머리처럼 보였"던 "바둑판처럼 비교적 반듯하게 늘어서 있는 집들이, 어떤 줄은 지독하게 파괴되고 어떤 줄은 아슬아슬하게 남아 있고 하"여서 "마치 화재(火災)가 심심풀이의 장난질을 한 것처럼 느껴졌"던 폐허 외부에서 폐허 내부로 들어오며 경계를 넘는 순간이 된다.

「시사회」의 '나'는 그 안에 자리하고 있는 죽음의 악취와 대면하고 두려움에 도망을 치지만 그 이후 "읍을 송두리째 불태운 불가사의한 화마(火魔)"가 "절반만 불태우고 나머지를 남겨" 둔 "반신불수가" 된 "우리들의 집"에서 폐허의 실상을 재확인한다.

우리들의 집은 공교롭게도 반신 불수가 되어 있는 모습으로 우리들의 귀로를 맞이하고 있었다. 우리들의 집은 ㄷ자 형의 그럴듯한 한식 가옥이었는데, ㄷ자의 측면과 하단(下端) 사랑채와 문간채가 불에 탔고, 안채만이 덩그렇게 남아 있었다. 우리들은 길가에 우뚝 멈춰서서 찬탄어린 눈길로 타다남은 안채를 바라보았다. 길까지 마루가 훤하게 노출되어 있는 안채는 마치 조명이 켜진 학예회의 무대처럼 보였다. 마루에는 방금 폐허의 저쪽으로 떨어지고 있는 태양의 잔광(殘光)이 눈물겹게 비쳐들고 있었다. 그리고 역시 그 태양의 역광(逆光)으로 인하여 짙은 보랏빛으로 어두컴컴해진, 사랑채와 문간채가 허물어진 폐허 위에는 깨진 기왓장과 불 먹은 벽토(壁土), 타다 남은 시꺼먼 서까래들이 어수선하게 쌓여 있었다. … 중간 생략… 집으로 들어가는 데는 이제 대문을 통할 필요가 없었다. 폐허가 된 부분이 모두 대문과 마찬가지였다.
　　　　　　　　　　　　　　　　　　- 조선작, 「시사회」, 183~184쪽

대문과 벽이 부서지고 안채만 남은 집은 이제 안과 밖의 경계가 지워진 장소가 되었다. "그럴듯한 한식 가옥"이 허물어진 폐허가 된 현실을 묘사하는 이 부분은 조선작이 왜 '시사회'라는 제목을 선택했는가를 말해주고 있다. 한때 제법 살 만했던 "우리들의 집"은 사라지고, 이제는 집이었던 과거의 파편들만 쌓인 이곳은 시사회와 같이 타인들의 시선을 고스란히 받는 "학예회의 무대처럼" 노출된 자리로 손상되어 버렸다. 두 눈을 부릅뜨고 잔해의 파편들을 직면할 수 없도록 "폐허의 저쪽으로 떨어지고 있는 태양의 잔광이 눈물겹게 비"치고, 아이들은 "어수선

　　　　　　　　　　　　　　　　　　폐허를 말하다

하게 쌓"인 폐허 속에서 어찌할 바를 몰라 한다. 결국 이전의 상태를 무화시키는 철저한 파괴는 아니되, 완전한 죽음과 온전한 생 사이의 경계 영역에 위태롭게 서 있는 폐허의 잔해더미를 "반신불수"가 된 집이 함축적으로 제시하고 있는 것이다.

아울러 폐허의 이미지가 "질퍽이는 길"이라는 상징적 이미지로 대체되어 삶이 무너져내린 현실을 고발하고 있는 소설로 양기철의 「길은 질퍽어리고」에 주목해보기로 한다. 1930~40년대 촉망받는 청년 상업가로서 「내가 가는 길」(《매일신보》 1939년 1월 10일~4월 8일 연재)이라는 영화소설을 발표한 바 있는 양기철은 1952년 대전에서 창간된 문학지 『호서문학』에 짧은 분량의 소설을 게재한다. 전쟁통에 남편을 잃고 아픈 딸 순이의 약값을 벌기 위해 술장사로 나선 순이어머니의 이야기를 담은 「길은 질퍽어리고」가 바로 그것이다.

> 길은 질퍽어리고 아까부터 싸락눈까지나려 길우에는 어름조차 얼어 날씨는 갑작이 추어젓는데 발을 띠여놀때마다 철벅어리는 소리와함께 뚫허진고무신 사이로 한어름물이 스며져 그러잔허도 해진 버선짝조차 없어 맨발로 나슨 발고락이며 발등이며 가릴턱없이 차거운 정도를지나 따거운 신경이 송곳질을 하는것을 이를 악사려 물고 전등불조차없어 캄캄하고도 비좁은 골목길을 한손에는 빈병을들고 거이 울상으로 휘청거리며 나오고인는 순이 어머니는 … 중략 … 빈병에 막걸리 한병을 외상으로얻어놓고 길가에슨채 술손님을 기다릴차비를 차리고있노라니 자기와같은 처지에 있는 사람이 수얼찬흔지는몰라도 술파는 여인네가 새파란 계집아이가 있는가 하면 적잔히 나이먹은 여자들도있어 제각기가 다 젊은것이나 늙은 것이나 할나위없이 얼굴에는 분칠을 만양 한양 큐큐한 행내를 피우며 발서부터제법 밤저자를버리고있어 자기가이 난생처음으로 이

런짓이란 꿈에도 생각지않었든것이며 난리통에 이리저리 죽고갈리고 겨우 두살자리 딸자식하나를 데리고 이곳까지 굴러온것이 자식마저 냉방에 감기가들더니 폐염이되고 있는돈 없는돈을 대여 이약 저약을써써스나 효험은커녕 점점더 병세는 더하기만해 … 중략 … 이제쯤은 죽었는지 살았는지도 몰을 순이가 있는 집으로 술값은 커녕 빈 병도 내버린 채 그냥 찾아 오자니!

길은 질퍽어리고 아까부터 싸락눈까지 나려 길 우에는 살어름조차 얼어 날새는 갑작이 추어졋는데 발을 떠여 놀때마다 철벅어리는 소리와 함께 뚜러진 고무신 사이로 찬 어름물이 스며저 그러잔허도 해진 버선짝조차 없어 맨발로 나선 발고락이며 발등이며 가릴 턱없이 차거운 정도를 지나 따가운 신경이 송곳질을 하는것을 이를 악사려 물고 전등불조차 없어 캄캄하고도 비좁은 골목길을 순이어머니는 삐즐삐즐 울며 어둠으로 어둠으로 딸려 드러가듯 허청거리며 드러가고 있다.

- 양기철, 「길은 질퍽어리고」, 『호서문학』 창간호, 1952, 24~25쪽

소설의 시작부터 결말까지 두 개의 단락과 두 개의 문장으로 구성된 「길은 질퍽어리고」는 살아갈 길이 막막한 순이어머니의 상황을 추위와 싸락눈, 뚫어진 고무신과 맨발, 질퍽이는 길로 암시하고 있다. 생계를 위해 하는 수 없이 들병이가 되어 싸락눈이 나리는 질퍽이는 길을 맨발에 구멍 뚫린 고무신을 신고 걸어가는 소설 속 순이어머니의 모습은 한국전쟁을 겪으며 극한 상황에 내몰린 민중들의 삶을 표상한다. 모든 것이 파괴되어 폐허가 되어버린 삶이란 물리적 구조물뿐 아니라 일상의 터전이 훼손되는 것까지 포함한다는 사실을 양기철은 순이어머니라는 여성 캐릭터를 통해 보여주고 있다. 「길은 질퍽어리고」에서 생계수단마저 빼앗긴 채 "전등불조차 없어 캄캄하고도 비좁은 골목길"을 다시 "삐

즐뻐즐 울며 어둠으로 딸려들어가"듯 걸어가는 순이어머니를 묘사하는 서술자의 태도는 비록 전쟁이 끝난다고 해도 앞으로 그녀가 살아나가야 하는 인생이 결코 순탄하지 않을 것임을 넌지시 암시하기까지 한다. 인용문에 드러난 바와 같이 서사의 시작과 끝에서 동일하게 반복되는 질퍽이는 길과 맨발, "송곳질을 하는" 고통과 울음이 재차 겹쳐지며 폐허가 된 삶을 다시 복구하기란 도저히 불가능하다는 메시지가 강화된다. 여기서 순이어머니가 느끼는 감정은 재건 불가능, 혹은 폐허 이후를 상상할 수 없는 데에서 오는 온전한 절망에 다름 아니다. 이토록 막막한 폐허를 걷는 일, 그것이 전쟁 상황 그리고 그 이후의 현실을 살아가는 일이라고 「길은 질퍽어리고」는 말하고 있다.

3. 폐허 이후에 세운 자리 : 재건과 신생의 거리

1952년 9월 1일에 대전에서 발간된 『호서문학』 창간호를 여는 정훈(1911-1992)의 창간사는 한국전쟁과 폐허를 바라보는 시각을 보여주는 글이다. 정훈은 해방공간 대전에서 박희선과 함께 시동인지 『동백』 발간에 관여하고 1949년에는 시집 『머들령』을 발표하였으며 호서문학회의 초대 회장을 맡았던 시인이다. 정훈은 『호서문학』 창간사에서 전쟁의 와중에 있던 당시를 "파괴와 출혈과 기아와 우수"로 설명하고 그런 상황에서도 "아름다운 열매를 맺"겠다는 "황홀한 꿈"을 이루기 위해 "기운"을 내자고 다음과 같이 격려한다.

파괴와 출혈과 기아와 우수 가운데에서 무에 그리 굉장한 것이 있으랴만 그래도 한번 우리 기운을 내보자는 것이다.
앞으로 호서문학지가 얼마나 아름다운 열매를 맺으려는지 미리 말하기는 어려우나 깜냥깜냥대로 황홀한 꿈을 가져본다.

풀 한 포기 지슬령 없고 때때로 거센 바람만 치는 토박(土薄)한 풍토 가운데서도 샤보탱이 다락같이 무성하고 꽃을 피우듯이 우리 또한 그렇게 희망하여 보는 것이다.

보-르렐이 2년간에 칠만 푸랑의 투자로서 惡의 華 를 얻었다고 하지만 우리는 그와 같이 현금출자는 없으나 가지가지 수난과 굴욕과 우리의 운명은 보다 더 고귀한 투자를 하였고 또 하고 있는 것이다.

우리나라는 정치나 경제도 그러려니와 문화에 있어서도 무(無)에 유(有)를 낳아야 하며 거의 황폐한 터전에서 새로이 개척해야 할 노고와 희생의 세대에 살고 있는 것이다.

우리는 비상한 각(覺)으로서 신념과 의욕과 열정과 자부를 잃지 말고 굳게 굳게 싸워가는 동안 비록 맨주먹으로도 적막한 조국 문단에 호사스런 꽃을 피게할 수 있을 것이다.

그뿐이랴 나아가서는 우리 호서문단은 비단 조국의 빛으로서 끝일게 아니요 인류문화사상에 또한 빛이 될 수 있도록 매양 고매한 이념에 살고 수련과 노력을 쌓고 쌓아야할 것은 물론이다.

끝으로 글쓰는 벗들은 초지일관 아름다운 끝맺음을 걷우도록 굳은 결심이 있기를 바라며 창간사를 대신한다.[13]

『호서문학』 창간사에서 정훈이 제시하는 문학의 역할은 "맨주먹으로도 적막한 조국문단에 호사스런 꽃을 피게"하는 데 있다. 그것은 정치, 경제에 이어 문화에서 "무에 유를 낳"는 것으로서 "황폐한 터전"을 "새로이 개척"하는 태도에서 출발해 "조국의 빛으로서 끝일 게" 아니라

----

13 정훈, "창간사", 『호서문학』 제1호, 호서문학회, 1952, 3쪽.

인류문화사에까지 빛이 되는 일이다. 정훈은 전쟁을 겪고 있는 현실을 "파괴와 출혈과 기아와 우수", "풀 한 포기 지슬렁 없고 때때로 거센 바람만 치는 토박한 풍토", "황폐한 터전"과 "노고와 희생의 세대"로 지칭하고 그러한 현실에서 "아름다운 끝맺음"을 거두기 위해 필요한 문인의 태도로 꽃을 피우겠다는 희망과 "고귀한 투자", "신념과 의욕과 정열과 자부", "고매한 이념" "초지일관", "굳은 결심" 등을 요구한다. 그런데 화려한 수사를 동원해 거창한 포부를 밝히고 있는 이 창간사에서 주목해야 할 부분은 현재의 상황을 인식하는 정훈의 시선이라 할 수 있다.

정훈은 모든 것이 파괴된 "황폐한 터전"을 아무것도 없는 "무"의 자리로 인식하고 "무"에서 조국의 빛, 나아가 인류문화사의 빛이 되기 위해서는 "고매한 이념" 안에서 수련하고 노력하는 자세가 필요하다고 말한다. "무"에서 "유"를 발견하고 "황폐한 터전"을 "빛"과 "아름다운 열매"로 변환하는 것이 바로 "새로이 개척"하는 행위라 힘주어 강조하는 정훈은 폐허를 지우고 그 자리에 "호서문단"이라는 "고매한 이념"의 기념비를 세우고자 했던 것은 아닐지 되물어봐야 한다. 크라카우어의 지적처럼 "인류가 진보한다는 이념은 연대순 시간이 유의미한 과정의 기반이라는 이념과 분리될 수 없"[14]다면, 과거를 폐허로 규정하고 폐허 이후에 비로소 새로운 시작이 창조되었다고 믿는 내면의 무의식에는 일종의 은밀한 결락이 숨겨져 있을지 모른다. "황홀한 꿈"과 희망의 실체가 "조국의 빛"이 되어야 한다는 굳은 결심으로 이어지는 이 창간사의 맥락은 그의 내면에 자리한 새로운 국가 건설이라는 강력한 재건 이데올로기를 내비치고 있기 때문이다.[15]

14　지그프리트 크라카우어, 김정아 옮김, 『역사 - 끝에서 두 번째 세계』, 문학동네, 2012, 166쪽.

15　이와 관련하여 박수연은 정훈의 호서문학 창간사가 "국민국가 구성의 이념"을 환기하는 정치 사회 단체의 문화적 강령 수준이라고 언급한 바 있다. 박수연, 「공통성과 획일성 : 한국전쟁 전

그렇다면 폐허가 된 대전에서 맨주먹으로 싸워서 얻어야 하는 "조국의 빛"이란 과연 무엇일까를 질문하며 한국전쟁이 남긴 폐허 이후의 자리를 재고해볼 필요가 있다. 잘 알려진 바와 같이 전쟁이 삶의 근간을 흔들고 일상을 폭력으로 무너뜨리면 그렇게 무너져 내린 파편들이 폐허를 구성한다. 그러한 폐허를 사유하는 작업은 흡사 모든 벽에 "우리가 보지 않으려고 하는 구멍들이 있고, 터무니없는 것들이 끼어들어 구멍을 메워버"[16]렸다는 사실을 깨닫고, 폐허와 폐허 이후를 채우는 의미들의 틈새를 찾는 일이라 할 수 있다. 이는 정훈이 『호서문학』 창간사에서 주장한 것처럼 무에서 유를 창조하는 작업이 아니라 유의 조각더미에서 다시금 유로 이어지는 선을 그려가는 일이다. 폐허가 그저 아무것도 없는 빈터로 상징되는 죽음의 자리로 보일지라도 그로부터 새로이 시작하는 신생(新生)[17]이 공존하는 자리이듯이, 끝의 자리를 채우고 있는 과거의 잔해더미 안에 선취된 미래가 이미 함께하고 있다는 점을 기억하는 태도를 지닐 때 끝은 다시 시작될 수 있다.

독일의 예술가 안젤름 키퍼(Anselm Kiefer)가 2차세계대전의 잔해 속에서 성장했다고 고백했던 것처럼 유년기에 한국전쟁을 체험하고 전쟁 이후의 삶을 서사화한 소설가 김수남은 공중전이 남긴 흔적과 더불어 자라났다고 증언한다. 김수남은 한국전쟁 직후 대전천 둑에 들어선 하꼬방 동네를 배경으로 폐허가 된 대전에서 폐허 이후를 살아가는 삶의 실체에 주목한 중편소설 「달바라기」에서 전쟁이 남긴 죽음이 끝이 아니라 새로운 시작을 품고 있다는 사실을 기억하며 다음과 같이 말하고 있다.

후 대전문학의 양상」, 『현대문학이론연구』 제70집, 2017, 106쪽 참조.

16   지그프리트 크라카우어, 위의 책, 24쪽.

17   '신생'이라는 개념은 박수연, 「폐허의 미메시스」, 『발견』 통권12호, 2016, 120-141면 참조.

원동에서 인동으로 가는 네거리에 부서진 탱크가 한 대 놓여 있었다. 캐터필러의 굉음을 잃어버린, 실의(失意)의 사나이와도 같은 반파(半破)의 탱크였다. 질주를 상실당한 그 동체(胴體)는 고독해 보였다. 그 고독한 사나이(?)의 모습은 진구들의 영혼을 흔들어 놓는 기묘한 힘을 가지고 있는 듯이 보였다.

탱크의 포신(砲身)은 사나이의 거대한 그것처럼 아직도 무엇을 쏘아댈 듯한 자세였으므로 동칠이들은 반해 버렸다. 땅껍질을 찍어 구르는 탱크의 돌진과 포신에서 뿜어져나오는 화염, 그리고 거대한 파괴가 이루어지는 장면을 냄새맡곤 했다. 그러면 진구는 곧이어 따발총이랑 방구비행기랑 딱콩총이랑을 얘기하기가 일쑤였다. 그러다가도 결국은 탱크가 제일 사내다운 것이라는 데에 의견이 모아지면 너나없이 탱크의 목을 누루기도 하고 포신에 매달리기도 하고 포탑에 올라타기도 했다.

아이들은 죽은 탱크와 걸핏하면 이렇게 많은 시간을 보냈다.

- 김수남, 「달바라기」, 삼연사, 1980, 29~30쪽

치열한 전투를 증언이라도 하듯 전쟁을 치른 자리에 남아있던 "부서진 탱크"는 전투에서 패배한 병사의 시체처럼 "거대한 파괴"가 야기한 죽음의 흔적이라 할 수 있다. 그러나 죽음의 파편에 해당하는 "반파의 탱크"는 아이들에게는 "기묘한 힘"을 가진 "사내다운 것"의 상징으로 인식된다. 파괴하는 폭력으로 질주했던 과거와 거세된 팔루스(Phallus)로 전락한 현재가 웅크리고 있는 "죽은 탱크"는 "만배, 진구, 동칠이들"에게 일상의 시간을 보내는 놀이터가 되어준다. 대전을 폐허로 만든 시간을 환기하는 탱크가 있던 거리가 아이들이 "많은 시간을 보"내는 일상의 터였다고 회상하는 인용문은 전쟁이 끝이 아님을, 그리고 죽음 이후에 다시 시작되는 신생이 공존한다는 사실을 증거한다.

조선작이 「시사회」에서 폭격으로 "반신불수가" 된 "우리들의 집"에서 폐허를 이루는 조각들을 응시했듯이 김수남은 죽음의 기표인 "죽은 탱크"가 자리한 폐허의 공간에서 폐허 이후에도 삶은 여전히 지속되었음을 증언한다. 폐허의 잿더미가 그저 무로 치부할 수 없는 부서진 유의 파편들이라는 점을 시사하는 「달바라기」는 "전쟁은 끝났다. 그리고 폐허 투성이였다. 그러나 아침이면 태양은 뜨겁게 타올랐다. 그러므로 아이들은 살아남았다. 그래서 아이들은 더 살아야 했다. 죽음처럼 살아야 했다"는 다짐을 하며 폐허에 남은 죽음과 삶이 넘나드는 폐허 너머의 진리를 전달한다.

우린 살아야 돼. 태양을 못 보면 달이래두 보구 살아야 돼. 안 된다면 우격다짐으루 몸을 뺏어서라두 만배 엄니와 살아. 살을 섞구 살아서 자꾸만 만들어야 돼. 동칠이가 도망가면 또 새로운 동칠이를 만들구, 진구가 죽으면 또 진구를 만들구, 만배가 죽었으면 또 만배를 만들면 될 거 아냐. 새로운 동칠이나 만밸 만들려면 과부하구 홀애비하구 살을 섞어야 될 게 아닌감.

- 김수남, 「달바라기」, 64~65쪽

가마솥에선 시뻘건 개장국이 부글부글 끓었다. 만배 엄니가 전두지휘를 했다. 하꼬방의 아낙네며 애들이며 남정네들이 다 모여들었다. 남정네들은 장국을 안주 삼아 질탕하게 막걸리를 마셨다. 애들은 애들대로 뙤약볕 아래 쪼그리고 앉아서 후후 불어가며 개장국을 먹어댔다. 태양치곤 참 멋들어지게 솟은 날이었다.

얼근 거나해진 남정네들이 덩실덩실 춤을 췄다.

1월에는 아랫목이 뜨거워야 사랑놀음

2월에는 나비 없는 매화꽃이 홀로 핀다.

… 중간 생략 …

"만배 죽은 것 천하가 다 아는디 무슨 유산이라남." "만배가 없음 천배를 낳구, 천배가 죽음 억배를 낳으면 될 거 아뉴. 그럴라고 홀애비 과부가 살 섞는 거지. 미쳤다구 수절 깬대유." 자칫하단 만배 엄니 눈에 눈물 괴겠다. 삼순 아버진 손을 싹싹 빌었다.

- 김수남, 「달바라기」, 67~68쪽

트럭에서 놀던 만배가 트럭에 남았던 폭탄이 터지는 바람에 시신조차 거두지 못하고, 홍수에 떠밀려 진구가 죽고 동네의 "미친년"을 죽이고 동칠이 도망가버린 현실은 실상 죽음과 부재의 고통으로 가득하지만 그런 와중에도 삶은 계속되어야 하며 살아남은 인간들은 또 살아가야 한다고 「달바라기」는 힘주어 강조한다. 임자 없는 누렁개의 죽음이 역설적이게도 사시사철 이어져나갈 삶을 향한 욕망을 되찾는 축제의 장을 만들고 있는 상황을 묘사한 이 예문은 죽음 이후에도 연결되는 새로운 생을 향한 소망을 담고 있다. 죽은 만배에서 삶이 끝나는 것이 아니라 만배에서 천배로, 천배에서 억배로 중첩되고 연결되는 생존을 향한 욕구는 비록 태양을 못 보고 살더라도 "달이래두 보구 살아야"한다는 절박한 다짐으로 또다시 반복된다. "죽은 사람은 죽은 사람이고 산 사람은 살아야지"라는 「달바라기」 속 표현이 "폐허와 재건. 그 틈에 놓였던 우리 평범한 사람들에게는 일상적인 '삶의 철학'이었을 것이"[18]라는 김수남의 진술은 그래서 죽음과 신생이 공존하는 폐허의 터를 바라보는 소설가의 관점을 잘 드러내고 있다. 공중 폭격으로 폐허가 된 대전천 둑방에 들어선 판잣집 동네는 김수남이 밝힌 것과 같이 "생존할 수

----

18 김수남, 「폐허와 재건, 그 틈을 채우다-판잣집 들어선 대전천 둑방은 하나의 생존구역」, 129쪽.

있는 구역이 아니라 생존하지 않으면 안 되는 구역", 즉 "마지막 공간이었던 셈이다."

그런데 전후를 버텨내야만 했던 사람들은 그 마지막 공간을 끝이 아니라 다시 시작되는 "생존구역"으로 전환시켰다. "우격다짐으로 몸을 뺏어서라두" 살아야한다는 결연한 생의 의지가 또다른 폭력성을 담지하고 있다는 한계를 보이지만, 소설가 김수남은 폐허 속에서도 "죽음처럼 살아야 했다"고 되뇌이며 태양이 아닌 달을 보며 살아야하는 "슬프고 아름다운 종속의 자세"에 주목하고자 했다. 그가 말하는 "달바라기"는 죽음의 끝에서 병렬공존하는 이름없는 것들이 버티는 생존존략이라 할 수 있다. 폐허의 틈새를 열어젖히는 생존구역은 무에서 유로 연결되는 직선적 시간의 축을 벗어나 유에서 유를 넘나들며 나선형으로 나아가는 기사말의 행보처럼[19] "절뚝절뚝" 걸음을 옮긴다. 그 걸음은 「달바라기」의 작중인물 장식이 총을 맞아 "절뚝발이가" 되어 "태양이 없는 적당한 어둠" 속에서 걸어가는 "익살"과 같은 삶의 의장으로도 형상화되어 폐허 이후에도 결코 단절될 수 없었던 강인한 생명력의 자취를 각인시킨다.

이상에서 살펴본 바와 같이 어린 시절 대전에서 한국전쟁을 겪은 소설가들이 목격한 폐허는 죽음과 일상의 놀이가 병립하는 삶의 터전이었다. 김수남이 구술로 남긴 폐허와 재건의 틈새는 말하자면 근대화 담론이나 재건 이데올로기가 덮어버린 벽의 구멍과도 같은 경계의 영역인 것이다. 전쟁 이후로도 삶이 지속되었듯이 절뚝이면서도 걸어가는 걸음을 멈추지 않는 곳, 그곳이 죽음과 신생을 동시에 품은 폐허의 공간이라 할 수 있다.

....

19   스베틀라나 보임, 김수환 옮김, 『오프모던의 건축』, 문학과지성사, 2023, 56쪽 참조.

4. 결론

한국전쟁이 남긴 폐허 이후를 기록하는 대전의 소설들을 살피며 소설이란 장르의 본질이 현실을 탐구하는 산문정신에 있다는 사실을 다시금 깨닫는다. 대전에서 한국전쟁의 실체를 목격하거나 체험한 양상을 서사화한 소설들은 폭격과 화염, 공습경보와 탱크 그리고 훼손된 시체로 표상되는 "약탈과 노략질의 흔적"을 더듬거나 폐허 이후에도 지속되는 고된 삶을 증언하고 있었다. 이를테면 폐허 이후 무에서 유를 창조하는 희망을 말하는 대신 폐허에서 살아가야 하는 희망 없는 현실을 재현한 양기철의 「길은 질퍽어리고」와 대전시가전투를 기록한 염인수의 『깊은 강은 흐른다』, 모순투성이인 삶의 현장을 "순 개판", "순 엉터리"라 욕하는 조선작의 「시사회」, 폐허 이후의 신생에 주목한 김수남의 「달바라기」 등은 폐허 속에서 입을 닫아 침묵하지 않고 그들이 보고 듣고 경험한 것들을 말하는 방식을 택했다.

기록과 재현의 차원을 넘어 폐허 너머를 응시하려는 이들 소설들은 모든 것이 사라진 것은 아님에도 불구하고 아무것도 없음을 떠올리는 망탈리테에 숨은 정치적 무의식을 마주하게 한다. 무릇 문학이 증언하고 기록하는 삶이란 폐허가 된 거리에 새롭게 재건된 눈부신 진보의 문명이 아니라 폐허에 쌓인 부서진 파편들을 붙잡고 앞으로 떠밀리듯 나아가는 '역사의 천사'가 부릅뜬 두 눈과 벌어진 입, 그리고 그 발 아래 잿더미처럼 쌓여 있는 과거의 흔적들에 주목할 때 지속될 수 있다.

"끝에서 두 번째 세계에 대한 잠정적 통찰을 주는 영역"[20]으로 폐허에 숨은 "우발의 영역, 새로운 시작의 영역"을 찾아냄으로써 우리는 비

20　지그프리트 크라카우어, 위의 책, 32쪽.

로소 폐허의 내면과 만날 수 있다. 그것은 달리 말하면 '달력의 시간'이 아닌 일종의 '텅 빈 그릇'으로 역사를 바라보는 시각과 유사하다. 파괴에서 폐허, 그리고 재건으로 이어지는 균질한 배열체로 폐허의 프레임을 세울 것이 아니라 이러한 폐허의 프레임이 은폐하고 있는 "은밀한 삭제" 혹은 결락의 틈새를 열어젖히는 것, 그리하여 폐허 속에서 고유한 시간적 흐름을 경험한 이야기를 찾아내고 복원하는 일은 대전의 문학이 순수서정에 뿌리를 두고 있다는 문학사를 둘러싼 순수의 얼굴을 재고할 것을 요구한다. 폐허를 지우는 순수의 시선은 산문정신과 리얼리티를 반영한 대전의 소설들과 맞닿을 수는 없을 것이다. 한국전쟁과 대전을 중심으로 폐허와 폐허 이후를 경험한 이야기들을 살펴보며 대전의 문학이 암흑기나 무로 치부되는 폐허가 아니었음을 확인할 수 있었기에 대전의 소설문학사 역시 다시 씌어야만 하는 필연적 이행을 기대해본다. ◻◼

시 : 산조, 남쪽

최지인

최지인 : 시인. 시집 『당신의 죄는 내가 아닙니까』 등

폐허를 말하다

산조(散調)

흘러간다,
흘러간다.
그것은 멈출 수 있는 것이 아니다. 정의할 수 있는 것도 아니다.
드넓은 바닷물에 둥둥 흘러가는 것이다. 그저

나는 묻는다. 나는 어디에 있지? 무수한 내가 무수하게 연결돼 있다.

아홉 살짜리 남동생이 발목 수술을 하고 이틀 만에 죽었다. 내일은 동생의 생일날이다.

제발 말꼬리 좀 잡지 마.
너는 울 것 같은 표정으로 소리친다.
4호차와 5호차 사이에 서 있다.
창밖으로 질서정연한 밭이 길게 이어진다.

*

대도시에 괴수가 나타났다.
사람들이 집을 버리고 대피한다.
파괴된 도시는 금방 재생될 것이다.
모든 것이 파괴되더라도
도시는 재생될 것이다.

이동식 화장실을 실은 트럭이 한강대교를 건넌다.

갈매기가 날아와 패널 위에 앉는다.

고향에 갈 때는 자리가 없어
서서 가야 하네.
아우여
저승에서 만납시다.

나는 수향(睡鄕)을 헤매고 있어.
내가 나기 전
이 땅에 있었던 일에 매달려 있어.

인간은 무엇에 홀린 걸까.
괴수가 세계를 떠돌고 있다.

*

어머니가 테이블에 달린 재봉틀을 떼어냈다. 어린 나는 남은 페달을 밟
으며 놀았다. 당신은 그런 나를 빤히 바라보았다.

*

저번에 받은 프리지어는 꽃을 피우고
시들어 잎이 떨어질 때까지
화병에 꽂혀 있었어.
네가 어떻게 사는지도 모르고

죽은 꽃을 버리려다
물비린내가 손에 배었다.

죽은 것에서는 지독한 냄새가 난다.
다가오지 말라는 듯이.

연기가 검은 구렁이처럼
하늘을 뒤덮었다.

*

네가 저녁 내내 속을 게워내는 동안 물컵을 들고 화장실 앞에 서 있었다.

병원에 갈까.
차로 이십 분 걸려.

자야지.
자고 나면 다 괜찮아질 거야.
등 좀 두드려줘.

*

슬픈 눈을 하고서.

*

외국인 학생이 묻는다.
죽고 싶은 적 있어요?
내 삶에 네가 없었다는 듯이
눈을 감고.

베란다에는 죽은 식물들이 가득해요. 살아 있는 식물들은 겨울 동안 거실에 있었죠.

나는 가끔 추억해요.
갈매기 떼가 옹기종기 모래사장에 앉아 윤슬을 바라보고 있던 모습을.

*

한 사람이 우는 아이를 토닥이며
쉬이, 쉬이

한 사람이 나무 아래
가부좌를 틀고 있고

한 사람이 불상의 머리를 잘라
불을 지피고

영혼은 타지 않는다.

흘러간다.
흘러간다.

남쪽

아버지는 홀로
고요해졌다.
티브이 앞에 주저앉아
소주를 마셨다.
그러다 새벽에
자전거를 타고 승암산에 갔다.
비탈에 서 있는
예수상을 올려다보았다.
죽어버린 아이들
어룽거리는데
밤비가 내리고,
무량한 주검 위에 세워진
내가 영영 비문(碑文)이었다.

이후의 상상력

II

　무릇 문학은 경계를 넘고 모험의 여정을 떠나되, 심연을 벗어나 안전하게 귀환하는 성장 서사의 바깥으로 나아가는 우회로를 끊임없이 만들고 헤매는 실천이 아니었던가. 돌아오기 위해서가 아니라 그저 헤매기 위해 세상 끝의 가장자리로 나아가는 것, 그리하여 "배운 것을 고의로 다시 잊는" "아마추어의 헤맴"을 멈추지 않는 것, 비평가는 그렇게 아마추어의 에피파니를 찰나적으로 목격하며 폐허를 응시해야 한다. 우리가 찾는 폐허는 이렇게 현재 안에 깃들어있는 틈과 균열, 공백들을 탐색하게 만듦으로써 결코 완료될 수 없는 인간의 역사를 품고 있다.

폐허를 찾는 일

김화선

김화선 : 배재대 교수. 공저 『경계와 소통, 지역문학과 문학사』 등

1. 양귀비와 기억, 그리고 폐허의 시작

제2차 세계대전이 끝나갈 무렵 독일에서 출생한 안젤름 키퍼 (Anselm Kiefer, 1945-)는 폭격으로 무너진 잔해 속에서 자라났다. 영국군의 무차별 폭격을 받아 집이 파괴되던 날 태어난 안젤름 키퍼는 금기를 깨고 침묵에 갇혀있던 과거의 역사를 예술 작품으로 불러들였다. 나치와 파시즘을 비판적으로 재연했던 <점령들 Besetzungen>(1969) 시리즈부터 일관되게 공포와 죽음, 그리고 역사와 예술가의 역할을 파고들며 "독일 역사의 열린 상처를 끊임없이 자극"[1]했던 안젤름 키퍼에게 부서진 건물의 파편들과 떨어져 나간 벽돌들이 뒹구는 폐허가 된 주택가는 놀이터였고 일상의 자리였다. 파괴와 공포로 가득한 과거의 장소가 절멸로 끝나버리는 말 그대로의 끝이 아니라 과거 이후에도 여전히 지속되는 삶의 터전이었음을 그는 유년시절에 이미 깨달았던 것이다.

삶의 경험에서 우러난 "폐허는 내게 있어 시작일 따름"이고 "죽음의 잔해물이 새로운 시작의 상징이"[2] 된다는 그의 고백은 그래서 <새로운 천사(파울 클레, 1920)>의 부릅뜬 눈과 벌어진 입, 폭풍을 등지고 활짝 펼쳐진 날개를 떠올리게 한다. 안젤름 키퍼의 작품들 가운데 발터 벤야민의 역사의 개념에 대하여 중 아홉 번째 글에서 따온 "역사의 천사 (Der Engel der Geschichte)"를 제목으로 삼은 전시에서 선보인 <양귀비와 기억(Poppy and Memory)>은 과거의 파국을 기념비적 사물로 변환시킨 작품이라 할 수 있다.

----

1 Gareth Harris, "Anselm Kiefer: the artist creating a monumental legacy without finishing a painting",《The Art Newspaper》, 2024.3.16.

2 Anselm Kiefer, "Ruins, for me, are the beginning. With the debris, you can construct new ideas." <GALERIE BOULAKIA>(https://boulakia.gallery/artists/77-anselm-kiefer/overview)

안젤름 키퍼, <양귀비와 기억(Poppy and Memory)>, The Israel Museum, Jerusalem

1952년 파울 첼란(Paul Celan, 1920-1970)이 발표한 첫 시집의 제목이기도 한 <양귀비와 기억>이 상기하는 학살과 공포로 얼룩진 역사의 비극이 이제는 고철이 된 비행기와 그 날개를 짓누르는 여러 권의 두꺼운 책, 책장 사이에 끼인 말라비틀어진 양귀비꽃으로 재현되었다. 독성물질인 납으로 만들어진 이 작품은 2차 세계대전의 고통을 폭로하고 많은 이들이 침묵의 과거 속으로 밀어두었던 역사의 파편들을 소환함으로써 폐허에 추락한 기념비가 되었다. 마치 아우슈비츠에서 살아남은 파울 첼란이 「죽음의 푸가」로 대표되는 『양귀비와 기억』을 통해 말할 수 없는 것들을 기억하고 파시즘의 폭력이 야기한 죽음의 세계를 자기만의 언어로 재현해냄으로써 아우슈비츠 이후에도 시를 쓸 수 있다는 사실을 증명했듯이 안젤름 키퍼는 첼란의 푸가 형식을 변주하여 2차 세계대전으로 파멸에 이른 훼손된 인간의 역사를 예술적으로 전경화한다.

폐허를 말하다

새벽의 검은 우유 우리는 너를 마신다 밤에
우리는 마신다 너를 점심에 죽음은 독일에서 온 명인
우리는 마신다 너를 저녁에 또 아침에
우리는 마신다 또 마신다
죽음은 독일에서 온 명인 그의 눈은 파랗다
그는 너를 맞힌다 납 총알로 그는 너를 맞힌다 정확하다
한 남자가 집 안에 살고 있다 너의 금빛 머리카락 마르가레테
그는 우리를 향해 자신의 사냥개들을 몰아 댄다
그는 우리에게 공중의 무덤 하나를 선사한다
그는 뱀들을 가지고 논다 또 꿈꾼다 죽음은 독일에서 온 명인
- 파울 첼란, 「죽음의 푸가」 중에서[3]

    파울 첼란은 "독일에서 온 명인"이 "납 총알"로 "공중의 무덤"을 "선사"했던 탓에 "새벽의 검은 우유"와도 같은 죽음을 반복해서 마시고 또 마실 수밖에 없었던 아우슈비츠의 공포를 무도곡으로 들려주었다. 파울 첼란의 시적 선율을 이어받아 안젤름 키퍼는 2차 세계대전 당시 하늘에서 잔혹한 폭격을 퍼부었던 나치의 전투기를 닮은 전쟁기계를 지상에 묶고 책과 양귀비로 날개를 누르며 전쟁의 역사를 직면한다. 파울 첼란의 시 「죽음의 푸가」에서 받은 영감으로 독일의 현대사에서 트라우마로 숨어있던 나치와 집단학살, 생과 사의 비극을 드러내는 작업을 진행했던 안젤름 키퍼는 독일어로 쓰인 파울 첼란의 시를 자신의 회화 작품에 새겨놓은 일련의 작품들을 선보이기도 했다. 그 전시의 제목이 바로 <파울 첼란을 위하여(Pour Paul Celan)>였다.

3 　파울 첼란, 전영애 옮김, 『죽음의 푸가 - 파울 첼란 시선』, 민음사, 2011, 42쪽.

꿈과 현실의 경계를 지우는 양귀비와 죽음의 세계를 증언하는 기억을 통해 파울 첼란과 안젤름 키퍼가 이렇게 만났고, 그 겹침의 숨결들 안에서 전쟁의 비극은 비로소 침묵의 영역을 뚫고 언표화되었으며, 그 이후에 또 다시 이미지로 표상될 수 있었던 것이다.

2. 타락한 천사와 폐허의 자리

2024년 상반기 동안 피렌체에서 개최된 전시 <타락한 천사(Fallen Angels)>에 이르기까지 안젤름 키퍼는 언제나 "폐허애호의 형식을 통해 자신을 드러"[4]냈다. 납과 진흙, 벽돌과 나뭇가지, 낙엽과 모래와 같은 재료는 전후 독일의 정체성을 구성하는 폐허의 자리를 구성해냈다. "건축가나 예술가는 역사의 잔재들과 더불어 공共창조하며, 근대의 폐허들

파울 클레,
<새로운 천사(Angelus Novus)> 1920

안젤름 키퍼,
<타락한 천사(Fallen Angels)>, 2024년 전시 포스터

- -

4　스베틀라나 보임, 김수환 옮김, 『오프모던의 건축』, 문학과지성사, 2023, 110쪽.

과 협업하고, 그것들의 기능을 재정의한다"[5]는 스베틀라나 보임의 설명을 따르면 안젤름 키퍼는 과거와 미래로 역사적 시간과 인간의 시간이 기우뚱하게 기울 수밖에 없는 부조화의 균형을 '비켜나(off)' 있는 "오프 모던(Off-Modern)의 시선"[6]으로 포착해낸 것이다.

가령, 안젤름 키퍼의 설치 예술작품인 <지금 집이 없는 사람은 이제 집을 짓지 않습니다>(2022)에서 흙벽돌로 쌓아올리다 만 폐허의 공간은 허물어진 한쪽 면과 부서진 벽돌 조각에서 나온 흙으로 파괴 이전에 있었던 온전한 집의 흔적을 상상하게 하는 한편 폐허가 품고 있는 새로운 시작을 동시에 말하고 있다. 바닥에 떨어진 벽돌 조각의 파편에 의미

안젤름 키퍼, <지금 집이 없는 사람은 이제 집을 짓지 않습니다.>(2023)

----

5   위의 책, 같은 곳.
6   위의 책, 같은 곳.

를 두는 시선은 무너지기 이전에 존재했던 온전한 주택의 과거를 응시할 뿐이지만, 아직 남아있는 흙담터에 머물고 있는 시간을 기억하며 산더미처럼 쌓여있는 폐허 더미 위에서 새로이 불러올 미래를 향해 날아오르는 천사를 좇는 눈길은 몰락 이후까지 상상하게 한다. 안젤름 키퍼는 이렇게 과거에서 현재, 그리고 미래로 이어지는 직선적인 시간축을 빗겨나 폐기되고 망각된 지점에서 새롭게 꿈틀대는 또 다른 시간의 출발을 예술적 실천으로 옮겨놓는다.

안젤름 키퍼는 폐허만을 보는 것이 아니라 폐허 이전과 폐허 이후를 함께 응시하며 역사에서 소외된 타자들의 자리를 구축해내는데, 그가 만든 폐허란 죽음의 파편들 속에서 파국의 역사를 붙잡고 폐허 이후에 도래할 미래를 불러들이는 사건[7]에 다름 아니다. 따라서 폐허를 인식하는 행위는 "처음에서 끝으로 이어지는 자연스러운 시간적 흐름의 축이 아니라 끝에서 처음을 생성하는 공간적 전회를 구성해"[8]내는 일이 된다. 안젤름 키퍼가 폐허에서 시작되는 '신생(新生)'의 몫을 발견하고 끝과 처음이 함께 있다는 깨달음을 얻었듯 예술적 역량을 실천하는 일은 폐허를 지우고 재건된 '첫 형태'에 주목하지 않는 삐딱하고 빗겨난 시선을 갖는 데에서 출발한다. 생각해보면 인간의 역사는 버려지고 황폐한 터에서 하나 둘 삶의 흔적을 쌓아가며 이어지지 않았던가. 폭력에 의해 파괴된 현재는 과거가 아닌 '지금, 여기' 그리고 앞으로 이어질 미래의 얼굴을 중층적으로 포괄할 수밖에 없는 법이다.

그런 의미에서 폐허를 응시하는 주체는 예술적 실천을 통해 주어진

----

7   김화선, 「어린이 청소년 SF 서사에 나타난 폐허의 상상력」, 『아동청소년문학연구』 제34호, 2024, 12쪽 참조.

8   김화선, 「전위적 인간들의 '기록'들 : 치안유지법과 전위적 인간들의 초상화」, 맥락과비평 편집위원회, 『맨 앞, 처음의 형태』, 이유출판, 2023, 227쪽.

배치를 바꾸는 수행성을 지닌 존재라 할 수 있다. 폐허에 머물며 파괴 이전과 그 이후를 동시에 사유하는 주체는 폐허를 가리고 지우는 역사의 이데올로기를 폭로한다. 바로 이 지점에서 폐허의 인식론은 전위적 아방가르드의 사유와 만나게 된다. 그래서 "모든 처음은 언제나 백지의 평면에서 가능하지만, 동시에 언제나 과거의 입김과 대결하면서 시작"되었다는 사실을 기억해야 할 것이다. "출발선이 놓인 백지는 그러므로 이전의 입김들을 잠재적인 것으로 물리면서 새로운 출발을 알리는 힘과 운동이 자신의 위상을 세우는 자리이다."[9] 폐허가 바로 그렇다. 모든 "탐구되지 못한 잠재성들을 향한 우회로"[10]를 탐색하는 자리로서 폐허는 경계를 넘고 '맨 앞'에 서는 행위를 통해서만 비로소 텅 빔이 대결했던 과거의 입김과 신생의 새로움을 드러낸다.

3. 폐허의 프레이밍과 맨 앞에 서는 일

'맨 앞'에 서려는 의지와 그 실천은 기꺼이 세상을 낯설게 만들고 경계 안에 안주하는 익숙함으로부터 비켜나 예술가의 역할을 확인하고 고통 속에서도 삐딱하게 나아가는 비틀거리는 걸음 그 자체라 할 수 있다. 폐허의 프레이밍은 그런 의미에서 예술가가 현실을 재구축하는 행위이자 지그재그로 장기판을 헤매는 기사 말의 행보를 따라 "예술적 갱신의 횡로"를 모색하면서 전위적 실천의 위상학을 만들어가는 '옮김'의 노력이다. 무릇 문학은 경계를 넘고 모험의 여정을 떠나되, 심연을 벗어나 안전하게 귀환하는 성장 서사의 바깥으로 나아가는 우회로를 끊임없이 만들고 헤매는 실천이 아니었던가. 돌아오기 위해서가 아니라 그저 헤매

----

9   맥락과비평 편집위원, 「'맨 앞'으로 하는 말」, 위의 책, 9쪽
10 스베틀라나 보임, 앞의 책, 145-146쪽.

기 위해 세상 끝의 가장자리로 나아가는 것, 그리하여 "배운 것을 고의로 다시 잊는" "아마추어의 헤맴"[11]을 멈추지 않는 것, 비평가는 그렇게 아마추어의 에피파니를 찰나적으로 목격하며 폐허를 응시해야 한다. 우리가 찾는 폐허는 이렇게 현재 안에 깃들어있는 틈과 균열, 공백들을 탐색하게[12] 만듦으로써 결코 완료될 수 없는 인간의 역사를 품고 있다.

폐허를 찾는 일은 그래서 전위의 힘으로 맨 앞에 서서 예술의 윤리를 실천하는 것이며, "역사라는 중간계를 하나의 고유한 영역"인 "끝에서 두번째 세계에 대한 잠재적 통찰을 주는 영역으로 세우는 것"[13]이라 할 수 있다. 다시 말해 이름 없이 버려진 저 무수한 폐허 더미에 묻혀있던 무명의 것들에게 이름을 붙여주고 맨 끝이 오기 전에 모퉁이를 돌아 도래할 "틈새의 유토피아"[14]를 구성해보려 몸부림치는 몸짓을 이어가는 것이다. 이 글이 안젤름 키퍼의 예술 작업을 호명하여 폐허애호의 의의를 살핀 까닭 또한 바로 여기에 있다. ◻◾

----

11 위의 책, 122쪽.

12 위의 책, 147쪽.

13 지그프리트 크라카우어, 김정아 옮김, 『역사 - 끝에서 두번째 세계』, 문학동네, 2012. 32쪽.

14 위의 책, 235쪽.

폐허를 말하다

전후 한국 영화와 폐허의 비장소성

한영현

한영현 : 세명대 교수. 저서 『냉전의 시대 유랑하는 타자들 : 한국 영화에 나타난 타자성의 문화
정치』 등

1. 전후 한국 영화와 폐허의 감각

한국 역사에서 '전후(戰後)'만큼 많은 변화를 초래한 시대는 없을 것이다. 1950년 한국전쟁의 발발과 그것이 가져온 역사적 변화는 전후 사회 각 방면에서 표출되었다. 전후는 국가와 국민에게 엄청난 물리적·정신적 파괴를 초래한 한국전쟁을 통해서만 접근할 수 있는 특수한 시간 영역이다. 따라서 전후의 시간과 의미를 새롭게 분석하기 위해서는 먼저 한국전쟁과 그것이 초래한 결과에 대해 먼저 살펴봐야 한다. 한국전쟁은 국제 냉전 체제의 대립과 갈등을 표면화한 국제전이자 국지전이었다. 냉전 이데올로기의 각축장에서 벌어진 일은 끔찍했다. 한반도의 영토는 초토화되었고 사람들은 피난과 이산 그리고 죽음에 직면하여 삶을 완전히 파괴당했다. 일례로 한국전쟁 당시 미(美) 공군의 참전과 폭격은 한반도의 남북을 가리지 않고 전방과 후방에서 무차별적으로 행해졌으며 이로 인해 마을과 도시는 순식간에 사라지기 일쑤였고 남북의 군인과 민간인들은 수없이 죽어 나갔다. 한국전쟁은 지상의 모든 생명체와 사물을 초토화하는 가공할 폭력이 무엇인지 유감 없이 보여 준 역사적 사건이었다.[1] 이렇듯 전쟁으로 인한 엄청난 파괴는 근본적으로 사람들의 삶의 뿌리를 뒤흔들었으며 사람들은 전망 없는 사회 속에서 많은 유동성과 역동성에 노출되었다.[2]

요컨대 한국전쟁의 결과는 기존 한국 사회가 형성한 것들의 초토화와 파괴 그 자체였다고 할 수 있다. 완벽한 초토화와 파괴는 전후의 시대를 살아가는 당대 대중의 감각이 어떠했는지를 살펴볼 수 있는 중요한 지점이다. 이른바 형언할 수 없는 전쟁의 참화와 희생을 직접 경험한

----

1   미 공군의 폭격에 관한 논의는 다음의 책을 참고. 김태우, 『폭격』, 창비, 2021.
2   김학재 외, 『한국 현대 생활 문화사 1950년대』, 창비, 2016, 13-24쪽 참조.

한국인들에게 새겨진 '폐허 감각'은 전후의 삶을 인식하는 핵심이라고 볼 수 있다. '폐허'란 사전적으로는 황폐해져 버린 어떤 곳을 의미하는 개념으로 파괴되어 아무것도 없게 된 곳을 일컫는 공간적 개념이다. 그런데 폐허는 단지 가시적인 어떤 대상, 즉 건물이나 도시와 같은 물리적인 사물들이 파괴되어 아무것도 없게 된 곳만을 지칭한다고 할 수 없다. 이러한 물질적인 사물의 파괴와 사라짐은 곧 그곳을 기반으로 살아가는 인간과 문명 혹은 문화의 파괴 또한 필연적으로 수반하기 때문이다. 게다가 물질적·문화적 산물은 삶의 안정과 질서 혹은 발전을 유지하기 위한 목적으로 형성된다. 따라서 물질적인 사물의 파괴와 초토화는 근본적 차원에서 삶이 완전히 말살되었다는 인식, 즉 인간의 정신적 폐허 감각을 형성할 수밖에 없다.

따라서 앞서 언급한 전후 대중이 경험한 유동성과 역동성 또한 당대 대중이 처한 폐허 감각과 어느 정도 접속해 있다고 판단된다. 물론, 전후 대중이 경험한 유동성과 역동성 전반을 '폐허 감각'으로 단순하게 환원할 수는 없다. 분명 전후에는 "엄청난 욕망과 욕구들을 분출시키며 새로운 희망과 방향을 찾아 나서는 역동성" 또한 발견할 수 있기 때문이다.[3] 그러나 전후의 시대가 한국전쟁이 가져온 엄청난 파괴의 경험에서부터 시작되었다는 점을 고려한다면 당대 대중의 폐허 감각에 주목하여 그것과 관련된 문화적 현상 및 의미를 새롭게 살펴볼 필요가 있는 것이다.

이 글에서 주목하는 '폐허 감각'은 구체적으로 '장소 없음'에 대한 인식과 연결된다. '장소'는 "정체성과 관련되며 관계적이고 역사적인 것"으로 정의할 수 있다. 따라서 '장소 없음'은 곧 '비장소', 즉 "정체성과 관련

----

3   앞의 책, 20쪽.

되지 않고 관계적이지도 않으며 역사적인 것으로 정의할 수 없는 공간"을 의미한다. 여기서 말하는 '비장소'라는 개념은 프랑스의 철학자 마르크 오제가 주장한 인류학적 개념이다. 그는 초근대성이 초래한 비역사적이고 관계적이지 않은 비장소들의 출현에 대해 분석하며 이른바 "호화롭거나 비인간적인 양태를 띤 일시적인 점유와 통과 지점들"로서의 "호텔 체인, 바캉스 클럽, 망명자 캠프, 철거되거나 영영 썩어 들어갈 판자촌" 등을 언급한다.[4] 마르크 오제의 '비장소' 개념은 근대화가 초래한 유동성과 역동성의 증가 그리고 인간 삶의 급격한 변화를 전제한다. 특정한 장소에서 발생하는 인간의 정체성과 문화는 사회적 안정과 질서와 연결되고 나아가 개인과 사회의 역사를 구성하는 자양분이 된다. 따라서 '비장소'들은 기존의 안정과 질서가 급격한 변화에 직면하는 역사적 돌출의 지점 혹은 특정한 공간적 장소의 생산 방식을 들여다 보는 방법이 될 수 있다.

그렇다면 이러한 '비장소' 개념은 1950년대 '폐허 감각'과 어떻게 연결되는가. 한국전쟁이 초래한 도시와 마을의 사라짐은 대중에게 자신이 뿌리내리고 살았던 장소가 안겨준 정체성과 역사의 상실을 의미한다. 이러한 전쟁의 폐허를 몸소 경험한 대중에게 전후는 아무것도 없는 곳에서부터 다시 시작해야 하는 시대로 인식되었다. 그러나 당시 한국 사회에 범람했던 사치와 향락 추구의 경향 및 물질 만능주의 문화 그리고 궁핍과 도덕적 해이 등은 사회적 혼란과 무질서를 심화시키는 요인으로 작용했다. 댄스홀과 다방, 양품점과 백화점 등이 화려하게 들어서 사람들을 유혹하는 한편으로 산등성이를 가득 메운 판자촌에서는 가난한 사람들이 끼니를 걱정해야 했으며 기지촌에서는 양공주들이 미군에게

----

4   마르크 오제, 『비장소』, 이상길·이윤영 옮김, 아카넷, 2023, 97-98쪽.

몸과 웃음을 팔아 가족의 생계를 꾸려야 했다. 거리 곳곳의 풍경으로 자리잡은 이러한 장소들은 터전을 상실한 자들의 피난처이자 임시적 거처로서의 '비장소'들로 규정할 수 있다. 이곳은 전쟁으로 인해 고향과 터전 그리고 전통과 문화를 상실한 개인들이 느끼는 폐허 감각에 기름을 붓는 공간적 표상으로 작용했다.

요컨대 한국전쟁을 경험하고 전후의 시대를 살아가야 했던 대중에게 내면화된 '폐허 감각'은 '비장소'들의 출현과 밀접하게 관련된다. 터전을 일구고 정체성과 문화를 형성함으로써 폐허로부터 다시 새로운 물질적·문화적 기반을 조성해야 하는 전후의 과제가 시급하게 요청되었지만 실제로 전후의 삶은 거리를 메우기 시작한 '비장소'들의 출현 속에서 장애에 부딪혔다. 이 장소들은 한국전쟁이 가져온 부정적 결과로서 대중의 폐허 감각과 삶의 불안정에 대한 인식을 더욱 심화시키는 곳이었다.

그렇다면 대중의 폐허 감각을 '비장소'라는 공간적 개념과 결부시켜 논의할 만한 가장 적절한 매체는 무엇인가. 이 글에서 주목하고자 하는 것은 바로 1950년대 한국 영화이다. "문화적 상징은 이미지 형태로 표현되는 경우가 많다"[5]는 크리스티앙 메츠의 말에서도 짐작할 수 있듯이 시각 이미지를 통해 문화와 현실을 반영하는 영화야말로 당대 대중의 폐허 감각을 시각화된 언어로 표현한 대표적인 장르라고 할 수 있다. 실제로 1950년대 한국 영화는 '비장소'들을 시각 이미지로 흥미롭게 재현한다.

따라서 이 글에서는 전후 대중이 느낀 '폐허 감각'을 살펴보기 위해 당대 한국 영화에 재현된 '비장소'의 출현 양상에 주목하고자 한다. 나아가 이러한 '비장소'에 대한 재현이 필연적으로 문화 통치의 전략으로 작용했던 '재건 담론'과 어떻게 관련되는지도 살펴볼 예정이다. 이는 전

----

5   크리스티앙 메츠, 『영화의 의미작용에 관한 에세이2』, 이수진 옮김, 문학과지성사, 2003, 176쪽.

폐허를 말하다

후 대중에게 내면화된 '폐허 감각'이 문화 통치라는 권력 작용 속에 놓여 있던 매우 중요한 것이었음을 드러내기 위함이다.

2. 폐허 감각의 공간적 전유, '비장소'의 출현

1950년대 한국 영화에서 가장 빈번하게 출현하는 공간은 무엇일까. 그곳은 '집(가정)'이다. 영화가 대중의 욕망을 반영하는 가장 상업적인 매체라는 점을 고려하면 왜 당대 영화 속에 이러한 공간이 그토록 자주 등장했는지 짐작할 수 있다. 전후에는 한국전쟁이 초래한 참상을 뒤로 하고 처음부터 다시 터전을 마련하고 안정과 질서를 도모해야 할 목표가 대중에게 요청되었다. '집(가정)'이라는 장소는 대중이 수용해야 할 시대의 목표를 표출하는 대표적 이미지였다. 그런데 문제는 '집(가정)'의 재현이 곧 사회 질서와 안정 추구의 목표와 정확하게 부합되지 못했다는 점이다. 영화 속에서 '집(가정)'은 늘 외부로서 출현하는 집 밖의 풍경과 맞닿아 있어서 근본적으로 불안한 '밖'의 장소들을 호출했기 때문이다. 전후 '비장소'들은 이러한 맥락 속에서 주목할 만한 것으로 출현했다.

그렇다면 여기에서 '비장소'가 출현하는 불안한 '밖'의 장소들은 구체적으로 어떤 것들이었는가. 1950년대 이러한 '비장소'들의 출현을 다각도에서 살펴보기 위해 세 편의 대표적인 영화 작품, 즉 각각 당대를 대표하는 장르라고 볼 수 있는 멜로 영화 <자유부인>과 계몽 영화 <서울의 휴일> 그리고 리얼리즘 영화 <오발탄>에 주목해 보자.[6]

----

6   이러한 영화 장르의 구분법은 영화의 주제 의식을 반영하여 자의적으로 제시하였다는 점을 밝힌다. 실제 한국 영화사에서 1950년대는 비로소 제작과 상영 관련 다양한 시도가 이루어진 시기였다. 따라서 영화와 관련된 장르 규정이나 시설 완비, 기술 발전, 정책 마련 등이 제대로 갖춰지지 않았기 때문에 영화계 내부에서도 '장르' 관련 규정은 매우 자의적으로 활용되고 있었다.

1956년에 개봉하여 엄청난 흥행을 한 한형모 감독의 영화 <자유부인>은 교차편집을 통해 적선동 한옥마을과 명동의 파리 양행을 빈번하게 대립시킴으로써 '집'과 '거리'의 장소들을 가장 선명하게 이미지화한다. 오선영은 한옥집을 벗어나 거리로 나가는 방탕한 개인이며 장태연은 집을 지키는 윤리적 가부장이다. 정비석의 소설을 영화화한 것인 만큼 서사는 비교적 원작의 그것을 충실하게 따르고 있지만 소설에서 형상화한 공간 대비는 개인의 상상력에 기반하는 것인 만큼 추상적일 수밖에 없는 데 비해 영화화된 장면들의 시각적 선명함은 극장 안을 가득 채운 대중에게 훨씬 크게 각인될 가능성이 높았다. 영화 상영 당시 평론가 황영빈이 "미국영화에서의 아류라고나 할 불필요한 노래와 춤의 도용"[7] 등을 꼬집어 비판한 것도 실제로 영화에서 드러난 댄스홀 장면이 소설에서 형상화하기 어려운 시청각 요소들을 훨씬 강렬한 이미지로 재현했기 때문이다. 이처럼 영화 <자유부인>은 소설에서 세밀하게 이미지로 형상화하기 힘든 장면들을 화려한 볼거리로 재현하면서 오선영이 집밖을 나가 명동의 화려한 파리 양행과 다방, 댄스홀, 고급 요리점 등으로 이동하는 과정을 세심하게 보여 준다. 이러한 장소들은 적선동의 한옥집을 벗어난 오선영이 욕망을 채우기 위해 머무는 곳이기도 하지만 근본적으로는 서구의 외래 문화가 침투한 장소이자 '춤바람'으로 표면화된 그녀의 판타지를 찰나적으로 실현해 주는 임시적인 장소로 기능한다. 영화 속에서 자주 재현되는 파리 양행과 창밖으로 보이는 화려한 명동의 혼잡한 거리, 그곳을 지나는 수많은 인파, 자동차의 경적 등은 총체적으로 적선동 한옥마을의 안정과 평화와는 대척점에 있는 혼란과 무질서의 임시적 스침의 공간들, 즉 '비장소'들로 재현되는 것이다.

----

7   황영빈, 「"에누리 없다"는 평을 평함 이씨가 본 <자유부인>에 대하여」, 『한국일보』, 1956.6.15.

폐허를 말하다

영화에서 가장 강렬한 시각 이미지로 출현하는 댄스홀은 파리 양행과 함께 전후의 무질서와 혼란 그리고 방탕한 삶을 가장 잘 보여 주는 대표적인 비장소이다. 이 곳에서 최윤주는 결국 자살을 하고 춘호와 댄스를 즐기던 오선영은 백사장과의 밀회에 실패하고 남편이 있는 집으로 되돌아가야 하는 비극적인 운명에 처한다. 한글학자 장태연 교수의 강연회에 찾아가 남편에게 용서를 구하는 소설의 마지막 장면과 달리 영화의 마지막 부분은 '집'이라는 장소의 의미가 훨씬 두드러진다는 점에서 의미가 남다르다. 돌아갈 곳이 없는 오선영은 집 밖에서 남편 앞에 무릎을 꿇는 신세가 되지만 그녀에게 집 안으로의 귀환은 허락되지 않는다. 오선영처럼 비장소에 머무는 거리의 존재들은 혼란과 불안을 심화시키고 한국전쟁이 초래한 폐허의 감각을 증폭시키는 비윤리적 존재들이다. 전후 서구 문화의 침입과 물질문화의 범람 그리고 댄스홀과 다방, 양품점 등으로 상징되는 수많은 장소들이 대중을 유혹하는 시대는 한국전쟁의 참상을 걷어내고 추구해야 할 새로운 사회의 모습이 아니다. 오선영을 비롯한 거리의 존재가 집으로 귀환하지 못하는 것은 바로 그들이 머문 장소의 문제적 성격에서 비롯되는 것이다.

　　<자유부인>과 같은 멜로 영화가 욕망의 실현을 위해 거리로 나선 개인들을 비장소들에 배치함으로써 전후 대중의 내면에 자리잡은 폐허의 감각을 실어 날랐다면 <서울의 휴일>과 같은 계몽 영화는 산부인과 원장과 신문기자 남편을 내세워 거리로 나선 이들이 감당해야 할 시대적 책무를 강조하며 다양한 형태로 존재하는 전후의 비장소들을 보여준다. 이를 테면 광인과 살인 강도, 사기꾼, 술꾼 등이 거리를 활보하는 전후의 거리는 앞서 언급한 <자유부인>에서 오선영이 지나가며 스치는 거리의 인파들을 줌 인(ZOOM-IN)한 형태라고 볼 수 있다. 산부인과 남원장은 이웃집 옥이의 임신 문제를 해결하기 위해 그리고 산통을 겪는 어머니를 살리기 위해 병원을 찾아온 살인자 딸의 부탁을 거절할 수 없

어 집 밖으로 나가 뜻하지 않게 살인자의 아내를 구할 뿐만 아니라 사기 꾼인 옥이의 애인을 구원하기에 이른다. 한편 남편 송기자의 살인자와의 동행 및 체포 등은 모두 그가 거리로 나서면서 이루어지는 일들로서 남원장과 송기자는 화려한 주말 계획 대신 거리의 무질서와 불안정에 직면하는 목격자이자 해결사로 변화한다.

특히 주목할 만한 곳은 영화에서 남원장과 송기자가 각자 집을 나가 마지막으로 서로 우연히 만나는 곳으로 설정된 살인자의 달동네 판자촌 집이다. 이 장소는 전후의 궁핍을 상징하는 곳일 뿐만 아니라 살인자의 집이라는 점에서 당대의 혼란과 무질서, 불안을 상징하는 곳이기도 하다. 이곳은 가난하고 궁핍한 자들이 터전을 찾지 못해 임시로 거주하는 판자촌이기 때문이다. 따라서 영화 <서울의 휴일>은 주인공들의 계몽적 실천을 내러티브의 주요한 뼈대로 활용하면서 은연중 그러한 실천이 향하는 곳이 바로 이러한 비장소들이라는 점을 환기하고 있어 흥미롭다. 두 주인공 부부에게 주어진 시대의 책무를 통해 여전히 전후 대중이 처해 있는 현실과 그로부터 비롯되는 폐허의 감각을 상징적으로 드러내고 있기 때문이다.

아마도 거리와 판자촌으로 대표되는 전후의 비장소를 가장 현실적으로 재현한 영화는 유현목 감독의 <오발탄>일 것이다. 전후의 리얼리즘을 대표하는 이 영화에는 다양한 비장소들이 출현한다. 판자촌, 회사 사무실, 경찰서, 기지촌, 술집, 영화관, 택시 등 영화에 재현된 거의 모든 공간이 임시적이고 찰나적인 스침의 공간, 즉 '비장소'들이다. 이 작품에서 주목할 만한 점은 소설 원작에서 묘사되지 않았던 여러 형태의 비장소가 빈번하게 출현한다는 것이다. 가령, 명숙은 소설에서 그다지 많은 비중을 차지하지 않는 양공주 역할로 형상화되지만 영화는 그녀가 기지촌에서 양공주로 미군을 유혹하는 장면을 재현한다. 여기에 상이군인으로 제대한 영호와 그의 동료들이 만나는 술집 그리고 그가 애인들과 만나는 영화사, 무엇보다 영호가 은행 강도가 되어 경찰에게 쫓기는 과정에서 출현하는 남대문에서 종로를 지나 청계천과 종암동에 이르는 거리의 풍경 등은 모두 소설과는 달리 영화가 호출하는 전후의 다양한 비장소들이다. 관객은 강도가 되어 쫓기는 영호를 따라가며 아이를 업은 채 목을 맨 젊은 여성을 보고 충격을 받거나 거리를 가득 메운 채 시위를 벌이는 사람들과 불현듯 마주치게 된다. 이뿐만이 아니다. 철호가 힘겨운 몸을 이끌고 올라가는 해방촌의 판자촌, 경찰서, 병원, 택시, 설렁탕집, 치과 등은 선명하고 강렬한 시각 이미지로 전후 피난민의 가난하고 찌든 삶의 풍경을 재현한다. 철호의 가족이 머무는 판자촌에서부터 그가 마지막으로 죽어 가는 몸을 던지는 택시 안까지 모든 장소들은 안정과 질서를 부여하는 곳들이 아니다.

이렇듯 영화 <오발탄>은 전후의 현실이 얼마나 극심한 상실감과 불안정을 내포하고 있는지 '비장소'의 이미지들을 통해 대중에게 전달한다. 비장소들의 빈번한 출현과 정착지를 잃은 철호의 가족들을 보면 이것이 비단 월남 피난민에 국한된 특수한 사례라고 말할 수 없게 된다. 한국전쟁으로 인해 터전을 상실한 경험은 당대 대중 모두에게 집단적 트라우마로 작용할 만큼 엄청난 상처를 남겼기 때문이다. 따라서 '비장소'의 이미지들은 한국전쟁이 초래한 폐허 감각을 일반 대중에게 인식시키는 중요한 공간적 재현 방식이었다고 볼 수 있는 것이다. 그래서 "가자"라는 어머니의 절규는 철호와 가족들의 삶에만 국한된 것이 아니라 전

영화 <자유부인>의 거리 풍경 　　　영화 <서울의 휴일>의 거리 풍경 　　　영화 <오발탄>의 거리 풍경

망과 방향성을 상실한 전후 대중의 감각과 직접 연결될 수밖에 없었다.

세 편의 1950년대 한국 영화를 살펴보면서 주목할 수 있는 점은 바로 '거리'의 풍경이다. 집을 나선다는 것은 자신의 정체성을 형성하는 안정된 터전 밖으로 나간다는 뜻일 뿐만 아니라 삶의 불안정성과 직접적으로 대면한다는 뜻이기도 하다. 그러한 맥락에서 보자면 1950년대 한국 영화에서 '집'이라는 공간을 빈번하게 호출하면서 '거리'로 나선 개인들을 주로 재현하는 방식에서 우리가 주목해야 할 것은 바로 불안정과 상실이 일상이 된 사회로 내몰린 전후 대중의 삶이다.

한국전쟁이 가져온 파괴와 초토화는 이러한 문화 매체 속 재현의 양상을 근본적으로 틀 짓는 역사적 사건으로 작용했다. 집과 가족을 포함한 안정된 거주의 장소로부터 이탈하여 임시적이고 찰나적인 장소에 놓인 인물들은 '비장소'들을 횡단하며 전망 없는 상태에 노출되어 있었다. 거리에는 댄스홀과 다방, 기지촌, 판자촌 등이 우후죽순 출현하였고 영화는 빠르게 이러한 비장소의 이미지들을 실어 날랐다. 그러나 '비장소'들이 한국전쟁이 초래한 폐허의 감각을 이미지화하는 방식이 되었다는 점에서 이 장소들은 대중 문화 통제의 주요한 표적이 될 수밖에 없었다.

3. 폐허와 권력, '비장소'에서 '장소'로

한국전쟁으로 인해 폐허가 된 장소에서 새로운 터전을 일구기 위해서는 기반을 잡는 주체의 호출이 요구된다. 전후 한국 영화에서 특정 주체에게 문화 권력이 주어질 수밖에 없는 이유도 여기에서 연유한다. 폐허는 서둘러 관리되고 통제되어 새롭게 단장되어야 했다. 이때 누구에게 문화 권력의 지휘권을 부여할 것인가의 문제가 도출된다. 이는 두 가지 차원에서 접근할 수 있다. 우선, 전후 한국 영화 속에 재현된 윤리적 계몽의 지휘권을 가진 주체들에 주목해야 한다. 일반적으로 남성 가부장

폐허를 말하다

이나 지식인으로 상정되는 이들은 전통적이고 윤리적인 잣대로 전후의 혼란을 봉합하고 폐허의 감각들이 확대되는 것을 봉합하는 권위주의적 주체로 등장한다. 특히 이들이 거주하는 장소의 위력을 살펴보는 게 중요하다.

영화 <자유부인>에서 한글학자 장태연 교수가 머무는 적선동 한옥집의 시각적 이미지는 그가 지닌 전통적이고 권위적이며 윤리적인 성격을 강조하는 데 기여한다. 그는 타이피스트 은미와의 애틋한 애정 관계를 과감하게 절제할 줄 아는 윤리적인 지식인으로서 집 안의 가부장으로서 권위와 책임을 끝까지 유지하며 가정을 지킨다. 영화에 빈번하게 등장하는 한옥집 풍경은 그의 완고하지만 윤리적인 권위주의에 힘을 실어 준다. 가령, 영화의 마지막 장면에서 집을 등지고 서서 오선영을 바라보는 장태연의 시점 쇼트는 집과 가부장의 권위를 함께 부각하면서 그러한 권위에 굴복하는 타자화된 오선영의 모습을 잘 반영한다. 소설과 달리 '집'과 '거리'의 이분법적 대비를 극대화한 영화에서 장태연과 그가 지키는 '집(가정)'의 장소적 성격은 이렇듯 폐허의 감각에 대한 문화 권력의 관리와 통제를 더욱 강조하는 것이다. 따라서 영화 속에서 '집(가정)'과 '거리'의 경계는 더욱 선명하고 강력하다. 한국 전쟁이 초래한 파괴와 초토화가 거리의 문화 속에서 그대로 혼란과 불안정 속에 출현하는 것일 때 심각한 폐허의 감각들을 관리하고 통제하는 문화 주체의 권력 및 그 권력이 생산해야 할 안정과 질서의 터전은 더욱 중요한 의미를 지니기 때문이다. 1950년대 한국 영화 속에서 '집(가정)' 그리고 '가족'의 중요성이 부각되는 것도 한국전쟁으로 초토화되고 파괴된 삶의 총체성을 다시 복구하는 데 있어 가장 필요한 것이 바로 이러한 장소와 그로부터 생산되는 문화였기 때문이다. 가부장의 권위와 책임은 '집(가정)'이라는 장소를 복원하고 가족 담론을 생산하면서 전후 재건 담론을 따르는 것으로 수렴되었다.

영화 <서울의 휴일>에서 전후 지식인을 대표하는 '의사'와 '기자'로 등장하는 남원장과 송기자의 권위와 책임 또한 이러한 문화 주체의 성격과 유사하다. 그들이 거리로 나설 때 필연적으로 따라오는 것은 전후의 폐허 감각에 오염될 위험성이다. 영화 속에서 송기자가 광인을 만나 그 여성과 한 공간에 잠시 머물러 있거나 남원장이 송기자의 한량 친구들과 덕수궁에서 맥주를 마시는 장면 등은 이러한 거리의 혼란스럽고 무질서한 폐허 감각의 위협을 환기한다. 그러나 그들은 끝내 문화 주체로서의 책임감과 권위를 지켜 내면서 살인자의 판자촌에서 만나 가난하고 비참한 범죄자 가족의 삶을 구원하기에 이른다. 남원장이 판자촌에 머물면서 살인자의 아내를 돌보는 과정에서 그녀의 배경으로 자리잡은 산 등성이 판자촌의 풍경은 전후의 가난을 등지고 선 문화 주체의 권위와 책임감을 강조한다. 그녀가 남편 송기자와 함께 원래 가고자 했던 로스 엘젤레스 필하모니 교향악단 야외 연주회의 음악소리를 듣는 장면은 매우 인상 깊다. 멀리 서울의 전경이 펼쳐지는 가운데 카메라는 익스트림 롱 쇼트로 멀리서 판자촌 집 마당에서 시내의 풍경을 바라보는 두 부부의 모습을 보여 준다. 마치 두 문화 권력의 주체가 한국전쟁 후 복구의 과정에 있는 도시를 관리하고 통제해야 할 주인공인 듯 말이다. 판자촌이라는 가난과 비참이 응축된 비장소의 공간들을 관리하고 새롭게 복구하는 데 필요한 것은 이들처럼 문화 권력의 주체로서 새롭게 거듭나는 것일 뿐만 아니라 이들의 실천에서 드러나듯 비장소에서 분출되는 한국전쟁의 찌꺼기와 같은 폐허의 감각을 삭제하고 안정과 질서를 도모하는 '집(가정)'을 새롭게 구축하는 것이다.

위의 두 영화 속에는 지식 권력을 가진 문화 주체로서 호출된 주인공들이 등장하지만 실제로 문화 권력의 주체는 전후의 국가 통치를 주관하는 이데올로그들이었다고 할 수 있다. '비장소'로 전유된 폐허의 감각을 관리하는 정권의 권력 주체는 '문화 검열'이라는 방식으로 한국전쟁이 가져온 폐허의 감각을 새로운 방식으로 재조정하기 위해 노력했다.

영화 <오발탄>은 이러한 문화 통치를 위력을 보여 주는 대표적인 사례에 해당한다. 영화 속의 비장소들은 그곳을 기반으로 살아가는 전후 군상들의 비참한 풍경을 전시한다. 여러 비장소들을 횡단하는 이들은 정착할 데가 없는 가난하고 찌든 밑바닥 인생들일 뿐만 아니라 늘 죽음과 맞닿아 있다. 한국전쟁은 끝났지만 삶은 여전히 전쟁 중이라고 말하듯 영화는 처음부터 끝까지 상시적인 죽음 상태에 놓인 인간들의 절망과 아픔을 표현하는 것이다. 이러한 전후의 비장소들과 대중의 삶에 스며들어 있는 폐허 감각을 이른바 '명랑'의 감각으로 전환하기 위해 요청되었던 것이 바로 '문화 검열'이다. 영화 <오발탄>은 1960년 4.19혁명의 분위기 속에서 상영되었으나 1961년 5.16군사 쿠데타가 발발한 후에 상영 금지처분을 받고 논란에 휩싸였다. 문화 검열의 이유는 명확했다. 영화가 전후의 현실을 너무 어둡게 그렸다는 것이다.[8] 한국전쟁 이후의 절망과 상실감을 표현하는 것은 전쟁이 초래한 폐허 감각을 그대로 계승하는 것으로서 서둘러 지양되어야 했다. 안정과 질서를 도모하는 어떤 장소도 발견할 수 없는 영화는 사회의 재건과 발전 과정에서 해가 될 소지가 있었다. 말하자면 전후의 폐허는 권력의 작용과 필연적으로 연결되어야 했다. 전후의 폐허 인식, 즉 한국 영화에 재현된 폐허의 감각들은 문화 권력의 작용 속에서 반드시 목적과 방향성이 분명한 형태로 재정립되어야 하는 것이었다.

8　당시 신문기사를 살펴보면 다음과 같은 내용을 확인할 수 있다. "군사 혁명 이후 이 작품이 현실과는 거리가 멀고 너무나 사회의 어두운 면을 그렸다는 등의 이유로 상영이 보류"되었다는 점 그래서 제작자 김성춘이 "라스트의 일부를 고쳐 절망 속에서 활로를 암시한 부분을 재촬영 삽입"하여 재심을 청구했다는 것이다.(관련 기사는 다음을 참조. 「<오발탄> 재심 청구 마지막 장면 재촬영」, 『동아일보』, 1963.2.7., 「햇볕 보게 되려나 상영 보류 2년 3개월의 <오발탄> 높이 평가된 영상미」, 『동아일보』, 1963.7.26.)

따라서 전후 한국 영화에서 폐허의 인식과 감각은 대중의 삶을 위협하는 매우 불온한 것으로서 문화 정치의 맥락 속에 놓여 있었다고 봐야 한다. 1950년대 후반부터 급격하게 한국 영화 제작 편수가 증가하고 대중의 영화 관람이 확대되어 가는 과정을 염두에 두면 정권의 이데올로그들이 영화를 문화 정치의 맥락 속에서 관리하고 통제해야 할 필요성은 더욱 강조될 수밖에 없었다.

1950년대 후반에 '가족 영화'가 많이 등장하는 것은 이러한 맥락과 관련 있다. 이 장르의 영화들은 가정에서 벌어지는 가족 에피소드를 중심으로 한다.[9] 가부장 아버지와 그의 가족 구성원들이 다양한 갈등과 문제를 겪으며 다시 결합하는 주요 내러티브를 따라가다 보면 거리의 문화는 더 이상 찾아볼 수 없다는 점이 눈에 띈다. 갈등과 문제는 주로 가족 구성원들 간의 것으로 축소될 뿐만 아니라 해결 과정도 가정의 울타리 밖을 넘어서지 않는다. 일례로 김기영의 <하녀>만 보더라도 가족을 위협하는 갈등과 문제는 가정의 울타리 내부에서 벌어지며 해결 또한 그 경계 안에서 이루어진다. 일련의 가족 영화에서 '집'은 안정과 질서의 울타리로 상징된다. 가족 영화가 출현하면서 '집(가정)'의 상징성은 더욱 강조될 뿐만 아니라 문화 권력의 최종 거점으로 역할이 확대되는 것이다.

이러한 문화적 변화는 한국전쟁이 초래한 폐허의 감각이 '비장소'를 통해 표출되었다는 점을 다시 상기시킨다. 댄스홀과 판자촌, 기지촌, 다방, 양품점 등은 한국전쟁으로부터 발생한 폐허의 공간적 기표들이었다. 대중은 이러한 비장소들로 채워진 거리를 방황하고 배회하면서 한국전쟁이 초래한 혼란과 무질서 그리고 불안정을 여전히 내면화한 채 살아

----

9 대표적인 작품으로 다음의 영화를 들 수 있다. 한형모 감독의 <로맨스빠빠>(1960), 강대진 감독의 <박서방>(1960), <마부>(1960), 이형표 감독의 <서울의 지붕 밑>(1961), 김기영 감독의 <하녀>(1960) 등.

가는 상태에 놓여 있었다. 한국전쟁을 통해 이산과 피난, 죽음의 상시 상태에 놓여 있었던 대중에게 전후는 전쟁이 가져온 폐허의 감각들을 해결하지 못한 채 또다른 문화적 파도에 휩쓸리는 시대로 인식되었다. '집(가정)'의 문턱이 '거리'의 문화와 확고하게 분리되지 못했던 것도 전후의 이러한 시대적 특징 때문이었다고 할 수 있다. 아직 폐허의 감각에서 벗어날 수 없었던 대중에게 '거리'는 그들 삶의 조건이자 상징일 수밖에 없었던 것이다. 비장소들의 범람은 이러한 대중이 처한 전후의 현실과 거기에 스며들어 있던 '폐허 감각'에서 비롯되었다.

그러나 '비장소'들의 범람은 전후에 새롭게 국가의 발전과 안정을 도모해야 하는 정권의 입장에서 보자면 반갑지 않은 것들이었다. '비장소'들은 다시 '장소'로 환원되어야 했다. 임시적이며 비역사적인 이러한 장소들은 일종의 불온한 곳으로 치부되어 개인의 정체성을 안전하게 확보하고 역사의 발전에 힘을 실어 주는 장소로 새롭게 변모하거나 사라져야 했다. 1960년대를 전후하여 새롭게 등장한 가족 영화의 범주 아래에서 '집(가정)'의 확고한 경계선을 긋고 문턱을 높인 것은 '안'을 단속하고 강화함으로써 한국 전쟁이 초래한 폐허의 감각으로부터 벗어나기 위한 문화적 전략을 보여 주는 것이다. 이를 통해 한국전쟁과 연결되어 있던 전후 대중의 폐허 감각은 새로운 문화 통치 권력의 작용 속에서 점차 사라져 갔다. 4.19혁명과 5.16군사 쿠데타의 굵직한 역사적 변화를 동반하면서 1960년대가 새롭게 시작된 것이다. 무엇보다 새로운 정권의 출현과 함께 한국 영화를 포함한 문화 영역에서 전후를 잠식했던 폐허의 감각은 단속되거나 다른 이미지로 전유되는 과정을 밟게 될 예정이었다. ◪◪

내면의 공동과 폐허의 재건

이청준의 「퇴원」, 「병신과 머저리」를 중심으로

이하은

이하은 : 충남대 강사. 논문 「소통의 불가능성과 가능성의 형식」 등

1. 들어가며

인간이 발전시켜 온 문명의 결정체를 한 번에 무화한 파괴적인 사건이 있다. 바로 전쟁이다. 20세기는 전세계가 무차별적으로 난무하는 폭력을 경험하던 시기이다. 동일한 시기, 한반도에서는 동족상잔의 비극이라 할 '한국전쟁'이 발발했다. 삶의 터전이 한순간에 폐허로 변하고 한민족이 서로를 향해 총구를 겨누는 상황들은 육체적으로나 정신적으로 깊은 상흔을 새기는 사건이 되었다. 이러한 폐허의 경험이 역사에서 문학으로 이동할 때, 인간 내면에 각인되었던 외상은 무의식의 형태로 발현되기 마련이다. 전쟁을 '현재'로 경험한 1950년대 작가들은 생경한 기억을 작품 안에 담아내며, 전쟁의 비극이나 실존, 휴머니즘을 강조하는 문학적 경향을 만들었다. 이에 따라 1950년대의 문학에는 작가의 체험을 바탕으로 하여 전쟁의 참혹한 현실을 증언하거나 전쟁의 비정함을 강조하는 등의 특징이 나타난다.

그러나 1960년대부터 이러한 경향은 사뭇 달라진다. 한국문단사에서 1960년대는 "1950년대 문학과 질적으로 구별"[1]된다고 평가받는다. 1960년대 작가들이 지닌 '독특한 감수성과 문체'에서 질적인 차이가 평가받지만, 아직까지 이들이 지닌 '독특한 감수성과 문체'가 무엇인지 구체적으로 밝혀지지는 않았다. 그렇지만 이러한 문학사적 평가를 받는 이유 중 하나로 이들이 최초로 세대의식을 표명하며 문단에 등장했다는 점을 들 수 있다. 소위 한글세대, 4·19세대로 불리는 이들[2]은 4·19 혁명

----

1   윤병로, 「새 세대의 충격과 1960년대 소설」, 『한국현대문학사』, 현대문학, 2016, 433쪽.
2   60년대 작가들은 한글 세대, 4·19세대라고 불리는데 이에는 최하림, 김승옥, 이청준, 서정인, 김병익, 김치수, 염무웅 등이 포함된다. 특히 이 용어는 『산문시대』와 『68문학』을 거쳐 『문학과지성』으로 수렴된 문학노선에 준독점적으로 사용되어 왔다. (권보드래, 「4월의 문학혁명, 근대화론과의 대결 - 이청준과 방영웅, 『산문시대』에서 『창작과비평』까지」, 『한국문학연구』 39호, 2010, 272쪽.)

을 경험적 토대로 삼아 이전 세대와는 다른 자신들의 차별점을 부각시킨다. 이러한 의도를 단적으로 드러내는 동인지가 『산문시대』이다. 산문시대 선언에서 이들은 앞 세대의 문학적 경향을 '천년을 갈 것 같은 어두움', '절망적인 탈출이 없는 모든 자의 언어'[3]라고 선언하고 자신들을 '횃불'이나 '청소부'에 비유한다. 이는 폐허와 같은 문학의 장을 새롭게 쇄신하고 밝혀나갈 주체로 자신들을 인식하고 있음을 보여준다.

그런데 『산문시대』나 1960년대 작가들의 초기작에서는 오히려 추상적으로라도 '전쟁'의 경험이 더 선명하게 드러난다. 이와 더불어 이들이 전쟁을 다루는 방식, 즉 전쟁의 비정함이나 환멸, 비정상적인 일상과 허무를 형상화하는 점에서도 그들의 작품은 1950년대의 문학과 크게 달라 보이지 않는 면도 있다.[4] 가령, 『산문시대』에 수록된 김승옥의 소설에서 전쟁은 현재의 정신적 폐허를 만든 원체험으로 나타난다. 또한 최하림의 소설에서는 원인을 절망과 권태의 원인을 알 수 없는 '공동(空洞)'이 반복적으로 나타난다. 이는 이청준 소설의 모티프가 되는 '전짓불의 공포'나 '알 수 없는 원인'을 탐색해 나가는 서사구조 등과도 맞닿는다.

선행 연구에서는 '전세대와의 단절을 통한 자기 정체성 찾기'[5]를 하기 위해 『산문시대』에서 전쟁을 소환했다고 보기도 한다. 또한 1960년대의 문학은 전쟁이 끝났지만 여전히 일상의 비정함이 지속됨을 보여준다는 점이 1950년대의 문학과 차별화된다고 보는 관점도 있다.[6] 문학장에서 자신들의 위치를 전략적으로 점유하고자 했던 『산문시대』의 의도를

----

3   산문동인(김승옥·김현·최하림), 『산문시대』 1 선언, 가림출판, 1962, 3쪽

4   서영인, 「산문시대와 새로운 문학장의 맹아」, 『한국문학이론과 비평』 34권, 2007, 288-291쪽.
    이호규, 「1960년대 『산문시대』 동인의 문학적 자의식 연구 - 소설을 중심으로」, 『韓國文學論叢』 62권, 2012, 409-410쪽.

5   이호규, 앞의 논문, 407쪽.

6   서영인, 앞의 논문, 291쪽.

폐허를 말하다

고려할 때, 기성작가와의 변별을 위해 전쟁의 기억을 소환했다는 해석은 충분히 일리가 있다. 그러나 여기서도 1960년대 작가들이 어떠한 방식으로 전쟁을 형상화하고, 그 결과 어떠한 의미가 생성되는지는 정확히 규명되지 않는다. 1960년대 작가들이 추상적으로 소환한 전쟁의 의미와 그것이 이들의 문학에 미친 영향은 좀더 세밀히 해석되어야 한다.

우리나라는 국권 침탈, 일본의 전시체제에의 동원, 한국 전쟁 등 물리적, 정신적 폐허를 야기할 사건이 연속적으로 발생한 장소이다. 전후세대라 불리는 1950년대의 작가들은 유·소년기부터 청년기에 이르기까지 폐허로서 한국을 경험한 세대이다. 특히 이들은 이전에 겪은 전쟁 체험을 은폐하며 한국 전쟁을 최초의 전쟁 체험으로 부각한다.[7] 또한 한국 전쟁이 야기한 폭력과 비정함에 책임감을 무겁게 느끼기도 한다. 이와 달리 1960년대에 등단한 작가들은 한국 전쟁을 유·소년기에 겪는다. 그로 인해 이들은 전쟁의 참혹함을 구체적으로 파악하지 못하고, 앞선 세대에 비해 전쟁의 폭력에 관한 책무감도 강하지 않다. 그럼에도 이들은 자신을 형성하는 세계를 이해하기 위해 추상적으로라도 전쟁을 끊임없이 소환한다. 인식의 차이는 존재하나 한국 전쟁은 1960년대 작가들의 문학적 원체험에 자리하고 있다. 그리고 그로부터 1960년대 작가들이 공유하는 공동(空洞)의 의식이 촉발된다. 이 의식을 깊이 이해하기 위해서 본고는 "민족사의 哀悼 과정의 끄트머리"[8]에서 시작하는 1960년대 작가들의 초기작을 '폐허'의 범주에서 다뤄보고자 한다.

본래 '폐허문학(Trümmerliteratur)'은 전후 독일에서 현실의 참상을 진실히 고백하지 못하는 구세대를 비판하며 새로운 문학을 주장하던 신

---

7 한수영, 『전후문학을 다시 읽는다』, 소명출판, 2015, 74쪽.

8 서영채, 「한글세대의 문학 언어의 특징 - 김승옥을 중심으로」, 『대동문화연구』 제59권, 성균관대 대동문화연구원, 2007, 154쪽.

세대 작가들이 사용한 용어이다. 이들은 전역 후 되돌아간 고향의 모습을 사실적으로 증언하며 새로운 문학을 시작하겠다는 포부를 보인다. 그러나 의도와 달리 이들의 문학에도 일종의 망각증처럼 세계를 은폐하는 경향이 나타난다.[9] 이러한 폐허문학의 특징은 1960년대의 작품들과 유사한 면이 있다. 기존 세대의 문학작품을 부정하는 점과 문학 속에 전쟁 기억을 끌어가나 그것을 구체적으로 재현하지 못한다는 면에서 그러하다. 두 나라의 문학에서 전쟁이 망각된 원인은 다르겠지만, 폐허문학은 1960년대 작가들이 전쟁의 흔적을 소환하면서도 그것을 불투명하게 처리하는 이유를 살펴볼 하나의 단초가 된다. 1960년대 문학 속의 폐허의 형상이 구현되는 방식을 밝혀낸다면, 1960년대 작가들의 차별점을 구체화할 수 있을 것이다. 또한 관념이나 환상으로 해석하던 1960년대 작품의 특징을 역사 안에서 새롭게 읽는 계기가 될 것이다.

이를 위해 본고는 이청준의 「퇴원」과 「병신과 머저리」[10]를 통해 1960년대 작가들이 공유하던 '전쟁'과 '폐허'의 형상을 주목하고자 한다. 이청준은 『산문시대』에 직접 가담한 작가는 아니다. 그러나 김승옥이 『산문시대』 동인으로 추천[11]하기도 했으며 『산문시대』의 동인인 김승옥, 김현, 김치수 등과 교류하며 문학적 노선을 함께 밟아갔다. 또한 이청준의 초기작에서도 『산문시대』와 유사하게 비정상적인 일상, 유폐된 내면, 전쟁 기억의 형상화 등이 나타난다. 또한 내면에 잔존하는 '알 수 없는 환부'를 탐색하는 구조가 반복적으로 나타난다. 이러한 점에서 세대의식

----

9 W.G.제발트, 이경진 올김, 『공중전과 문학』, 문학동네, 2019, 21쪽.

10 본고는 이청준의 「병신과 머저리」(문학과지성사, 2017)에 수록된 「퇴원」(7-36쪽.)과 「병신과 머저리」(170-212쪽.)을 기본 텍스트로 삼고 있다. 앞으로 소설을 인용할 때에는 서지사항을 생략하고 해당 쪽수만을 밝히기로 한다.

11 서영인, 앞의 논문, 276쪽.

폐허를 말하다

을 의도적으로 드러낸 『산문시대』의 동인들과 시대정신을 공유한다고 볼 수 있다. 이러한 초기 1960년대 작가의 특징은 이청준의 「퇴원」과 「병신과 머저리」에서도 확인할 수 있다.

이청준의 두 소설은 모두 한 인물의 트라우마를 추적하며 그 원인을 밝히려는 구조적 유사성이 있다. 「퇴원」은 모든 욕망이 소진된 '나'의 내력을 추적해 나가고, 「병신과 머저리」는 서로 다른 세대를 표상하는 형제를 내세워 한국전쟁이라는 외상이 각 세대에 미친 영향이 무엇인가를 서사한다. 그러나 「퇴원」이 환상처럼 느껴지는 비일상 안에서 무력과 환멸을 느끼는 개인에 모습을 집중적으로 보여주는 반면, 「병신과 머저리」는 역사적 경험을 통해 각 세대가 무력과 환멸을 느끼는 원인을 해명한다는 점에서 차이가 있다. 이러한 닮음과 차이 때문에 「퇴원」과 「병신과 머저리」는 트라우마나 주체성 등을 연구할 때 함께 언급되어 왔다.[12] 이 중 「퇴원」은 선행 연구에서 아버지의 억압과 개인사적 트라우마를 드러내는 텍스트로 자주 언급되었다.

그러나 이것만으로는 「퇴원」의 서사를 해명하기 어렵다. 예를 들어, 아버지의 억압이 있기 전부터 존재하던 '나'의 무기력증이나 '월남 파병'을 바라보며 비일상에서 탈출을 시도하는 '나'의 변화가 그러하다. 분명 「퇴원」에는 '나'가 '자기망각'에 빠지게 된 계기나 이를 탈피하려는 계기를 구체적인 사건으로 드러내지는 않는다. 그러나 외부 세계가 다시 살아나고 이를 제대로 응시한 이후에서야 변하는 '나'의 모습은 '나'의 소진된 상태나 이를 극복하려는 원인이 현실과 결부되었음을 추정케 한다.

----

12 정연희, 「이청준 소설의 원체험 탐색구조와 주체화의 문제 - 1960년대 초기단편소설 「퇴원」과 「병신과 머저리」를 중심으로」, 『현대소설연구』 80호, 2020, 417-445쪽. 이광호, 「이청준 소설에 나타난 시선과 광기의 정치학 : 중편 『소문의 벽』을 중심으로」, 『인문학연구』 43호, 2012, 207-228쪽.

자기의 내면에서 현실로 이행하는 출발점에 「퇴원」이 있다면, 「병신과 머저리」는 무력화된 개인을 한국전쟁이라는 역사적 경험의 선상으로 소환하여 그 원인을 천착하는 소설이다. 그렇게 역사 안에서 무력화된 개인을 응시할 때 비로소 세대에 따른 무력감의 차이가 극명해진다. 두 소설을 함께 볼 때, 1960년대와 1950년대 작가들의 유사성과 차이점을 이해할 수 있을 것이다. 또한 추상적인 수식어로 남아 있던 1960년대 작가들의 세대 의식과 그 원인을 바라볼 수 있을 것이다.

2. 부재하는 전쟁 기억과 내면화된 폐허

1960년대 작가들의 초기작에는 암시적인 형태로라도 전쟁이 등장한다. 전쟁의 기억을 모호하게 처리하는 방식이 1960년대 작가들 초기작에 전반적으로 나타난다는 점에서 이는 세대의 집단적인 경험과 연관된다. 이를 해명하기 위해서 작가들이 전쟁을 체험했던 시기와 공간 등 사적인 특징에 주목해 볼 필요가 있다. 1960년대 작가들은 대부분 호남 지역 출신으로 열 살 전후로 하여 한국전쟁기를 겪었다는 공통점이 있다. 고은은 한국전쟁기의 호남을 '전쟁이 지나간 곳'이자 '6·25 비극에서 소외'된 지방이라고 말한다.[13] 이는 유년기에 호남 지역에 살던 이들은 전쟁을 풍문과도 같이 여길 정도로 일상적인 삶을 살았다는 것을 말한다. '전남 광주에서는 전국체육대회가 개막을 앞두고 선수단이 모였다'[14]는 신문 기사에서도 그 당시 호남지역이 전쟁의 소용돌이에서 빗겨가 있음을 확인할 수 있다.

이는 1960년대 작가들이 자신의 유년 시절을 언급하는 대목에서도

----

13 고은, 『1950년대 그 폐허의 문학과 인간』, 향연, 2005, 159쪽.
14 "여유 있는 전력과시, 개막 앞두고 선수들 육속광주에", 『자유신문』, 1951.10.25.

확인할 수 있다. 김승옥은 자신이 겪은 전쟁의 경험을 "사람들이 죽고 집들이 폭격 당하고 했지만 생활방식 자체에는 큰 변화가 없"는 것이라고 말한다.[15] 또한 이청준은 "의식적인 가식과 위장에 의한 거짓 얼굴로 이웃과 세상을 속이"는 것[16]으로 한국전쟁기의 경험을 회상한다. 즉 이들의 삶 속에서 전쟁은 이미 지나가서 실제로 경험하지는 못한 역사였다. 이들은 전쟁이 삶의 터전과 인간 관계를 황폐하게 만든 원인임은 알고 있지만 전쟁이 왜 발생했는지, 전쟁으로 인간이 비인간적으로 변한 까닭이 무엇인지는 이해할 수 없던 것이다. 이로 인해 이들의 소설에는 1950년대 작가들에 비해 분단이나 대립 상황에 대한 체험이 추상화된 채 나타날 수밖에 없다. 즉 그들은 전쟁은 경험하지 않았으나 전쟁의 흔적과 함께 살아가는 독특한 유년기를 겪어 왔다.

　1960년대 작가들은 자신들의 삶에 침투해 들어오는 폐허의 흔적들을 감각하나, 그 원인을 직접적으로 알지 못한다. 삶의 만연한 비일상성을 이해하기 위해서 1960년대 작가들은 그들 나름대로 세계를 응시하나, 그 실체에 다다르지는 못한다. 자신들의 불완전한 세계를 구성하는 기반이 도달할 수 없는 현실은 그들의 내면에 알 수 없는 불안을 초래한다. 이는 1960년대 작가들의 초기작에 짙게 나타나는 그늘과 불안과 연결된다. 1960년대 작가들의 집단의식을 구성하는 불안과 그늘은 그들의 삶에 실재하나 실체를 알 수 없는 대상이다. 이 내면의 '공동(空洞)'을 탐색하고 이해하기 위해 이들의 작품에는 실체를 알 수 없는 무엇인가를 지속적으로 찾으려 하는 인물들이 반복적으로 나타난다. 「퇴원」의 '나'와 「병신과 머저리」의 '동생'은 이러한 1960년대 작가들의 무의식을 전형적으로 드러낸다.

- -

15　김승옥, 『싫을 때는 싫다고 하라』, 자유문학사, 1986, 122-123쪽.

16　이청준, 「내 허위의식과의 싸움」, 『작가세계』 14, 세계사, 1992.가을호, 172쪽

(1)

가끔 끽끽거리는 전차의 경적이 날카롭게 귀를 쑤셔왔다. 무엇 때문에 거기서 생각을 잘라버릴 수 없는지 모르겠다. 내게는 그 비슷한 데다 무얼 잊어 놓은 기억조차 없는데, 마치 그런 것이라도 찾고 있는 듯한 기분이다. ...(중략)...D초등학교의 블록 담벼락을 끼고 흐르는 그 영사막 같은 한 조각의 보도와 두 바늘을 잃어버린 시계, 그리고 가끔 고막을 울려오는 전차의 경적 외에 이 창문으로는 보이는 것도 들리는 것도 없었다.

－「퇴원」, 7-8쪽

(2)

미스 윤이 아직도 손에 들고 있는 신문에다 눈을 주었다.
'한국군 월남 파병 환송식'이라는 톱 제호가
유난히 크게 눈에 들어왔다.
그럼 오늘 낮 창문에 비친 것은 이 파월군의 행렬이었구나.
"한국 군대가 월남을 가는군요."
나는 이상한 흥분기를 느끼면서 말했다.
미스 윤은 대답하지 않았다. ...(중략)...
"글쎄요. 바늘을 끼워놓은 시계니까 이제 돌아가봐야죠."
"다시 돌아오시겠죠?"
미스 윤은 갑자기 지금과는 정반대의 말을 하고 있었다.
"글쎄요. 지금은 그러지 않으려고 합니다만."

－「퇴원」, 34-35쪽

「퇴원」의 '나'는 (1)에서처럼 '끽끽거리는 전차'나 '창문'을 통해 외부 세계를 감지한다. 그러나 그를 자극하는 사물들은 유의미한 사건, 또는 생동하는 현실로 다가오지는 못한다. 왜냐하면 그가 응시하는 세계는 '한 조각의 보도', '두 바늘을 잃어버린 시계'처럼 파편화된 상태로 다가오고 그것은 '나'를 역사적 현실에 자리할 근거를 제공하지 못하기 때문이다. 이러한 환상과도 같은 일상 속에서 '나'는 '잊어 놓은 기억'조차 없는 무엇인가를 찾아나서기를 반복한다. 이를 위해 '나'는 '창문'을 바라보며 '오래 잊고 있는 어떤 기억'을 되살리고자 하나 세계와의 소통에 실패하고 만다. '나'가 자신이 망각하고 있는 무언가를 복원하지 못하는 이유가 무엇일까. 그것은 바로 자신이 잃어버린 시간을 복원해 낼 기호가 부재하기 때문이다. 기호가 되는 사물은 우연히 다가와 그 안에 감춰진 의미를 사유하도록 강요한다.[17] 이 사유를 통해 잃어버렸던 기억이 현재의 의미로 복원될 수 있다. 그러나 '나'는 '창문', '시계', '보도' 등 외부의 사물을 통해 복원할 만한 '과거'의 기억이 망실된 상태이다. 그가 잃어버린 기억을 되살리기 위해서는 '나'의 시간을 복원해 낼 기호를 마주할 필요가 있다. 이러한 변화는 (2)에서 감지된다.

'바늘을 끼워넣은 시계'가 제대로 작동하기 시작하면서 '나'는 불투명하게 인지하던 현실의 감각을 회복해 나간다. '신문'과 '창문' 너머에서 들리던 사람들의 소리가 결합되면서 '나'는 자신을 삶의 현장 안으로 끌고 가기 시작한다. (1)과 (2)에서 '나'가 잃어버린 기억이 무엇인지, 그것이 '나'에게 의미하는 바가 무엇인가는 구체적으로 드러나지 않는다. 다만 '나'가 '월남 파병'이라는 단어를 통해 전쟁을 인식하면서부터 급격히 삶에의 의지를 되찾는다는 변화에 주목할 필요가 있다. 이청준은 「퇴원」뿐 아니라 「시간의 문」에서도 월남전을 언급한다. 이 전쟁은 한국의 밖에서 또 다른 폐허를 자아내는 파괴적인 폭력이다. 또한 '나'에게 알 수 없

---

17 질 들뢰즈, 서동욱·이충민 역, 『프루스트와 기호들』, 민음사, 2004, 41쪽.

는 상흔을 만든 폐허의 경험이 전 세계에 동시적으로 발생하는 사건임을 깨닫게 한다. 그렇게 '나'는 지금 여기에서도 폐허화하는 사건들이 발생하고 있다는 현실을 인식하면서 무시간성을 지니던 비일상적인 세계로부터 탈출한다.

「병신과 머저리」는 「퇴원」에서 막연하게 설정된 의미 찾기와 현실과의 연관성을 보다 구체적으로 드러낸다. 이를 위해 「병신과 머저리」는 한국의 폐허를 만든 특수성, 즉 한국 전쟁을 소환한다. 「병신과 머저리」에는 형의 트라우마를 응시하면서 자신의 고통을 이해하려는 동생의 모습이 나타난다. 동생은 무기력한 일상을 살아가나 그 고통도 아픔도 인지하지 못한 채 살아간다. 그러나 동생은 '형의 소설'을 읽기 시작한 시점부터 '아픔만이 있고 아픔이 오는 곳이 없는' 자신의 환부를 느끼기 시작한다. 이러한 설정은 동생의 무기력함과 고통이 '형의 경험', 즉 전쟁이라는 역사적 사건과 연결됨을 막연히 보여준다. 동생은 형의 트라우마를 통해 자신의 환부에 도달하기 위해 열렬히 형의 소설을 탐독한다.

(1)
"기껏해야 김 일병이나 죽인 주제에……
인마, 넌 이걸 모두 읽고 있었지 …… 불쌍한 김 일병을 ……
그 아가씨가 널 싫어한 건 너무 당연했어."
순서는 뒤범벅이었지만
무엇을 이야기하려는 것인지는 분명했다. (중략)
"인마, 넌 머저리 병신이다. 알았어?"

- 「병신과 머저리」, 209쪽.

(2)
아픔만이 있고 그 아픔이 오는 곳이 없는 나의 환부는 어디인

폐허를 말하다

가. 혜인은 아픔이 오는 곳이 없으면 아픔도 없어야 할 것처럼 말했지만, 그렇다면 지금 나는 엄살을 부리고 있다는 것인가. 나의 일은, 그 나의 화폭은 깨어진 거울처럼 산산조각이 나 있었다. 그것을 다시 시작하기 위하여 나는 지금까지보다 더 많은 시간을 망설이며 허비해야 할는지 모른다. 어쩌면 그것은 나의 힘으로는 영영 찾아내지 못하고 말 얼굴일지도 몰랐다. 나의 아픔 가운데에는 형에게서처럼 명료한 얼굴이 없었다.

- 「병신과 머저리」, 212쪽.

(1)에서 동생은 '김 일병'을 죽이는 것으로 소설을 마무리하지 못하는 형의 모습을 이해하지 못한다. 더 나아가 동생은 자신의 무력함을 해소하기 위해 형의 소설을 마음대로 끝내버린다. 이때, 동생은 '김 일병'이 죽는 것이 합리적이라고 판단하고는 그를 죽이는 결말을 선택한다. 동생의 '이성'과 '합리성'은 실제 체험이나 현실은 배제한 채 작동하는 논리이다. 형이 볼 때, 현실 속에서 해답을 찾지 않고 사색으로만 해결하는 동생의 방식은 '병신'이자 '머저리'와 같다. 즉 형의 분노는 전쟁, 더 넓게는 역사에서 분리된 자의 순진한 판단에서 비롯한다. 어설프게라도 전쟁이라는 역사의 선상에 자신을 놓아봄으로써 동생은 자신의 내면에 존재하던 '알 수 없는 환부'를 마주하게 된다.

(2)에 나타나듯이 동생의 환부는 '아픔만이 있고 아픔이 오는 곳이 없'다. 형과 같이 환부의 원인을 안다면 적절히 처치할 수 있겠지만 동생의 환부에는 '명료한 얼굴'이 없다. 형과 달리 동생이 그 얼굴을 그릴 수 없는 이유는 자신이 아픔이 발현되는 현실적 조건을 망각했기 때문이다. 동생의 소설 읽기는 자신에게 망각된 현실을 복원하기 위한 노력이라고도 볼 수 있다. 그러나 복원하고자 한 역사는 형의 실존과는 연관이 있어도 동생의 실존과는 연결되지 않는다. 형에게 전쟁은 전쟁 이전과

이후라는 분기점을 형성하며 변해버린 자신을 상기하는 사건이지만 동생에게는 그렇지 않다. 동생에게 전쟁은 삶에 폐허만 남기고 사라진 흔적일 뿐이며 흔적을 남기고 한 실체는 언제나 결여된 공백으로 존재하기 때문이다.

3. 창조적 기반으로의 폐허와 새로운 언어 공간의 탄생

「병신과 머저리」에 등장하는 '알 수 없는 환부'와 「퇴원」의 '그런 것을 찾고 있는 듯한 기분'은 1960년대 작가들이 공유하던 '공동(空洞)'의 변이체이다. 그리고 이 '공동(空洞)'이 바로 1960년대 작가들이 공유하는 폐허의 형상이다. 그들에게 '폐허'는 원인을 알지 못하나 이미 파괴되어버린 현실이다. 폐허로부터 시작된 불안은 1960년대 작가들에게 끝없는 의미 찾기를 강요한다. 그리고 그것은 1960년대 작가들이 새롭게 재건해야 할 시대적 가치와 문학의 장을 끝없이 성찰하는 긍정적인 계기로 작동한다. 이로부터 '공동(空洞)'이라는 폐허의 형상은 무(無)가 된 세계를 재건할 창조적인 기반으로 전환된다.

1960년대 작가들은 민족의 상실에 대해 추상적이면서도 보편적인 답을 제시해야 할 임무를 맡고 있었다.[18] 자신들에게 주어진 시대적 임무를 다하기 위해 이들은 새롭게 형성된 시대, 국가를 이끌어 갈 정신, 그리고 그러한 가치를 담을 새로운 문학에 대해 탐구한다. 이러한 도전적 정신을 상징적으로 드러내는 잡지가 『산문시대』이다. 『산문시대』는 제목부터 '산문' 정신을 강조하며, 오로지 산문만을 실은 동인지이다. 이는 과도하게 이념적으로 편향되어 있고 감상적이던 이전 문학과의 단절

----

18 서영채, 앞의 논문, 153쪽.

폐허를 말하다

을 의식화한 시도라 평가할 수 있다. 이는 감상적이고 서정적이던 문단을 비판하며 산문정신을 회복해야 한다고 말했던 백철의 주장[19]과 유사하다는 면에서 완전히 새로운 시도는 아니다. 그러나 1960년대 작가들의 '산문 정신'은 새로운 국민국가의 '문학적 적자(嫡子)'[20]임을 드러내기 위한 장치라는 점에서 세밀히 살펴볼 필요가 있다. 이를 위해 『산문시대』를 다시 한번 살펴볼 필요가 있다.

> 그러나 이제 우리는 안다. 이 어두움이 神의 人間創造와 同時에 除去된 것처럼 우리들 주변에서도 새로운 言語의 創造로 除去되어야 함을 이제 우리는 안다. …(중략)… 우리는 이 투박한 대지에 새로운 거름을 주는 농부이며 탕자이다. 비록 이 투박한 대지를 가는 일이 우리를 완전히 죽이는 절망적인 작업이라 할지라도 우리는 우리 손에 든 횃불을 던져버릴 수 없음을 안다. 우리 앞에 끝없이 펼쳐진 길을 우리는 이제 아무런 장비도 없이 출발한다. …(중략)… 그 패말 위에 우리는 이렇게 다만 한마디를 기록할 것이다. <앞으로!>라고.[21]

『산문시대』 선언에 나타나는 '어두움', '투박한 대지'는 폐허가 된 현실을 의미한다. 이들은 이 어두움을 '除去'하기 위한 '횃불'로 '새로운 言語'를 제시한다. 여기서 '새로운 言語'란 '한글'로 된 언문일치의 문학을 뜻한다. 1960년대 작가들이 기성 세대와 차별화된 정체성으로 내세우는 것 중의 하나는 '한글 세대'라는 언어적 정체성이다. 1950년대 작가들은

---

19 한수영, 앞의 책, 234쪽.
20 한수영, 위의 책, 276쪽.
21 『산문시대』, 앞의 글, 동일 쪽수.

식민지하의 교육을 받은 세대로 한글보다 일본어가 익숙한 이중 언어구사자이다. 이들 대부분은 해방이 된 후에야 한글 교육을 받았고, 서툰 한국어를 구사한 데에 비해 1960년대의 작가들은 한글로 된 매체를 읽고 배운 세대이다. 이러한 언어적 정체성은 국민국가의 건설과정에서 정립되어야 할 근대 문학, 근대적 정신의 적통을 계승하는 중요 요소로 작용한다. 1960년대 작가들은 자신들이 한글세대임을 강조함으로써 식민화된 주체와는 차별화된 정체성을 부각하고, 새로운 문학을 열어갈 정당성을 확보하고자 한다. 즉 한글이라는 언어 정체성을 내세우는 것은 1960년대 작가들이 실천한 인정투쟁의 한 양상인 것이다.

1960년대 작가들이 내세운 언어적 정체성에서 한글의 사용 여부 그 자체가 중요한 것은 아니다. 보다 강조해야 할 사항은 '한글세대'에 이르러서야 번역 과정 없이, 말과 사고가 일치하는 '언어의 물질성'을 담보했다는 점이다. 1950년대 작가들은 모어로의 글쓰기를 위해서 일본어의 체계 안에서 사유하고, 그것을 대체할 번역어[22]를 찾는 말과 생각의 위계를 지닌다. 그러나 1960년대 작가들은 말과 생각의 위계가 정반대로 역전된다. 이러한 언어의 물질성이 담보될 때, "언어화되기 어려운 것들이 언어화"[23]되는 문학의 공간이 탄생한다. 실체를 알 수 없는 불안과 그것을 상징적으로 드러내는 공동(空洞)의 형상은 비가시적인 대상을 가시화하는 언어의 물질성을 보여주는 하나의 장치가 된다.

판토마임……
그렇게도 나의 머리에 맴돌기만 하던 창문의 이미지가 문득 머리에 떠올랐다. 그렇게 안타까워했던 것은 어떤 경험의 회상이 아

----

22 한수영, 앞의 책, 197쪽.
23 서영채, 앞의 논문, 144쪽.

폐허를 말하다

니라, 강한 이미지로 받아들여진 그 단어의 개념에 불과했다. 판토마임...... '무언극'이라는 번역어로는 도시 실감이 나지 않는 말이다. 그것은 이 단어에 세 번이나 겹친 순음(脣音)의 작용도 있겠지만, 마지막 'ㅁ' 받침이 단어의 뜻과 더욱 잘 부합하고 있기 때문인 것 같았다. 받침 자체가 이미 그 내용이 지니는 무거운 침묵을 강요하고 있었다.

- 「퇴원」, 33쪽

「퇴원」에는 언어의 물질성을 포착하기 시작한 한글세대의 언어 감각이 보다 구체적으로 나타난다. 「퇴원」의 '나'는 '판토마임'이라는 단어를 떠올리면서 '이미지'로 존재하는 '단어의 개념', '침묵'을 떠올린다. 여기서 '판토마임'이라는 언어가 의미화하는 과정에 주목할 필요가 있다. '나'는 '판토마임'이라는 단어 안에서 반복되는 '순음', 단어말에 위치한 'ㅁ'에서 침묵이라는 의미를 생성한다. 또한 '나'는 오히려 '무언극'이라는 뜻을 생각하며 '판토마임'이라는 단어를 번역하면, 침묵의 강도가 희석됨을 지적한다. 즉 '나'는 뜻을 생각하고 단어를 떠올리는 것과는 정반대로, 단어를 구성하는 음의 자질들로부터 감각적으로 '판토마임'의 뜻을 도출한다. 입술을 굳게 닫은 채로 종결되는 '판토마임'이라는 언어로부터 '무거운 침묵', '무언'이라는 뜻을 지각하는 감각이 한글세대가 지닌 예민한 언어의 감수성이다. 자신의 삶을 짓누르는 '침묵'과 그러한 침묵의 심연 안에 머물러 있던 자기 자신을 발견하는 과정은 '판토마임'을 한글의 음소들로 고유하게 번역하는 과정 속에서 존재한다. '내'가 '판토마임'이라는 단어 안에서 복원해 낸 인식은 언어 바깥에 존재하는 잉여적 자질을 생산하는, 공백인 언어 기표 안에서 무수한 의미 작용을 생산하는 언어 감각을 새롭게 보여준다.

1960년대 작가들이 이렇게 언어 정체성을 강조한 것은 한글 체제로 새롭게 국가를 구성하는 대한민국에서 문학적 정통성을 확보하기 위함이다. 한글을 기반으로 새로운 감수성을 담은 새로운 언어 형식을 창조한 것이라면, 그 안에는 새로운 형식에 어울리는 새로운 정신이 담겨야 한다. 이를 고려할 때, 그들이 초창기에 '산문', 즉 소설을 내세운 것 역시 새로운 국가에 확산되어야 할 시대정신을 담기 위한 의도에서 비롯되었다고 추론할 수 있다. 새로운 문학이 등장하기 위해 기존의 언어를 파괴해야 했듯이, 새로운 세계를 구축하기 위해서는 기존과는 다른 새로운 가치, 시대정신을 제시해야 한다. 이는 그들 삶에 잔존하는 폐허를 재건하기 위한 이상을 제시하고, 그 이상을 이끌어가야 할 1960년대 작가들의 임무와도 연관된다. 다음 장에서는 1960년대 작가들이 '횃불'을 들고 '새로운 거름'을 주며 양성하고자 한 가치는 무엇인지, 또한 1960년대 작가들이 시대정신을 제시하는 과정에서 나타난 한계가 무엇인지를 살펴보고자 한다.

4. 불멸하는 '공동(空洞)'에서 비롯된 비판적 성찰

해방 후 1950년대 작가들이 식민화된 주체로서의 정체성을 은폐하며 새로운 주체로 거듭나고자 했지만, 1960년대 작가들은 그러한 정체성 지우기와는 거리가 멀다. 그들은 이전 세대들과 달리 새로운 정신과 가치로 무장하며 새로운 시대를 열어갈 열망을 지닌 세대였다. 주지하다시피 1960년대 작가들이 공유하는 시대정신은 '자유'이다. 그러나 그들의 시대정신을 이루는 '자유'를 구체적으로 파악하기가 어렵다. 이상화된 가치로서의 '자유'가 드러날 뿐 그것이 어떻게 삶 속에서 발현될 수 있는지, '자유'가 진정한 삶의 가치가 되기 위해서는 어떠한 방식이 필요한지는 매우 추상화된 채 나타나기 때문이다. 이는 폐허 위에서 무엇을 건설하는 것은 그들 몫이 아니라는 유보적 인식[24]과도 연결된다. 이로 인해 그들이 찾아 나선 '공동(空洞)'은 언제나 채워지지 않은 채, 채워질 수 없는 미완의 상태로 남겨져 버린다.

　이청준 역시 이러한 비판에서 자유롭지는 않은 작가이다. 이청준 소설의 특징인 미결정적 결말이나 중층 구조는 작품을 해방하여 독자에게 자유를 준다는 점에서 높이 평가받는다. 그러나 한편으로는 보편적인 관념을 드러내고 작가가 의미를 유보하고 만다는 비판을 받기도 한다. 이러한 유보적인 면모는 작가 개인, 더 넓게 1960년대 작가들이 지닌 한계로 치부하기에 어려운 면이 있다. 그들의 포부, 가치를 현실 안에서 구체화할 시도도 허락되지 않는 상황이 유보적 자세를 형성한 면이 있기 때문이다. 즉 4·19 혁명의 좌절과 군사 쿠데타 등의 자유가 차단되는 역사적 경험은 이들의 내면에 잔존하던 '공동(空洞)' 위에 포개어져 이들의 정신적 폐허를 심화하는 계기가 된다. 그로부터 1960년대 작가들의 작품에는 자신들의 시대적 책무를 다하지 못한 죄책감과 부끄러움이 전면에 나타난다. 「병신과 머저리」에는 이러한 부채감이 '알 수 없는 환부'를 끝내 발견하지 못하는 '동생'을 비판하는 것으로 형상화된다.

　　결국 선생님은 책임을 질 수 있는 일이 아무것도 없음을 알았어요. 혹은 처음부터 책임을 지지 않도록 하는 일이 이미 책임 있는 행위라고 생각하고 계실지 모르겠어요. 감정의 문제까지도 수식을 풀고 해답을 얻어내는 그런 방법이 사용될 수 있으리라고 생각하시는지 모르지만, 그것도 결국 선생님은 아무것도 책임질 능력이 없다는 증거지요. 왜냐하면 선생님의 해답은 언제나 모든 것이 자

24　이호규, 앞의 논문, 415쪽.

신의 안으로 돌아가는 것뿐이었으니까요.

- 「병신과 머저리」, 199쪽

위 인용문은 「병신과 머저리」에 삽입된 '혜인의 편지'의 일부이다. 혜인은 편지로 자신과의 관계에 실패하고 마는 '동생'의 원인이 무엇인가를 그녀 나름대로 비판적으로 제시한다. 이러한 점에서 혜인은 '동생', 1960년대 작가들의 실패를 비판적으로 전달하는 위장된 화자에 가깝다. 그렇다면 이청준이 혜인의 입을 빌어 제시하고자 한 1960년대 작가들의 한계는 무엇인가. 이에 도달하기 위해서 혜인의 편지에 가장 많이 등장하는 단어에 주목할 필요가 있다. 혜인은 편지에서 일관되게 동생의 무책임함을 강조하고 있다. 그녀의 눈에 모든 해답을 '자신의 안'에서만 찾으려 하며 바깥을 응시하지 못하는 모습이 '무책임'의 형상으로 다가왔기 때문이다. '동생'은 자신의 문제를 자신이 살고 있는 현실에 적용하지 못한다. 그는 현실적인 문제를 해결하기 위해 머릿속으로 회로만 돌릴 뿐 지금-여기에 함께 사는 자들에게 손을 내밀지 못하기 때문이다. 즉 말과 사유로만 문제를 해결하기 위한 '책임'을 다하고, 그것을 구체적인 현실 속에서 행동하지 못하는 것, 그것이 혜인이 지적하는 '동생'의 문제이다.

이는 상념 안에서 잃어버린 기억을 찾고자 한 「퇴원」의 '나'와 별반 다르지 않다. 또한 이전 세대와는 다른 인식과 감수성을 지니지만 이를 구체화하지 못하며 '내폐적인 의식 세계를 과도하게 표백'[25]하는 1960년대 작가의 모습과도 닮았다. 그것이 이청준이 사회적 책임을 다하지 못하는 자신에게 던지는 질책이다. 이 부끄러움은 당찬 포부를 펼치고자

----

25 서영인, 앞의 논문, 283쪽.

폐허를 말하다

사회에 나왔으나 그 소임을 이뤄내지 못한 데에서 기인한다. 「퇴원」에서 월남 파병 기사를 보며 현실로 한걸음 다가가는 '나'의 모습이나 형의 기억을 통해서라도 역사와 접합하려는 '동생'의 모습은 사회적 책임을 지기 위해 사회, 현실에 다가가려는 작가의 의식과 무관하지 않다. 이는 『시간의 문』이나 『비화밀교』 등에서 타자와의 연대를 구체화하려는 이청준 소설의 변화와도 연결이 되는 지점일 것이다. 이렇게 자신들이 제시하고자 한 시대정신을 실천하기 어려웠던 1960년대 작가들은 한국전쟁과 군사 쿠데타라는 사이 공간에서 끊임없이 자신을 비판하고 성찰하며 부끄러움을 표현한다.

5. 나가며

지금까지 이청준의 「퇴원」, 「병신과 머저리」를 중점으로 1960년대 작가들이 공유하던 폐허 의식을 살펴보았다. 1960년대 작가들은 자신들이 마주하는 현실을 폐허로 인식한다. 이때 이들이 마주한 현실은 비일상적인 삶을 초래한 실제의 불안한 현실, 절망적인 언어들로 가득한 기존 문단의 현실을 포괄한다. 1960년대 작가들은 이렇게 삶에 폐허를 낳은 원인을 응시하고, 이를 새로운 언어 감각과 가치로 극복하겠다는 의지를 표방하며 한국 문단에 등장했다. 이를 위해 1960년대 작가들은 일상을 물리적·정신적으로 파괴한 근원적인 체험, 즉 한국전쟁을 초기작에 반복적으로 형상화한다.

한국전쟁은 1960년대 작가들이 최초로 겪은 폐허의 경험이다. 그런데 1960년대 작가 대부분이 한국전쟁기에 전쟁의 피해에서 벗어난 지역에서 성장했기 때문에 이들은 직접적으로 그 피해를 체험하지는 못했다. 이와 달리 1950년대 작가들은 일제강점기 때의 전쟁들, 그리고 한국전쟁을 직접 겪었다. 이러한 경험의 차이는 한국전쟁을 응시하고 폐허를 문학에 형상화하는 작업을 다른 방향으로 이끌어갔다. 1960년대 작가들은 새로운 문학과 새로운 삶의 방식을 재건하기 위해 폐허의 근원을 파고들지만, 그 실체를 파악하지 못한다. 그래서 1960년대 작가들은 삶에 하나의 공백으로 실재하는 폐허를 '공동(空洞)'의 형상으로 재현한다. 이청준은 이를 '알 수 없음'이나 '실체 없는 불안' 등으로 재현한다.

폐허의 원인을 '공동(空洞)'으로 표현하는 것이 인식의 실패를 의미하지는 않는다. '공동(空洞)'은 비가시적으로 존재하는 대상을 인식하고 이를 물질적인 언어로 표현할 언어 능력이 있을 때 비로소 재현되기 때문이다. 1950년대 작가들과 달리 1960년대 작가들은 한글로 사고하고 이를 바로 한글로 표현할 수 있는 한글세대이다. 이에 따라 1960년대 작가들은 그들이 감각한 현실을 매우 예민하고 섬세한 언어로 표현할 수 있었다. 즉 번역의 과정 없이 물질적인 언어로 표현할 수 있기 때문에 부재하면서도 실재하는 '공동(空洞)'과도 같은 폐허 의식이 문학 안에 형상화된 것이다.

새로운 언어로 감각한 세계를 그려내는 것이 1960년대 작가들이 새롭게 재건한 문단의 장이라고 한다면, 언어의 건축 내부에 담긴 이념은 이들이 세계를 재건하기 위해 강조한 가치라 할 수 있다. 1960년대 작가들이 폐허를 재건하기 위해 강조한 가치는 자유이다. 새로운 창조를 위해서는 이전의 가치나 관습에서 벗어나 새로운 삶의 방식들을 만들어 나가야 하기 때문이다. 그러나 1960년대 작가들은 그들이 강조한 가치를 현실적인 삶의 기반 안에서 구체화할 가능성을 바로 차단당한다. 자유를 탄압하는 거대한 사회적 현실 때문에 그들은 보편적인 가치로서 자유를 관념적으로 발화하는 면도 있다. 그러나 거대한 현실의 장벽을 마주하면서도 새로운 삶을 위해 도래해야 할 가치, 즉 자유를 끊임없이 발화하는 것 역시 쉬운 일은 아니다. 이러한 점에서 1960년대 작가들이 자유를 표현하는 방식을 한계로 한정하기보다는, 자유를 언어화하며 시대적 가치를 가시화하고자 한 노력을 긍정적으로 평가할 필요가 있다.

　이처럼 1960년대 작가들은 폐허가 된 시대를 재건하기 위해 새로운 언어 감각과 자유라는 가치를 강조한다. 이들이 감각한 폐허는 가시적인 폐허가 아니라 비가시적인 폐허이다. 이렇게 '공동(空洞)'으로 실재하는 폐허를 언어화함으로써 1960년대 작가들은 폐허의 외연을 비가시적인 대상으로까지 확장한다. 또한 이들은 비존재와 같던 폐허를 새로운 언어로 재현하면서 그 안에 자유라는 가치를 담아낸다. 문학 안에서 자유를 발화하면서 새로운 삶의 방식을 지향하기를 중단하지 않는 면모, 이를 1960년대 작가들이 폐허를 응시하며 폐허를 재건하기 위해 노력한 방식이라고 볼 수 있을 것이다. ▫▪

시 : 골링이골, 거미야

윤은경

윤은경 : 시인. 시집 『벙어리구름』 등

골링이골 - 골령골1

폭우 쏟는 낭월리 골링이골,
심심찮게 늑대들 출몰하곤 했다는 옛골

   사납게 바람 달려와 울부짖고 몸부림치고 벽 밀치고 제 따귀 때리고
지쳐 드러눕는다
   검은 이빨 앙다문 납작 눌린 영혼들, 수숫대처럼 밭 두덕에 일렬로
서 있다 한꺼번에 엎어진다

멀리, 묘석처럼 솟은 붉은 십자가
치켜든 아담의 떨리는 손끝들

짜자자자자자자자작,
내리치는 보랏빛 섬광

만국 공통어로 떨어지는 신(神)의 징벌
백 년이 다 되도록, 구덩이 밖에서 미끄러진다

긴 혓바닥들 방패 세우고 스크럼 짜고 지키는 이 구덩이,
슬픔도 피 냄새도 아직 못 나왔다

산 너머, 그 너머
하늘길 너무 멀다.

거미야 - 골령골2

골령이골 쥐똥나무 흰 꽃 환하고, 얼굴 디밀어 쥐똥나무 향기 훔치려는데, 촤악 거미줄 감긴다

엉큼한 거미란 놈, 쥐똥나무 잎새 뒤에서 유령처럼 나타나 어이없는 듯 빤히 쳐다본다

허공 당기며 허공 감으며 e-편한 세상 푸르지오*? 하며 온몸으로 넓힌 집, 덩그러니 지붕도 처마도 없는 쪽배 하나, 지문(蜘紋) 찍은 집 한 채, 한순간에 허물어졌다

멀리, 바람 거센 비탈엔 힐스테이트블랑루체*, 눈부신 흰 뼈

창공의 투명한 빛은 저 푸른 초원에 내리면 꿈에그린* 무지개* 빛이 다 죽은 자의 안거(安居)에 공구리 친 웅장한 캐슬타운*, 성곽 위로 촤악 날개 편 새털구름 날고, 깃털들 분분 내리는 재건축 리빙포레*는 성 내에 있다

리슈빌*의 이쁜 꿈을 욕해서야 쓰나 황홀한 프리즘을 통과한 꿈이 살아 꿈틀거리는 기호들의 왕국, 떠돌이, 개들, 어슬렁거린다 영원한 주민은 없으니까 반보라도 앞선 더샵* 그런 아이파크*, 아니 그보다는 타워팰리스 원베일리*의 래미안* 마법의 파라다이스글로벌* 혹은 누보 원더풀 월드* 아크로비스타*쯤은 되어야지, 그렇구 말구

뚱뚱한 주인 따라온 포메라니안, 한 다리 들고 쥐똥나무 발등에 오줌 내갈긴다

미안하다 미안하구나 거미야

우린, 삶을 설계하는 게 아니야 설계된 삶에 얹혀사는 거지 쥐똥나무 세상에서 잘 보이지도 않는 생사지도를 가는 거미야 이념도 모르고

162

죄를 지은 거미야 궁둥이가 시커먼 꿈의 건축가야 바람 불고 꽃잎들 흔들리는데 몸뚱이 하나로 빈 슬픔을 휘감아 쥐똥만 한 지문을 뜨는 불태울 초가삼간 집도 절도 훔칠 설계도도 없는 온몸으로 외로운 거미야

* 대한민국의 아파트 브랜드들

소리 없는 목소리

III

그 마을 사람들은 신에게 미움을 받았고 신은 그 마을에서 빛을 거두어 가버렸다. 그때부터 마을은 낮과 밤이, 아니 낮과 저녁과 밤 모두가 칠흑같은 어둠에 잠겼다. 새는 신의 거처로 숨어 들어가 그 마을의 빛을 찾아내 부리에 물고 돌아왔다. 새가 부리에 물고 있는 빛은 이글이글 타오르는 빛이어서 마을에 이르렀을 무렵 새는 까맣게 타버렸다. 새는 재가 되어 마을 위로 눈처럼 내렸다.

소설 : 빛이 빛나던 날

손홍규

손홍규 : 소설가. 『너를 기억하는 풍경』 등

빛이 빛나던 날

수현의 시간은 오래도록 그날에 머물러 있었다. 그가 기억하기에 하늘은 맑고 푸르렀다. 여름 끝자락이긴 했지만 한낮에는 여전히 더웠다. 그들은 개울에 발을 담근 채 수박을 먹고 맥주를 마셨다. 송사리가 발가락을 간질일 때마다 웃음이 터져나왔다. 개울물에서 어지럽게 튀어오른 빛이 그들의 모자 챙 안쪽에서 부딪히며 얼굴 위로 흘러내렸다. 그는 두 눈을 가늘게 뜨고 물그림자를 바라보았다. 하루하루가 오늘 같기만 하면 얼마나 좋을까. 나이트 근무를 마치고 곧장 그곳으로 왔던 터라 두 눈에는 핏발이 섰지만 투덜거리는 이는 아무도 없었다. 모두가 정말로 즐거워서 그랬는지는 알 수 없었지만.

오후가 깊어갔다. 은주가 없네. 그가 이런 생각을 할 때 한 동기가 물었다. "은주는 어디 있지?" 그 말에 수현도 고개를 두리번거렸다. 다른 동기가 말했다. "다슬기 잡는다고 저 위로 올라간 지 한참 됐어, 윤혜경 선생님이랑." 그 말에 모두 알 만하다는 듯 미소를 지었다. "아까 그 이야기도 참 재밌던데 은주가 돌아오면 마저 해주겠지?" 그는 누구에게랄 것도 없이 고개를 끄덕였다. 그는 오래전에 은주에게 이미 들었던 이야기였기에 동기들이 그 이야기를 처음 들었다는 사실이 놀라웠다. "얼마나 잘생겼길래 남자들까지 얼굴을 붉혔을까." "난 언제쯤 그런 사람을 만날 수 있으려나." "빛을 도둑질해서 부리에 물고 오는 새라니." "걔는 어디서 그런 이야기를 알게 된 걸까. 드라마보다 신기하고 재밌잖아." "사 대가 모여사는 집에서 자랐다잖아." "그 말을 믿어?" "무슨 상관이야." 웃음이 터져나왔다.

한 동기가 하늘에 떠 있는 해를 가리키며 중얼거렸다. "벌써 저녁이네." 그 말에도 웃음이 터져나왔다. 그들에게 하루는 낮과 밤으로 구분되지 않았다. 낮과 밤 사이에 꼭 그만큼의 저녁이 있었다. 수현도 눈에

띄지 않게 미소를 지었다. 개울물이 어찌나 맑은지 손으로 떠서 마셔보고 싶을 정도였다. 여름이 이렇게 지나가는구나. 여름인 줄도 몰랐는데 벌써 여름이 끝나고 말았어. 봄엔 봄인 줄을 모르고 여름이 되어서도 봄이 지난 줄을 몰랐듯이 가을이 와도 가을인 줄 모를 테고 가을이 다 지난 뒤에야 가을을 건너왔다는 걸 불현듯 깨닫겠지. "내가 갔다올게."

자정도 지난 깊은 밤에 느닷없이 마을의 모든 개들이 사납게 짖어댔어. 그런 소리 들어본 적 있을 거야. 경계하거나 위협하기 위해서가 아니라 겁에 질려 짖어대는 소리 말야. 개들이 느끼는 두려움이 고스란히 전해지는 소리. 듣는 이마저 오싹해지는 소리 말야. 아직 잠들지 못한 노인들이 그 불길한 소리를 가장 먼저 들었고 다음으로 여인들이 잠에서 깨어나 들었지. 마침내 사내들과 아이들까지 모두 잠에서 깨어났어. 아이들은 할머니나 어머니의 품으로 파고들었지. 사내들은 마당으로 나가 자기 집 개들부터 달래야 했어. 개들은 주인조차 알아보지 못하고 으르렁댔어. 사내들은 저마다 작대기, 괭이, 낫과 같은 무기가 될 만한 것들을 하나씩 쥐고 집 밖으로 나섰지.

은주는 그날 죽었다. 다슬기 때문이었지만 다슬기 때문이라고 말하기에는 허전했다. 하지만 정말 왜 죽었는지는 아무도 몰랐다. 실수였는지 고의였는지 피할 수 없는 사고였는지. 은주가 깊은 물에 빠져 허우적대는 걸 직접 본 사람은 혜경뿐이었다. 가망이 없는데도 은주의 가슴을 두 손으로 강하게 압박하며 심폐소생술을 시도한 사람 역시 혜경이었다. 혜경의 진술만이 은주가 어떻게 죽었는지를 설명할 수 있었다. 그러나 수현은 은주의 죽음에 누군가는 책임이 있다고 믿었다. 누가? 혜경이. 직접 죽이지는 않았다 해도 죽도록 내버려두었다고 말이다. 동기들 모두 알고 있었다. 호흡이 불가능한 상태에서 사오 분이 지나면 뇌가 죽는다는 걸. 정황을 고려하면 은주는 사오 분이 아니라 최소 십오 분이 지나서야 건져 올려졌고 그때 이미 죽은 몸이었다. 산소포화도 제로의 상태로. 동기들은 모두 고개를 돌리고 은주를 보지 않으려 했다.

삶에는 끔찍한 순간이 있는데 은주의 장례식이 그러했다. 장례식에서 본 은주의 부모는 나이에 비해 폭삭 늙은 데다 가난한 티가 났다. 유족은 손에 꼽을 만큼 적었고 조문객도 병원 관계자를 제외하면 거의 없었다. 은주가 어떤 삶을 살아야 했는지를 언뜻 엿보았지만 그게 죄책감을 불러일으키지는 않았다. 그 상황에서 끔찍함이 생겨났다. 죄책감을 느낄 필요가 없노라고 스스로를 설득하는 순간 수현의 내부에서 무언가가 와르르 무너졌다.

은주의 부모는 혜경의 두 손을 붙잡고 놓아주지 않았다. 그들에게 혜경은 죽은 딸의 목숨을 살리기 위해 마지막까지 애쓴 고마운 사람일 테니까. 혜경은 은주의 부모에게 붙잡힌 두 손을 빼내려고 애썼지만 결국 빼내지 못했다. 고개를 돌린 혜경과 그의 눈이 마주쳤고 난처한 상황에서 자신을 구해달라는 의미의 눈빛임을 수현은 알아보았다. 알아보았기에 불쾌했다. 그는 고개를 숙여 혜경의 눈길을 피했다. 조문객이 밥을 먹고 떠난 상 아래, 쓰러져 있는 소주병, 병 입구에서 똑똑 떨어지던 맑은 술.

사실 그는 고발하고 싶은 심정이었다. 그런데 무슨 고발을? 대체 그가 무얼 고발할 수 있었을까. 개울의 폭이 넓어지면서 수심이 깊어지는 곳이 있었고 은주는 다슬기를 잡다가 백수광부처럼은 아닐지라도 한 걸음씩 죽음으로 다가갔으리라. 물가에 있던 혜경이 낯선 기척, 말하자면 불길한 침묵을 느끼고 고개를 들었을 때 은주는 보이지 않았다. 그 순간은 무척이나 비현실적이어서 현실보다 실감이 났다고 혜경은 진술했다. 은주의 머리가 수면 위로 불쑥 솟아오르자 혜경은 구조를 요청하는 대신 개울로 뛰어들었다. 두 사람 모두 헤엄을 치지 못했다. 깊은 물에 들어선 혜경은 본능적으로 물밖으로 나가기 위해 안간힘을 썼고 그러는 사이 시간은 개울물처럼 하염없이 흘러갔다. 혜경의 진술에는 의심스러운 구석이 하나도 없었고 더할 것도 뺄 것도 없는 듯했기에 은주의 죽음은 어쩔 수 없는 일로 여겨졌다. 동료가 있는 곳에서 너무 멀리 떨어진 곳으로 간 것부터가 그러했다.

수현은 얕은 물가에 주저 앉아 있는 혜경의 뒷모습을 보았을 때 혜경이 죽은 줄로만 알았다. 꼿꼿하게 앉은 채로 죽은 사람. 다비식을 치를 때 스님의 법구를 그런 자세로 앉혀둔다는 이야기를 들은 기억이 나서였는지도 모른다. 어쨌든 그런 생각은 터무니없었지만 당시에는 그럴듯하게 여겨졌다. 사태를 눈치 챈 그는 사람들을 불러모아 마침내 은주를 찾아서 건져냈다. 혜경이 미친 사람처럼 심폐소생술을 할 때는 누구도 말리지 않았다. 그가 온힘을 다한 뒤에야 혜경을 죽은 은주에게서 떼어놓을 수 있었다. 그러니까 대체 무얼 고발해야 할지 수현도 알지 못했다. 그럼에도 그의 가슴속에는 말이 될 수 없지만 말이 되어야만 하는 무언가가 응어리져 있었다. 혜경이 말하지 않은 것들. 혜경이 결코 말할 수 없는 것들. 수현은 그게 무언지 알 것 같았지만 말로 표현할 수 있는 게 아니었기에 가슴에 그대로 묻어두었다.

목줄에서 풀려난 개들이 어둠속을 달려갔고 사내들은 그 뒤를 따라갔어. 마을 뒷산 아래에 이른 개들은 쓰러진 사람을 발견하더니 그를 에워싼 채 늑대처럼 울었어. 하늘에서 뚝 떨어지기라도 한 것 같은 사람이었어. 마을에서 가장 나이가 많은 사내 가운데 한 사람이 그에게 다가갔지. 젊은이, 자네는 누구인가? 이름은? 그는 고개를 저었어. 자신이 누구인지 모른다는 뜻인 것 같았지. 어디에서 왔나? 그는 팔을 뻗어 산과 산 사이를 가리켰어. 그가 가리킨 곳은 오래전 사라진 마을로 이르는 길이 시작되는 곳이었지. 그곳은 폐허가 된 지 오래였고 그 길 역시 끊긴지 오래였어. 사내들은 들것을 가져와 젊은이를 조심스럽게 올려놓고 마을 회관으로 데려갔지. 불빛 아래서 보니 젊은이는 무척이나 아름다웠어. 얼마나 잘생겼는지 사내들마저 얼굴을 붉힐 정도였어.

수현은 발인하던 날 화장터까지 따라갔다. 병원측을 대표해서 온 행정직원 한 명을 제외하면 거기까지 동행한 사람은 수현과 혜경뿐이었다. 다른 동기들과 선배들은 아무도 오지 않았다. 수현도 그렇게까지 할 필요는 없었다. 조문을 갔던 걸로 예의는 차린 셈이니까. 그러나 수현은 그럴 수가 없었다. 겉으로는 친해보였지만 그가 은주를 좋아하지 않는다는 사실을 알 만한 사람은 다 알았다. 만약 조문만 하고 말았다면 그가 은주의 죽음을 내놓고 반기더라는 소문이 돌 게 뻔했다. 물론 화장터까지 따라갔다고 해서 사정이 달라지지는 않겠지만. 그러니 다른 이들의 뒷말 때문은 아니었다. 수현은 은주를 잊고 싶었다. 화장터에 따라가지 않으면 마음 한구석에 오래도록 불편한 감정이 남아 오히려 은주를 잊기가 어려워질 것 같았으니까.

은주의 관이 소각로에 들어갔다. 대기실은 밝고 깨끗했다. 넓은 창을 통해 푸른 산과 하늘이 보였다. 새하얀 구름이 흘러갔다. 그 평화로운 풍경이 이곳이 화장터임을 명백하게 증명하는 듯했다. 의자에 멍하니 앉아 있던 혜경은 이따금 자신의 손을 매만졌다. 여전히 은주의 부모에게 두 손이 붙잡혀 있는 건 아닌지를 확인하려는 것만 같았다. 그가 짐작하기에 혜경은 평생 그 손을 그들의 손아귀에서 빼내지 못할 것 같았다. 그러고 싶어서 여기까지 왔겠지만.

화장이 진행되는 동안 수현이 느낀 감정은 슬픔보다는 쓸쓸함에 가까웠다. 이게 과연 은주에게 어울리는 죽음일까. 은주도 이런 식으로 죽는 걸 바라지는 않았을 테지. 자신이 태어나는 걸 선택할 수 있는 사람이란 없으니 적어도 죽음을 선택할 수는 있어야 공평하지 않을까. 소각이 끝난 뒤 유족은 골분함을 안고 떠났다. 태우고 태워서 재가 될 때까지 태운다더니, 타오르고 타올라서 재만 남을 때까지 타오른다더니, 은주는 정말로 그렇게 되고 말았다.

수현과 혜경은 화장터 입구 버스 정류장에서 버스를 기다렸다. "최수현 선생님." 혜경이 나직한 목소리로 깍듯하게 그를 불렀다. "예, 윤 선생님." 혜경은 한숨을 내쉬었다. "수현 선생은 저를 믿으시죠?" 그가 대답이 없자 혜경이 다시 말했다. "수현 선생만은 믿어줄 거라고 생각해요." 그는 고개를 끄덕였다. 정류장에 버스가 섰고 혜경이 그 버스에 올랐다. 혜경은 정류장에서는 보이지 않는 좌석에 앉았다. 버스가 떠났다. 믿느냐고 묻지 않았다면 믿어줄 수도 있었지만 믿느냐고 물었기에 믿을 수가 없게 되었다. 수현은 고개를 저었다. 혜경이 무슨 잘못을 했든 이제 상관이 없었다. 다시는 볼 수 없을 테니까. 그의 삶에서 혜경이라는 사람은 금세 지워지고 잊힐 테니까. 그는 혜경이 볼 수 없다는 걸 알기에 손을 들고 흔들었다. 앞으로 다시 만날 일은 없겠지.

수현은 수간호사와 면담을 한 뒤 사직서를 냈다. 실제로 그만두기까지는 이 주가 걸렸지만 살아가면서 이따금 소식을 듣기는 했다. 동기 가운데 누군가는 양호 교사가 되었고 누군가는 미국 간호사 자격 시험을 치른 뒤 그곳으로 떠났다. 요양 병원에 근무하는 동기하고는 가장 오랫동안 소식을 주고받았다. 그 동기는 빈 자리가 날 때마다 수현에게 연락해서 거기로 오라고 권유했다. "여기는 이 교대이고 훨씬 편해. 존중받으면서 일한다니까." 수현은 늘 거절했다. 혜경의 소식을 전해준 이도 그 동기였을 것이다. "소문으로는 병원 그만둔 뒤 돈 많은 남자 만나서 결혼했는데 아이가 안 생겨서 고생한다고 하더라. 더는 몰라. 그런데 수현아, 너 은주 생각나니?" 그는 대답할 말을 고르느라 머뭇거렸다. "난 잘 생각이 안 나는데, 이상하게도 그 이야기는 생각나. 하늘에서 뚝 떨어진 것처럼 갑자기 나타난 청년인데 기억상실증에 걸려서 괴로워하던 그 이야기."

그는 결국 대답할 말을 찾아냈다. "네가 말하니까 기억이 나는 것도 같아." 그러자 동기가 회한에 잠긴 목소리로 덧붙였다. "넌 발인할 때도 갔잖아. 우리는 네가 은주를 별로 좋아하지 않는다고 오해했기 때문에 놀라기도 했지만 속으로는 많이 후회했어. 어쨌든 넌 그 이야기 알고 있을 것 같았거든. 끝을 모르니까 자꾸 생각이 나서 그래."

그 동기와도 언제부턴가 연락이 끊겼다. 모든 이들의 근황을 알 수는 없겠지만 수현이 짐작하기에 적어도 그 시절의 동기 가운데 착실하게 이력을 쌓아 주임간호사가 되거나 수간호사를 바라보며 병원에 남은 이는 없는 듯했다. 은주 때문일 수도 있었고 아닐 수도 있었다. 어디에나 은주 같은 사람이 있듯이 어디에나 혜경 같은 사람도 있을 테니. 세월이 흐르면서 인연을 맺었던 이들 모두와 연락이 끊겼고 그 사실이 전혀 아쉽지 않았다.

수현은 자신이 간호사였던 적이 있다는 말을 누구에게도 하지 않았고 그런 티를 낸 적도 없었다. 동네 병원이든 종합병원이든 어디를 가든 여느 외래환자와 다름없이 다소곳이 귀를 기울이고 필요한 질문만 했다. 외동딸인 유하를 출산하던 날이었다. 그가 대학을 다닌 고향 도시에 있는 산부인과 전문병원이었다. 첫 출산인데다 노산에 가까운 나이여서 수현도 긴장이 되었다. 무통주사를 맞긴 했지만 자궁문이 열리는 데 유독 시간이 오래 걸린 탓에 통증이 심했다. 정신을 잃지는 않았지만 기진맥진한 상태였고 아기가 신생아실로 옮겨진 뒤에는 긴장이 풀리면서 해리 상태에 가까워졌다. 분만실을 드나드는 간호사들이 실체 없는 그림자로 보였다. 귓가에 들리는 목소리, 아니 그보다는 분주한 발소리, 그가 끔찍하게 여겼던 그 발소리, 선배 간호사의 호통과 욕설을 들어가며 뛰어다녀야 했던 시절에 그를 대신해 비명을 질러대는 것 같던 발소리가 귓가에서 울려댔다. 슬픔에 가까운 그리움이라고나 할까.

그는 까맣게 잊었다고 믿은 말들 가운데 몇 마디를 자기도 모르게 중얼거렸다. 제가 혈관이 없어요…… 여기 라인 좀 정리해 주실래요…….
그런 말들 때문이었을 것이다. 산후조리원으로 옮겨가기 전 이틀 동안
회복실에 머물렀는데 낯익은 간호사가 수줍어하며 말했다. "선배님, 말
씀하시지 그랬어요. 왜 말씀 안 하셨어요." 그는 가슴 깊은 곳 저 밑바닥
에서 천천히 들어올려지는 감정에 점령당했다. 뭐라 말로 표현하기 힘든
감정이었다. 그는 한 팔을 허공으로 들어올렸고, 젊고 앳된 간호사가 두
손으로 그의 손을 슬며시 쥐었다가 놓아주었다. 어떻게 이토록 따뜻할
수가 있지. 그는 처음이자 마지막으로 간호사였던 시절이 그리웠다. 그
간호사가 회복실에서 나가자 세상이 텅 빈 기분이 들었다. 그는 속으로
중얼거렸다. 고마워요, 후배님. 부디 아프지 말고 죽지도 말고 원하는 곳
까지 가길 바랄게요.

눈에 띄는 외상은 없었지만 젊은이는 어찌나 말랐는지 가만히 들여
다보면 뼈만 보이는 것 같았어. 해골이 누워 있는 것 같다고나 할까. 단
층촬영한 사진을 보는 것처럼 말야. 마을 여인들은 그를 정성껏 돌봐줬
어. 틈만 나면 들러서 약탕기에 달인 약을 먹여주고 걸레질을 해주고 창
문을 열어 환기시켜주었지. 미음을 끓이고 죽을 쑤어 먹이며 정성껏 돌
봐주었어. 마을의 개들은 짖지 않았고 그중 몇 마리는 슬그머니 목줄을
풀고 나와 밤이 새도록 그가 누운 마을 회관 앞을 지켰지. 사람들은 그
의 곁에 오래 머물지 못했어. 까닭없이 슬퍼졌거든. 방금 세상을 떠난 이
의 무덤 앞에 있는 것만 같았거든. 눈에 눈물이 차오르면 내가 왜 이러
지 중얼거리면서 그곳에서 물러나오곤 했어. 물론 그렇게 나오기 전에
이부자리 밑에 손을 넣어 온기를 가늠하고 아궁이를 살피곤 했지. 네가
늘 그러듯이 말야.

딸인 유하가 세 살이 될 때까지의 나날은 수현의 삶에서 가장 중요

174

하고 의미심장했다. 하루하루가 기가 막힐 만큼 짧으면서도 길었다. 아이를 키우면서 겪는 모든 순간을 기억할 수 있을 것 같았는데 돌아보면 기억이 나지 않았다. 당장 해야 할 일과 앞으로 닥쳐올 일을 생각하는 것만으로도 벅찼다. 그가 겪어서 익숙해진 일들은 금세 쓸모가 없어졌고 새롭게 경험해야 할 일들이 차례차례 다가왔다. 남편은 육아에 도움이 되지 않았지만 그를 힘들게 하지도 않았다. 사회복지사 시험을 준비할 때 학원에서 만난 남편은 몽상 따위는 하지 않는 현실적인 사람이었고 수현은 그 점이 마음에 들었다. 남편은 감정평가사로 일하다가 동업자를 모아 부동산 투자 사업에 뛰어들었고 그가 유하를 낳을 즈음에는 그 업계에서 제법 자리를 잡게 되었다. 그가 노산에 가까운 출산을 하게 된 까닭도 늦게 결혼해서만은 아니었다. 경제적으로 안정될 때까지 출산을 미루기로 해서였다.

아이와 둘만 남으면 견뎌야 할 시간들이 하염없이 수현에게 흘러들어왔다. 시간은 그의 몸을 채우고도 모자라 계속해서 흘러 넘쳤다. 창문을 열면 그의 몸이 시간에 떠밀려 창밖으로 휩쓸려 가는 기분이 들었다. 발이 바닥에서 떨어질락 말락할 때의 기분은 비행기가 이륙할 때와 비슷해서 설령 창밖으로 뛰어내린다 해도 추락하지 않고 하늘로 날아오를 것만 같았다. 그런 생각이 잦아들면 오금이 저리면서 몸살이 찾아왔다. 산후 우울증이라 치부하기에는 지나치게 끈질겼다. 딸이 네 살이 되었을 때에는 가슴이 답답하고 금방이라도 숨이 막혀 죽을 듯한 순간을 자주 겪었다. 침을 삼키려고 했을 뿐인데 호흡이 곤란해져서 허둥거린 적이 한두 번이 아니었다.

그는 아이가 초등학교에 들어갈 때까지는 아무데도 보내지 않고 돌볼 생각이었지만 자신의 우울이 아이에게 옮겨갈까 봐 걱정이 되었다. 우선 아이를 아파트 단지 내의 가정 어린이집에 보냈다. 등원하자마자 장염에 걸려 한 달 넘게 시달려서 공립 어린이집으로 바꾸어서 등원을 시켰다. 며칠 안 되어 수족구병에 걸려 다시 한 달 넘게 아이가 앓았다. 맞벌이 부모들은 아이가 아파도 해열제만 먹인 채 등원을 시킬 수밖에 없었고 그의 딸처럼 병약한 아이들은 병이 옮아 등원하는 날보다 휴원하는 날이 많을 수밖에 없었다. 아이가 어린이집에 가게 되면 여유를 누리게 되리라 믿었는데 오히려 불안감만 커졌다.

그해 가을 들머리에 수현은 공동현관에 게시되어 있는 광고지를 보았다. 공동육아 어린이집에서 원아를 모집한다는 내용이었다. 아파트에서 그리 멀지 않은 곳이어서 입학설명회에 참가 신청을 했다. 가을이 깊어갈 무렵이었다. 설명회가 있던 날 그는 어린이집 홍보이사가 전달해준 주소로 찾아갔다. 왕복 6차선 도로 너머의 농촌지역에 있는 고즈넉한 분위기의 마을이었다. 개발제한구역으로 지정된 곳인 듯했다. 자주 지나치기는 했지만 마을 안쪽으로 들어가본 적은 없었다. 마을 입구에는 마을 회관이 있었고 그 옆으로 담장이 없어 마당이 훤히 드러난 집들이 이어졌다. 마을 한가운데 커다란 느티나무가 서 있는 곳이 어린이집 앞이었다. 벌써 여러 대의 승용차가 주차되어 있었다. 주택 앞으로 넓은 마당과 큰 창고가 있었고 모래놀이터와 텃밭도 있었다. 설명회 장소는 창고였다. 창고 내부는 깨끗하고 환했다. 뒤편의 선반을 제외하면 세미나실이라 해도 좋을 만큼 아늑했다. 가지런히 줄을 맞춰 놓은 접이식 의자마다 안내서가 놓여 있었다.

조합에 대한 설명과 조합원이 준수해야 할 사항들을 안내한 뒤에 식사, 놀이, 교육을 담당하는 교사들의 설명이 이어졌다. 설명회가 끝난 뒤 어린이집을 둘러보았다. 주택 내부는 깔끔했고 거실과 부엌도 나무랄 데 없이 청결했다. 다섯 살부터 일곱 살까지의 아이들이 지내는 공간답게 방들은 아기자기하게 꾸며져 있었다. 낮잠을 자는 방까지 따로 있는데다 어디에서나 창을 통해 하늘이 보였다. 그는 무엇보다 마당과 모래놀이터, 텃밭이 마음에 쏙 들었다. 일과 중에 하루에 한 번씩 마을 나

176 폐허를 말하다

들이를 한다는 점도. 아이가 학대받을 걱정이 없다는 점도. 그는 오래 고
민하지 않았다. 남편에게 통보하듯 결심을 알렸다. "유치원에는 안 보낼
생각이야. 공동육아는 이사장과 이사들 모두 원아들의 부모야. 우리도
언젠가는 홍보이사든 교육이사든 시설이사든 이사장이든 뭐든 해야 한
다는 뜻이야. 물론 날마다 등하원시켜야 하고 각종 행사도 직접 참여해
서 준비해야 돼. 할 수 있겠어?" 남편은 어깨를 으쓱했다. "유하한테 좋다
면야 당신 뜻대로 해." 그는 조합 가입비와 입학금을 송금했다.

　해가 바뀌어 유하가 다섯 살이 되었고 그해 3월에 어린이집에 등원
했다. 처음에 아이는 어린이집 현관에서 들어가지 않으려고 버텼지만 일
주일이 지나자 먼저 손을 흔들며 그 안으로 냉큼 들어가게 되었다. 3월
중순에 신입 조합원과의 만남이 있었다. 만남 장소는 마을 회관에서 멀
지 않은 카페였다. 오래된 농가 틈에 자리잡은 현대식 주택을 리모델링
한 곳이었다. 신입 조합원들은 대체로 부부가 함께 참석했지만 수현처럼
혼자 참석한 조합원도 있었다. 기존의 조합원들은 번갈아가며 이사를
맡은 터라 직책이 없는 경우도 있었다. 간단하게 자기 소개를 하며 인사
를 나누었다. 다과상이 차려지고 가벼운 이야기들이 오갔다. 수현은 처
음부터 눈길이 가던 한 사람에게 다가갔다. "안녕하세요, 다섯 살 아이
유하 엄마예요." 그 사람은 미소를 지었다. 자기 명찰을 가리키며 대답했
다. "일곱 살 아이 현주 엄마예요." 조합원은 모두 예명을 사용했기에 본
명은 밝히지 않았다. "신입이신가요?" 그가 묻고 싶은 건 이게 아니었지
만 그렇게 물을 수밖에 없었다. "작년부터 다녔어요. 유하 엄마는 신입
이죠?" 그는 고개를 끄덕였다. "신입인 줄 알았어요. 등하원할 때도 못 뵌
것 같아서요." "등원은 남편이 출근하면서 해요. 하원은 제가 하지만 좀
늦게 가거든요." 홍보 이사가 두 사람 사이에 끼어들었다. 다과회는 곧 끝
이 났고 서로 인사를 나누며 헤어졌다. 그는 주차할 자리가 부족해서 마
을 회관 근처에 차를 세워둔 터라 그곳을 향해 걸어갔다. 마을 회관 앞

에 도착하니 뒤에서 현주 엄마가 걸어오는 게 보였다. 그는 잠시 기다렸다. 다시는 볼 일이 없을 거라 믿었던 사람, 혜경이 그와 몇 걸음 떨어진 곳에 있었다. 그가 알던 시절보다 핼쑥하고 깡마른 사람이 되어서.

그가 정신을 차릴 때면 그의 이름은 무엇이고 정확히 어디에서 왔는지를 물었어. 그는 자신이 누구인지를 기억해내려고 애썼지. 매끈한 그의 이마에 주름살이 잡혔다가 펴지고 갈색빛이 도는 눈동자가 그의 눈 안에서 유리구슬처럼 굴러다녔지. 도무지 모르겠어요. 저는 누구고 제 이름은 뭐죠? 그가 이렇게 물으면 마을 사람들은 고개를 저었어. 자네가 모르는 걸 우리가 어찌 알겠나. 하지만 반드시 기억해낼 테니 너무 걱정하지 말게. 우리가 도와줄 테니 포기하지 말게나. 얼마 지나지 않아 마을 노인과 여자들뿐만 아니라 사내와 아이들마저 그를 사랑하게 되었지. 모두들 그의 안부를 묻고 그가 얼마나 회복되었는지를 궁금해했어. 아이들은 자신들도 커서 반드시 그 젊은이와 같은 사람이 되겠다고 속으로 다짐했지. 그가 누구인지도 모르면서 말야.

수현은 이런 날이 올 수도 있다고 생각했다. 오래전 헤어진 연인을 지하철이나 거리에서 우연히 마주칠 수 있는 것처럼. 어떤 기분일지는 몰랐는데 막상 혜경과 마주치고 보니 아무 감흥이 없었다. 분노나 슬픔이나 놀라움은커녕 담담하기 이를 데 없었다. 십오륙 년의 세월이 흘러 그만큼의 나이를 먹고 예전과는 다른 분위기를 풍기는 사람이 되었음에도 단번에 알아보았다는 사실이 의외이긴 했지만 이처럼 아무 느낌이 없다는 것이야말로 정말로 혜경을 잊었다는 뜻이라는 걸 알게 되었다. 누군가를 기억하지 못한다는 말은 기억이 사라졌을 때가 아니라 감정이 사라졌을 때를 가리킨다는 걸.
그는 한 걸음 다가가 혜경 앞에 섰다. "윤혜경 선배님 맞죠?" 혜경의 얼굴에는 표정이라고 할 만한 게 없었다. 혜경은 보일락 말락 고개를 끄덕였다. "낯설지 않았지만 긴가민가 했어요. 최 선생이죠? 미안하지만 이름은 기억이 나지 않아요." 그가 이름을 말하려 하자 혜경이 손을 내저었다. "말하지 않아도 돼요. 어차피 여기서는 예명을 사용하니까 몰라도 괜찮아요. 아니, 모르는 게 나아요." 혜경은 집이 도로 건너편이라고 했다. 잔디마당이 있는 주택인데 세들어 산다고 했다. "좋은 분 만나서 결혼하셨다는 이야기는 들었어요." "좋은 사람은 아니고 돈만 많은 사람이에요." 혜경은 남 이야기를 하듯 말했다. 마을 회관 뒤편의 도로에서 날카로운 소리가 넘어왔다. 횡단보도의 신호가 바뀌면서 급정거를 한 자동차 바퀴의 마찰음이었다. 혜경의 시선이 마을 회관 위를 향하는 동안 수현은 혜경의 손을 바라보았다. 어정쩡하게 맞잡은 두 손을. "여기 횡단보도는 통행하는 사람이 드물어선지 차들이 신호를 잘 안 지켜요. 언제 한번 놀러와요." 도로 쪽으로 향하던 혜경이 뒤돌아서더니 그에게 다가왔다. "부탁이 있어요. 어린이집에서는 우리 서로 모른 척해요. 어차피 아이를 위해서 이곳에 온 거잖아요."

그날 밤 수현은 잠이 오질 않았다. 뭐랄까. 헛물을 켠 기분이 들었다. 혜경이 당황하고 안절부절못하며 그를 피해다녔대도 이런 기분일지를 헤아렸다. 그런 기대를 했던 게 아니었음에도 혜경의 태도는 그를 불쾌하게 하는 구석이 있었다. 그가 혜경을 생각하던 방식 그대로 혜경도 그를 생각해왔다는 걸 드러내려 하는 태도. 그가 자신을 어떻게 생각하든 상관없을 뿐만 아니라 그를 자신의 견고한 일상에 난데없이 끼어든 훼방꾼쯤으로 여기는 듯한 태도였다. 피식 웃음이 나왔다. 그러자 아무렇지도 않아졌다. 잠깐 흔들렸던 마음이 평온을 되찾고 균형을 이루었다. 이 균형은 서로 다른 감정이 동일한 무게를 지녀서 이루어진 게 아니라 감정이 사라진 상태, 무게를 견줄 필요가 없는 상태에서 이루어졌기에 그는 홀가분했다. 언젠가 어디선가 겪게 될 일을 지금 이 순간 겪고 있을 뿐인데다 혹시나 싶었던 마음이 무색할 만큼 전혀 동요하지 않는 스스로가 대견하기까지 했다.

젊은이가 말했어. 저는 바로 그곳에서 왔어요. 마을 사람들은 고개를 끄덕였어. 우리가 처음 자네를 발견했을 때에도 자네는 그렇게 말했다네. 자네 말이 사실이라면 놀라운 일이야. 그곳은 폐허가 된 지 오래이고 그곳에서 살던 사람이 마지막으로 우리 마을을 찾아온 건 십 년도, 아니 어쩌면 이십 년도 더 지난 일이라네. 그 세월 동안 그 길로 나타난 사람은 아무도 없었고 그 길로 들어선 사람도 없었지. 그는 말했어. 하지만 저는 그곳에서 온 게 분명해요. 그의 목소리는 간절했고 지나치게 간절한 탓에 그의 가느다란 목을 졸라 죽여버리고 싶은 충동이 들 정도였지. 자기가 누구인지 모르면서 어디에서 왔는지를 안다는 건 말이 안 되잖아. 사람들은 고개를 저었지만 기억을 회복하는 데 좋다는 약초를 구해 정성스럽게 달여 그에게 먹였고 혹시 그가 기억을 되찾는 데 도움이 될까 싶어 그 마을이 폐허가 되기 전에 어떠했는지 알고 있는 것들을 하나씩 들려주기도 했어. 어디인지도 모르는 마을에 대해서 말야.

그들은 서로를 보면서도 서로를 못 본 척했기에 서로를 더 강렬하게 의식할 수밖에 없었다. 그사이에 이런저런 행사가 있었지만 그들이 마주칠 일은 별로 없었다. 그가 걱정할 일은 따로 있었다. 그의 딸은 크게 울거나 떼를 쓰지 않는 아이였다. 원하는 게 있어도 안 된다고 말하면 금세 포기했다. 또래 아이들에게 드물지 않은 피부염이나 알레르기 질환도 없었다. 성장속도는 평균치였고 성 조숙증을 걱정할 나이도 아니었다. 잔병치레가 잦았지만 큰병에 걸리지는 않았고 크게 다친 일도 없었다. 어린이집에서 다른 아이들과 놀다가 넘어져 무릎이 까지거나 정강이를 긁히는 소소한 사건은 있었지만 상대 아이의 부모와 다투지 않고도

원만히 해결되었다. 그러나 때때로 그는 유하에게서 자신을 보았다. 그가 야단을 치면 유하는 얌전히 들으면서 눈물만 뚝뚝 흘렸다. 변명하거나 대들지도 않았다. 야단을 치고 나면 그가 더 속상했다. 눈물 콧물로 범벅이 된 아이의 얼굴을 닦아주면 스스로도 어쩔 수 없는 충동에 사로잡혀 아이를 꼭 끌어안았다. 그의 품에서 아이는 안도하는 것 같았다. 그럴 때 아이의 눈에는 엄마인 그에 대한 신뢰가 가득했다. 그가 아는 세상은 가혹했기에 아이가 자라 의지할 피붙이 하나 없는 어른이 되었을 때가 벌써부터 걱정스러웠다. 그리고 자신이 딸에게 얼마나 폭력적인지를 자문하지 않을 수 없었다.

어린이집 교사는 유하가 차분하고 침착하며 친구들의 말에 귀를 기울이고 배려할 줄 아는 아이라고 칭찬했지만, 달리 말하자면 나약하고 자기 주장이 없는 맹탕이라는 뜻이기도 했다. 그에 비하면 혜경의 딸인 현주는 똑부러졌다. 좋은 것과 싫은 것을 분명히 표현했고 가장 나이가 많아 형님반이라 불리는 일곱 살이어서 놀이 시간이면 앞장서서 다른 아이들을 이끌려고 했다. 거기까지는 괜찮아 보였다. 그러나 아이들이란 주의력과 집중력이 오래가지 못해 금세 딴청을 피우며 제각각의 놀이에 골몰하기 마련인데, 현주는 분을 못 이겨 혼자 씩씩대기까지 했다. 그래서였을 것이다. 현주는 유하에게 살가웠다. 유하가 원하든 원하지 않든 유하의 손을 잡고 구석진 곳으로 데려가 귓속말로 소곤대고 싸구려 장신구를 쥐어 주었다. 둘 다 외동이니 서로에게 다정하면 좋은 일이었지만 그는 왠지 불안했다.

봄이 지나고 초여름이 되자 교사들과 원아들만 1박 2일 동안 자연휴양림으로 들살이를 다녀왔다. 그다음 주에 수현은 교사의 요청으로 상담을 했다. 자연휴양림에서 유하와 현주가 잠깐 사라진 적이 있다고 했다. "금방 찾기는 해서 걱정하실까봐 따로 연락은 드리지 않았어요. 죄송해요." 그는 가슴이 덜컥 내려앉았지만 내색하지 않았다. 교사는 현주가 유하를 동생처럼 여기며 잘대해주지만 변덕이 심한 편이니 앞으로도 주의 깊게 관찰하겠다고 말했다. "혹시 유하가 무슨 이야기라도 하던가요?" 교사가 정말로 알고 싶어하는 게 무엇일지 잠깐 생각해본 뒤 수현은 고개를 저었다. "별다른 이야기는 없었어요. 저도 주의를 기울이겠지만 선생님께서 잘 살펴봐주세요. 부탁드려요."

여름에 치른 가장 큰 행사는 칠석 잔치였다. 어린이집은 이 마을에 터전을 잡은 이후로 해마다 칠석이면 마을 회관에 동네 어른을 초대해 잔치를 열었다. 아이들은 평소에 연습한 사물놀이를 공연했고 부모들은 떡과 음료를 준비해 대접했다. 잔치에 참석한 예닐곱의 노인들은 함박웃음을 지으며 박수를 치고 차려진 음식을 맛있게 먹고 돌아갔다. 그날 마을 회관에서 뒷정리를 하고 나올 때 혜경이 혼잣말이라도 하는 것처럼 수현에게 말을 건넸다. "사내들마저 얼굴을 붉힐 정도로 아름다웠던 그 청년은 지금 어디에 있을까." 은주를 기억하는 게 분명했고 그 사실을 수현에게 알려주려는 의도가 분명했는데, 이제와서 그게 무슨 소용이란 말인가. "이런 곳이 아직도 있다는 게 신기해. 안 그래요 수현 씨?" 그는 아무 대답도 하지 못했다.

그는 마을 사람들의 말에 귀를 기울였고 이따금 눈빛을 빛냈어. 무언가를 기억해낸 거야. 사람들은 기뻐했어. 젊은이가 누구인지 기억해내기만 하면 그가 가야할 곳으로 보내줄 수 있을 테니까. 젊은이는 정말로 자신이 누구인지 기억해냈어. 마을 사람들 모두 마을 회관에 모였지. 젊은이의 말을 듣기 위해서. 젊은이는 이제 뼈만 남은 사람 같았어. 옷을 벗듯 몸을 벗고 뼈로만 누워 있는 것 같았지. 거의 다 왔어요. 제가 누구인지 알아요. 제 이름은. 모두가 숨소리조차 죽인 채 귀를 기울였지. 젊은이는 끝내 말을 잇지 못했어. 자기가 누구인지 알아내자마자 다시 잊어버린 사람 같았어. 사람들은 한숨을 내쉬었어. 괜찮아, 괜찮아. 자네는 다시 기억해낼 테니 걱정하지 말게. 사람들은 조용히 마을 회관에서 물러나왔어.

여름이 지나고 가을이 되었다. 추석 연휴가 지나고 유하가 다시 등원한 날 오후였다. 교사에게 전화가 걸려왔다. "유하 어머니, 정말 죄송해요." "무슨 일이죠, 선생님?" "현주랑 유하가 사라졌어요. 두 아이가 마을 회관 쪽으로 가는 걸 본 사람이 있어서 지금 찾고 있어요." "제가 바로 갈게요." 그는 차를 몰아 어린이집으로 향했다. 큰길에 들어섰을 때 다시 전화가 왔다. "찾았어요, 유하 어머니. 혹시 현주네 집 아세요?" "네, 알아요." "그럼 현주네 집으로 오시겠어요."

수현은 길가에 차를 세운 뒤 혜경의 집으로 들어갔다. 잔디가 깔린 마당 위에 교사며 아이들이 서 있는 게 보였다. 그는 달려가 딸을 껴안았다. 유하가 영문도 모른 채 눈물을 뚝뚝 흘렸다. 교사들이 자초지종을 설명했다. 그는 가만히 듣기만 했다. 겨우 일곱 살인 아이가 다섯 살 아이의 손을 잡고 6차선 도로의 횡단보도를 건너는 장면을 떠올릴 때는 정신이 아찔했다. 사고가 나지 않은 게 천만다행이었다. 뒤이어 얼굴이 하얗게 질린 혜경이 마당으로 들어섰다. 외출 중이었다가 교사의 연락을 받고 허겁지겁 돌아온 모양이었다. 혜경은 현주가 아니라 유하를 껴안았다. "미안하다, 미안해, 아줌마가 정말 미안해." 수현은 기시감을 느꼈다. 하늘을 올려다보았다. 가을 하늘은 높고 푸르렀다.

그날 얕은 물가에 꼿꼿이 앉은 채 은주가 익사한 쪽을 바라보던 혜경은 그가 이름을 불러도 대답이 없었다. 자기 이름마저 잊은 사람처럼 보였다. 그가 다가가 어깨에 손을 올리자 혜경이 고개를 돌리고 그를 바라보았다. 흠뻑 젖은 머리칼이 여러 가닥으로 갈라지고 뭉쳐서 이마에 아무렇게나 들러붙어 있었다. 거기에서 여전히 물이 뚝뚝 떨어졌다. "윤 선생님, 괜찮으세요? 무슨 일이에요, 네?" 혜경은 눈살을 찌푸렸다. 그와 혜경 사이로 햇살이 비스듬히 내리꽂혔고 그 빛이 혜경의 젖은 눈동자 위에서 미끄러지고 있었다. 수현은 혜경 너머를 바라보았고 울룩불룩한 수면 위에서 갈팡질팡하는 햇살을 헤아렸다. 혜경이 할 수 있는 일이 없었으리라는 걸 깨달았지만 그게 면죄부가 되어서는 안 된다는 생각도 들었다. "수현아, 내가 그런 게 아니야, 내가 그런 게 아니야. 정말이야, 어떻게 된 일인지 나도 몰라. 순식간이었어. 잠깐 한눈을 팔았는데 은주가 보이지 않았어. 대체 어떻게 된 걸까, 정말 모르겠어." 혜경의 울먹이는 목소리조차 거슬렸다. "윤혜경, 정신 차려! 은주는 어떻게 된 거야? 물에 빠진 거야?" 정말 이렇게 말했는지는 수현 자신조차 확신하지 못했다. 발가락과 발바닥 안쪽이 아팠다. 개울 바닥에 깔린 돌멩이들이 그의 발가락을 치고 샌들 바닥을 쿡쿡 찔렀다. 여기는 왜 이렇게 물살이 거센 걸까. 그런 생각을 하다가 수현은 겨우 정신을 차리고 도와줄 사람을 불러 모은 거였다.

혜경은 변한 게 없었다. 많은 세월이 흘렀지만 혜경은 혜경이었다. 그는 딸을 데리고 집으로 갔다. 교사들에게 전화를 걸어 유하는 안정을 되찾았으니 걱정하지 말라고 일러두었다. "엄마, 잠깐 나갔다 와도 될까?" 유하는 아이스크림을 먹으며 고개를 끄덕였다. 그는 숨을 고른 뒤 다시 혜경의 집으로 향했다. 그는 깨달았다. 십오륙 년의 세월이 흐르는 동안 사실은 아무것도 잊지 않았음을. 잊을 수 없었음을. 잊어서는 안 되는 일이었다는 걸.

딱히 무얼 하겠다는 생각은 아니었다. 가슴속에 있는 말을 하고 싶을 뿐이었다. 예를 들면 이런 말들을. 정신을 차린 뒤 개울가로 되돌아가며 소리를 질렀는데 뭐라고 질렀는지 지금도 기억이 난다고. 사람 살려, 사람 살려. 어째서 그런 순간에 생각나는 말은 죄다 그런 말뿐인지 모르겠다고. 사람을 살리라니, 이미 죽은 게 뻔한데도 사람을 살리라니. 어쩌면 수현은 그 순간 자신을 살려달라고 간절히 외쳤던 것인지도 모른다고. 혹은 혜경을. 그럴 수 있는 일이었노라고. 무서웠으니까. 소름이 끼치도록 무서웠으니까. 지독하게 분명한 현실이어서 현실처럼 느껴지지 않았으니까. 이런 말들을 하고 싶었다. 묻고 싶었다. 당신도 괴로웠냐고. 어쩌자고 이런 이야기를 털어놓을 수 있는 사람이 내겐 당신 하나뿐이냐고. 이게 대체 무슨 빌어먹을 상황이냐고. 그런 말들을 하고 싶었다.

혜경의 집 마당에 들어선 수현은 현관 안쪽에서 들려오는 소리에 발걸음을 멈추었다. 가만히 선 채 귀를 기울였다. 현주를 야단치는 소리였는데 그가 귀를 막고 싶을 만큼 듣기 싫은 목소리였다. 귓속 신경이 파르르 떨릴 만큼 새된 고함이었다. 그가 신규였던 시절 처음 두 달 동안 혜경이 그의 프리셉터였다. 혜경은 그에게 다정하지 않았다. 그는 혜경 앞에만 서면 오금이 저렸고 긴장한 탓에 실수가 잦았다. 화장실이나 탈의실에서 혼자 울고 있으면 혜경은 귀신 같이 알고 찾아와 그를 물끄러미 바라보기만 했다. 그게 잊히지가 않았다. 나무라지도 달래지도 않으면서 지켜보기만 하던 혜경이. 은주도 그런 게 무섭다고 했다. 혜경은 여전히 현주에게 고래고래 소리를 질러대고 있었다. 한평생 그래온 것처럼. 그는 속으로 생각했다. 저러다 쇼크가 올지도 몰라. 만성 협심증도 있는 것 같던데.

그는 현관 계단에 앉아 기다렸다. 그러면서 지금 야단을 맞고 있는 현주의 마음을 헤아렸고 자신에게 야단 맞을 때의 유하의 마음도 헤아렸다. 두 아이는 뭐가 통했을까. 서로 완벽히 다른데 무엇이 두 아이를 이어주었을까. 무언가가 그를 생각에 잠기도록 했다. 오래전 그가 보았던 무언가. 이윽고 그는 낯선 기척을, 말하자면 불길한 침묵을 느끼고 앉은 자리에서 일어났다. 현관으로 들어가니 거실 바닥에 쓰러져 있는 혜경이 보였다. 미동조차 없다는 건 심근경색으로 인한 심정지 상태일 가능성이 컸다. 소파 앞에 주저 앉아 있던 현주와 눈이 마주쳤다. 간절한 눈빛이었다. 그는 119에 신고를 한 뒤 혜경 옆에 무릎을 꿇고 앉았다. 침착해야 해. 너무 세게 눌러서는 안 돼. 흉골이 부러질 수도 있어. 그러면 장기에도 손상이 생기지. 그는 두 손을 혜경의 가슴 정중앙 아래쪽에 대고 지그시 눌렀다. 서른 번의 흉부압박 뒤에 두 번의 인공호흡, 다시 흉부압박, 인공호흡. 그러면서 수현은 현주에게 말을 건넸다. 너는 모르겠지만 네 엄마는 많은 사람의 생명을 살렸어. 내가 본 것만 해도 여러 명이었으니까. 그때 나는 1년차 신규였고 네 엄마는 3년차였어. 내가 그만둔 뒤에도 두어 해를 더 근무했으니 그동안 얼마나 많은 생명을 살렸을지 생각해보렴. 돌아보면 나도 그렇고 네 엄마도 그렇고 이십 대에 불과했어. 나는 스물 다섯이었고 네 엄마는 스물 일곱이었을 거야. 풋풋한 나이였는데 그때는 어른이라고 여겼거든. 사이렌 소리가 가까워졌다. 구급차가 마당까지 들어왔고 구급요원의 발소리가 다가왔다. 구급요원이 수현의 어깨에 손을 올렸다. "이제 됐습니다. 저희한테 맡겨주세요." 그 말이 어찌나 따뜻하게 들리던지 그의 온몸이 물처럼 바닥으로 흘러내리는 기분이었다. 며칠 뒤 다른 엄마들과 함께 병문안을 갔다. 수현은 혜경의 야윈 손을 잡아보았다. 그 손에 다른 감각을, 다른 기억을 남겨주고 싶어서였다. 이제 풀려나도 되지 않을까. 은주의 부모에게 붙잡혔던 그 손은 이제 수현의 손아귀로 옮겨왔으니.

그때 개들이 짖어댔어. 처음 그를 발견했던 날처럼 말이야. 마을 회관을 나서던 사람들은 그곳을 둘러싼 채 으르렁거리는 개들을 보았어. 마을의 모든 개들이 모여든 것만 같았어. 마을 사람들은 그 자리에 선채 꼼짝도 하지 못했어. 방금 무언가를 깨달았거든. 까맣게 잊은 걸 기억해냈다고나 할까. 마을 사람들은 뒤돌아섰어. 마을에서 가장 나이가 많은 사내 가운데 한 사람이 젊은이에게 다가갔어. 그리고 이렇게 말했어. 그 사내의 목소리는 두려움에 가득 찬 사람이 내는 목소리였어. 그런 목소리 들어본 적 있을 거야. 듣는 이마저 오싹해지는 소리.

"그 사내는 젊은이에게 뭐라고 말했던 거니, 은주야?" 수현이 은주에게 이렇게 물었던 날은 오리엔테이션을 마치고 실무교육에 들어 간 지 삼 주째가 되던 날이었다. 병원이 제공한 숙소는 구청 근처의 여성 전용 고시원이었다. 고시원은 상가 빌딩 꼭대기층에 있어서 한 층만 올라가면 옥상이었고 그곳에서 담배를 피울 수 있었다. 어두웠기에 담뱃불이 반짝 빛나는 게 선명하게 보였고 그럴 때마다 은주의 얼굴도 환하게 드러났다. 그렇게 힘들어? 하고 물으려 했는데 묻지는 못했다. 은주가 기침을 하더니 몸을 굽히고 아직 길게 남은 담배를 신발 아래쪽에 넣고는 지그시 밟아서 불을 껐다. "수현아, 네가 생각해 봐. 지금 말해주면 재미 없잖아." "그래도 해주면 안 돼?" 은주가 웃는 것 같았다. "지난 번에 들려줬던 새 이야기 기억나? 마을 사람들이 다친 새를 구조해줘서 은혜 갚은 이야기." 물론 수현은 기억했다. 그 마을 사람들은 신에게 미움을 받았고 신은 그 마을에서 빛을 거두어 가버렸다. 그때부터 마을은 낮과 밤이, 아니 낮과 저녁과 밤 모두가 칠흑같은 어둠에 잠겼다. 새는 신의 거처로 숨어 들어가 그 마을의 빛을 찾아내 부리에 물고 돌아왔다. 새가 부리에 물고 있는 빛은 이글이글 타오르는 빛이어서 마을에 이르렀을 무렵 새는 까맣게 타버렸다. 새는 재가 되어 마을 위로 눈처럼 내렸다. 사람들은 어둠 속에서 흩날리는 가루를 알아보았다. 그들의 눈에서는 눈물이 흘러내렸다. "나는 여기까지만 말해줬는데 네가 마지막 이야기를 덧붙였잖아." 수현이 생각한 마지막은 이런 거였다. 새는 결국 실패했다. 신은 새에게 벌을 내렸고 새는 온몸이 타버렸다. 신은 새의 부리에서 빛을 다시 거두어 갔다. 그때부터 마을 사람들의 가슴속에서 무언가가 생겨났다. 분노 같은 게. "사람들의 몸에서 빛이 나기 시작한 거야. 어둡고 캄캄하고 쓸쓸한 그곳에 빛이 돌아오기를 간절히 기다리던 사람들이 이제 스스로 빛을 내서 어둠을 밀어낸 거지. 어때, 그럴듯해?" "스스로 빛이 된 사람들이구나. 내가 아는 결말보다 더 멋진걸."

“그 사내는 이렇게 말했어. 이럴 수가. 방금 떠올랐다네, 자네가 누구인지 자네 이름이 무엇인지 기억이 났어. 우리 모두 자네처럼 이 마을에 왔다는 사실도 말야. 자네는 우리가 누구인지를 알려주기 위해 이곳에 온 거라네. 우리가 누구인지를 잊게 되면 앞으로도 자네와 같은 사람이 우리 마을에 다시 오겠지. 젊은이가 물었어. 제 이름이 무엇인가요? …… 그렇지 않니, 수현아?” ㅁㅂ

폐허의 환상통

한국전쟁기 몇 장의 사진이 보여주는 '대전'

고윤수

고윤수 : 대전시 학예연구관. 공저 『동아시아 도시 이야기』 등

폐허를 기록하는 한 방식

보각국사 일연이 『삼국유사』를 지으며 가장 공들여 쓴 부분은 아마도 '황룡사(皇龍寺)'일 것이다. 그 대단하다는 불국사도 신라 경덕왕 때 김대성(金大城)이 부모의 극락왕생을 위해 지었다는 간단한 기사 몇 줄로 끝나지만, 황룡사만큼은 「황룡사구층탑(皇龍寺九層塔)」, 「황룡사장육(皇龍寺丈六)」, 「황룡사종(皇龍寺鐘)」, 세 개 조에 걸쳐 크고 작은 거의 모든 것들을 기술해 두었다. 하지만 황룡사는 1238년 몽골의 침입 때 불타 사라졌고, 일연은 황룡사를 보지 못했다. 그런 그가 마치 본 것처럼, 여전히 실재하는 듯 황룡사를 기술한 것에 대해 소설가 김훈은 이렇게 말했다.

> 일연은 무너진 황룡사의 잿더미와 참상에 관해서는 한 줄도 쓰지 않았습니다. 아마도, 일연에게 그 잿더미는 기록할만한 가치에 미달했던 모양입니다. 일연은 오히려, 애초에 황룡사를 지은 사람들의 마음 속에 살아 있었던 유토피아의 원형에 관해 썼습니다. 이것이 당대의 야만에 맞서는 그의 싸움이었습니다.[1]

일연이 살았던 시대의 고려는 연이은 몽고의 침입으로 수도는 함락되고 국토는 쑥대밭이 된 때였다. 김훈은 『삼국유사』에 남겨진 황룡사에서 승려이자 지식인, 사가(史家) 일연이 자기시대와 맞서는 분노와 결기를 읽어냈지만, 나는 그렇다고 그에게 두려움이 없었으리라고는 생각하지 않는다. 신유박해로 흑산도에 유배된 정약전은 자신을 가둔 그 섬이

----

1   김훈, 『공무도하』, 문학동네, 2009, 96쪽.

너무 무서워 흑산의 흑(黑)을 '자(玆)'로 바꾸어 불렀다. 우리가 아는 『자산어보(玆山魚譜)』의 그 '자산'이다. 흡사 황룡사는 그렇게 공포를 마주한 자의 심리적 저항이었다. 일연은 다른 곳에서 자신의 어두운 내면의 심연을 승려 무의자(無衣子)의 시를 통해 이렇게 고백했다.

> 나는 들었다. 황룡사탑이 불타던 날, 번지는 불길 한쪽에서 무간지옥을 보았노라고(聞道皇龍災塔日 連燒一面示無間).[2]

파괴되고 절단되어 지금은 존재하지 않는 것을 체험하는 감각을 우리는 '환상통(幻想痛)'이라고 부른다. 장엄한 구층목탑, 인도의 아소카왕이 보낸 황금과 철을 녹여 만들었다는 거대한 장육존불(丈六尊敬佛)은 모두 일연의 환상통이었다. 무간지옥의 불길, 그 불길이 그의 눈물을 말려 버렸을 때쯤, 폐허로 남은 황룡사지 위로 불어왔을 분노와 슬픔의 바람이 그의 마음을 베어내, 그는 그렇게 쓸 수밖에 없었을 것이다. 요컨대 그에게 역사란 자신의 환상통을 기술하는 것이었다.

사진 속 폐허 또한 비슷하다. 폐허는 실재했던 무엇인가가 사라진 곳인 동시에, 그 사라진 것들이 추체험되는 공간이다. 다시 말해 우리가 사라진 것들이라 말하는 것은 모두 폐허 속에 자리하는 부재의 현존들이다. 이러한 역설 없이 폐허라는 공간은 성립하지 않는다. 한국전쟁 때 폐허가 된 대전의 사진들 역시 이같은 역설을 담고 있다.[3] 무엇인가 지워

----

2 『삼국유사』 권3, 「전후소장사리(前後所將舍利)」.
3 한국전쟁기 대전의 사진들은 크게 다음의 세 가지 경로를 통해 나온 것들이다. 미국 국립문서기록관리청(NARA : National Archives and Records Administration) 소장본과 미국의 사진잡지 『라이프(LIFE)』(1936~1972)의 사진작가들이 찍은 것. 그리고 대전을 거쳐 간 미군 병사들이 개인적으로 찍은 사진들이다. NARA에 소장된 사진과 영상들은 미국 육군통신대(The United States Army Signal Corps)가 촬영한 것으로 ADC(Army Depository Copy)와

짐으로써, 혹은 흔적만 남기고 사라짐으로써 그것이 실재했던 시공간의 실체와 그 이면이 드러난다. 그때 우리가 느끼는 감정이 꼭 통증이라고는 할 수 없지만, 적어도 그 순간 우리 내면의 감광지에는 낯설고 기이한 것들이 맺힌다. 그것이 폐허가 인식되는 방식이다. 다시 무의자의 시를 빌려와 말하자면, 무엇인가 무너져 스러져가는 그 한켠에, 또 다른 시공간이 열리는 것이다.

LC(Library Copy) 계열로 분류되는데, 대부분 NARA 홈페이지(https://www.archives.gov)에서 검색이 가능하다. 참고로 이 자료들의 일부는 국사편찬위원회(국편)의 해외수집자료로 정리되어, 국편의 '전자사료관(http://archive.history.go.kr)'에서도 확인할 수 있다.『라이프』사진들은 2008년경부터 구글(Google)에서 서비스하는 'LIFE 포토아카이브'(Hosted by Google : https://images.google.com/hosted/life)를 통해 일반에 제공되었는데, 꽤 많은 양의 사진들이 새롭게 공개되었다(필자가 확인한 것만 해도 비슷한 앵글에서 촬영된 것들까지를 포함해 약 100여 장 정도이다.). 마지막으로 미군 병사들이 개인적으로 찍은 사진들은 쉽게 범례화하기 어렵다. 하지만 촬영자의 이름을 따서 특정 콜렉션을 구성할 수 있다면, 그 목록의 가장 상단에는 '토마스 휴튼(Thomas B. Hutton, 1910~1988)'이 올라갈 것이다. 2018년 공개된 휴튼 상사의 사진들은 유족들이 그가 남긴 필름들을 대한민국 육군정보기록단에 기증하면서 일반에 공개되었다. 휴튼 상사가 남긴 사진들은 총 239장으로 공개 전 육군에서는 사진에 찍힌 장소들을 특정하기 위해 지역의 몇몇 관계자에게 자문을 구했다. 대전의 경우 사진 고증을 의뢰받은 사람은 필자로 모두 60장의 사진을 분류해냈다. 1910년 미국 오클라호마에서 출생한 토마스 휴튼은 1934년 육군에 입대, 제2차 세계대전 당시 중국과 미얀마, 인도 등 주로 아시아 지역에서 배치되었다. 그리고 한국전쟁이 발발하자 미8군의 91중차량 정비중대에 소속되어 한반도로 왔다. 당시 그의 부대는 서울과 대구, 대전, 군산 등에 주둔하며 병기와 각종 군수물자를 보급했는데, 그는 이때 자신이 방문했던 여러 도시들의 모습을 35㎜ 필름에 담았다. 참고로 그가 대전에 머물렀던 것은 1952년 8월경으로 추정되며, 부대가 주둔했던 곳은 일제강점기 일본군 보병 제80연대의 병영이 있었던 지금의 서대전 사거리 부근이었다.

충령탑, 폐허의 모뉴먼트

옛 충남도청사 뒷산에 세워져 있던 '충령탑(忠靈塔)'을 찍은 사진이다.[4] 이 탑이 세워진 시기는 분명치 않다. 1940년 2월 일본 조선군사령부에서는 대일본충령현창회(大日本忠靈顯彰會)라는 단체를 내세워 전국의 도청 소재지마다 중일전쟁에서 전사한 일본군을 위한 위령탑 건립을 추진했다.[5] 대전의 경우 그해 7월 위치를 확정했으나 건립비를 확보하지 못해, 다음 해까지 착공이 미뤄지고 있었다.[6] 1940년대, 일제의 전시동원 체제는 극에 달해 있었다. 국가총동원령 아래 각종 물자의 징발은 물론 충령탑 같은 다양한 전시 프로파간다들에 열을 올리고 있었다. 만약 충령탑이 완공되었다면, 애초 의도된 그 목적 달성을 위해 성대한 제막식

----

4   라이프 구글 포토아카이브 _ http://images.google.com/hosted/life/c6131e15ff3be510.
     html; http://images.google.com/hosted/life/f382df5919528b86.html
5   '충령탑건립운동', 「동아일보」 1940.2.17(3면).
6   '대전충령탑', 「조선신문」 1941.7.23.(9면).

이 거행되었을 것이다. 하지만 신문기사를 포함, 이 탑의 완성을 알리는 그 어떤 기록도 찾을 수 없다. 사진에서 보듯 형태는 거의 완성되었지만, 아마 이 거대한 모뉴먼트는 일본의 패전과 함께 멈춰버린 미완의 프로젝트였을 것이다.

위 사진은 『라이프(LIFE)』 포토아카이브의 하나로 '1951년 6월'이라는 촬영일과 함께, '월터 샌더스(Walter Sanders), 조 쉐어셜(Joe Scherschel), 앤 알 파브만(N. R. Farbman)', 세 사람의 이름이 적혀 있다. 모두 1950, 60년대 『라이프』에서 활동한 미국의 사진작가들이다. 어떤 이유에서 세 명의 이름이 함께 제공되고 있는지는 알 수 없으나, 이 중 한 명을 특정해 볼 때, 이 사진은 조 쉐어셜의 것으로 보인다.[7] 『라이프』, 『내셔널지오그래픽(National Geographic)』 같은 사진 전문잡지를 통해 이름을 알린 그는 1959년 쿠바혁명 성공 직후 하바나를 방문, 시가를 문 채 환하게 웃고 있는 그 유명한 체 게바라의 사진을 찍은 작가이다.

쉐어셜이 목도한 1951년의 대전은 폭격으로 폐허가 되어 있었다. 산은 모두 민둥산이고 그나마 남아있는 집들은 작은 초가와 슬레이트를 얹은 판잣집이 전부였다. 그런 폐허 위에 서 있는 유독 거대한 저 구조물이 그의 눈에 어떻게 비쳤을지 궁금하다. 낮게 누운 산하, 납작한 논밭, 그리고 주변의 그 어떤 것도 거스르지 않겠다는 듯 가지런히 지붕선을 맞춘 집들. 전시가 아니라면 한없이 목가적으로 보였을 풍경 속에 충령탑은 이 세계의 것이 아닌, 마치 불시착한 외계물체 같았을 것이다.

그리고 1년 뒤인 1952년, 그의 뒤를 따라 대전 땅을 밟은 미육군 정

----

7 라이프 사진을 제공하는 또 다른 인터넷 사이트, 'Art & Culture(https://artsandculture. google.com)'에서 한국전쟁기 대전 사진을 검색해보면, 1951년 6월 촬영된 사진들의 촬영자는 모두 조 쉐어셜로 되어 있다. 충령탑 사진이 포함되어 있진 않지만, 구글 포토아카이브에서 촬영자가 세 명의 이름으로 되어 있는 사진 중 상당수가 조 쉐어셜의 사진으로 기록되어 있는 것으로 보아 충령탑 사진 역시 그가 찍은 사진으로 추정된다.

비중대 소속의 토마스 휴튼 상사 역시 이 탑을 카메라에 담았다. 그의 사진에서도 충령탑의 기괴함과 이물감은 여전하다. 하지만 컬러필름으로 찍은 그의 사진 속엔 충령탑이 올라선 산마루에 돋아난 파릇한 풀과 투명할 정도로 파란 하늘이 담겨있다.[8] 그래서 앞의 사진이 보여주는 그로데스크함 대신, 그의 사진에선 마치 핵전쟁으로 인류가 멸망하고 그로부터 오랜 시간이 흐른 후 새롭게 시작되는 문명의 한 장면 같은 평화로움이 느껴진다.

폐허가 드러낸 근대도시의 미관

충령탑이 폭격을 피할 수 있었던 것은 시가지와는 조금 떨어진, 옛 충남도청사 뒤편에 세워졌기 때문일 것이다. 일제하 대전이라는 도시를 경영한 엘리트들이 이 탑을 그 자리에 세운 것은 분명한 의도가 있었다.

일본이 건설한 식민도시들을 연구한 하시야 히로시(橋谷弘)는 식민

8　칼라로 인화된 사진은 대전광역시편, 『한국전쟁과 대전』(대전의 역사와 문화재 제11집), 2020, 132쪽에서 확인.

폐허를 말하다

도시를 세 가지 유형으로 나누었다. 식민지 지배와 함께 완전히 새롭게 만들어진 도시, 재래의 전통도시 위에 겹쳐진 식민도시, 그리고 기존 대도시 근교에 신시가지가 형성되어 만들어진 도시가 그것으로,[9] 대전은 이 중 첫 번째에 해당한다. 1904년 대전천변의 한 나대지에 역이 세워지고, 일본인들의 이주가 시작되면서 지금의 대전이 만들어졌다. 이들 일본인 이민자들의 거주지가 1914년 '대전면'이 되었는데, 거기에는 기존 전통적 질서에 대한 그 어떤 존중도, 고려도 없었다.[10] 이후 대전은 철저히 근대적 도시계획 아래 성장하고 관리되었다.

지금은 익숙하지만, 당시만 해도 '도시계획'은 하나의 신조어였으며, 근대적 통치기술의 의미를 갖고 있었다. 나아가 제국의 엘리트들은 이 단어를 단순히 도시공간의 물리적 구획과 자원의 효율적 배치 정도로 이해하지 않았다.

어떤 것이 사실이고, 어떤 것이 거짓인가. 어떤 것이 선하고 어떤 것이 악인가. 어떤 것이 아름다움이며, 어떤 것이 추함인가. 이에 대한 판별력은 인류의 자치능력이 정신적인 힘으로 발휘될 때 나타난다. 진선미가 도시계획의 일대요소이며, 이것이 여러 계획 위에 정확히 실현되기 위해서는 삼세관통(三世貫通), 내외투철(內外透徹)의 힘에 의거해야 한다. (…) 이것이 삼세관통, 내외관철을 견지하고 도시계획에 임해야 하는 이유이며, 그것이 바로 진선미이다. 이리하여 도시의 미관이라는 것이 생겨난다.[11]

---

9 하시야 히로시, 김제정 옮김, 『일본제국주의, 식민지 도시를 건설하다』, 2005, 17-19쪽.

10 고윤수, 「식민도시 대전의 기원과 도시 공간의 형성」, 『도시연구』 27, 2021.

11 後藤新平, 「都市計劃と自治の精神」, 『都市公論』 12-4, 1921; 현재열·김나영, 『근대일본 해항도시의 공간형성 과정 연구』, 선인, 2018, 60쪽에서 재인용.

일본 근대도시계획의 아버지라 불리는 고토 신페이(後藤新平)의 말로, 전통시대 중국적 세계질서 아래 있던 고대도시들이『주례(周禮)』,「고공기(考工記)」의 도시규범과 우주관을 전유했듯, 이들 또한 자기시대의 철학과 미학을 도시계획이라는 근대적 기획 안에 정초하려 했다.

이 시기 대전을 설명하는 수사 중에는 "가로망이 정연한 내지식(內地式) 도시"라는 표현이 자주 등장한다. 당시 근대도시의 가장 중요한 요건이 바로 바둑판 같은 격자형의 도로망이었는데, 하시야 히로시의 분류대로 식민지배와 함께 완전히 새롭게 건설된 대전은 도상훈련에 그쳤던 다른 많은 도시들과 달리, 빠르게 이 근대도시의 지표를 선취했다. 대전역을 끼고 남북으로 길게 뻗은 경부선 철길과 그 앞을 흐르던 대전천 사이, 자로 잰 듯 반듯한 도로망을 구축했던 대전은 1932년 충남도청이 지금의 자리로 옮겨오면서 남북의 기존 가로축 위에, 역과 도청을 잇는 동서축이 더해졌다. 그러면서 전통적인 도시들에선 볼 수 없는 '정정유조(井井有)'한 도시경관을 갖게 되었다.[12]

위 사진은[13] 대전역에서 도청으로 이어지는 지금의 '중앙로'로 길이 끝나는 소실점 위에 충령탑이 서 있다. 대전의 첫 도시계획은 1938년 5월

----

12 일제하 대전의 재조일본인들은 자신들의 도시를 "작은 교토(小の京都)"라고 불렀다(辻萬太郎,『ぽぷらとぱかち』, 1978, 60쪽). 교토는 헤이안시대의 도시계획인 조방제(條坊制)의 영향으로 동서로 13개, 남북으로 11개의 대로가 난 바둑판식 시가를 형성하고 있었는데(동서의 대로로 구획된 열을 '조', 각 조의 남북을 관통하는 대로로 나뉜 구획을 '방'이라고 한다.), 대전 또한 교토의 가모가와강(鴨川)과 가쓰라가와강(桂川)처럼 대전천이 도시를 관통하는 가운데, 직선의 도로가 만들어낸 질서 정연한 시가를 갖고 있었기 때문이었다. 한편 조방제에 따라 네 개의 대로로 둘러싸인 방은 다시 가로세로 세 개씩 작은 길로 분할되는데, 이 16분의 1구획을 '정(町)'이라고 부른다. 대전의 시가가 본정(本町) 1~3정목(町目), 춘일정(春日町) 1~3정목으로 구획된 것 역시 이를 본딴 것이었다.

13 라이프 구글 포토아카이브_http://images.google.com/hosted/life/da19f91929245003.html

폐허를 말하다

완성되었다. 이 계획에 따라 수성된 중앙로는 '대대전(大大田) 건설'의 상
징이자 대전시민의 자부심이었다. 추측건대 충령탑의 설치가 요구되었
을 때, 사람들은 이 중앙로의 끝에 그것을 세움으로써 대전의 랜드마크
로 삼고자 했을 것이다.[14]

　　역은 그 도시의 관문이다. 대전역에 내린 사람들은 모두 역광장을

14　충령탑은 광복 후 충혼탑(忠魂塔)을 거쳐 영렬탑(英烈塔)으로 이름을 바뀐 뒤, 한국전쟁 때 전
　　사한 대전·충남 출신의 전몰군경의 위패를 봉안하는 장소로 사용되었다. 일본군 전사자들을 위
　　한 시설을 현충시설로 활용하는 것에 대해 당시 여론은 그다지 좋지 않았다. 1956년 6월 28일
　　자 「동아일보」에는 다음과 같은 '독자의 소리'가 실렸다. "해방 후 대전시민에게 언제나 불쾌감
　　을 주는 물건이 하나 있으니 그것은 충남도청 뒷산에 우뚝 솟은 왜정의 유물인 소위 충령탑이다.
　　(…) 폐물도 이용할 게 따로 있다. 왜놈들의 침략의 도구요, 소위 대화혼(大和魂)의 상징이 하던
　　이것을 또 그렇게 처치난(處置難)이던 물건을 어떻게 우리 민족과 국가를 수호하기 위하여 전사
　　한 동족의 충혼탑으로 이용할 수 있단 말인가!" 하지만 2008년 보문산에 보훈공원이 만들어지
　　고 그곳으로 위패가 이안되기 전까지 60여년 간 이 탑은 대통령과 국무총리 등이 대전을 방문할
　　때면, 으레 처음 찾아 분향하는 대전의 가장 권위있는 추모와 참배의 대상이었다. 이후 충령탑은
　　중구의 선화·용두 재정비사업의 일환으로 그 자리에 양지근린공원이 조성되면서 2013년 5월
　　23일 철거되었다. 당시 이 탑의 역사적 퇴장을 전하는 그 어떤 기사나 보도도 없었다.

가로질러, 중앙로를 통해 이 도시 안으로 들어와야 했다. 그리고 그들은 총구 위 가늠쇠처럼 박힌 충령탑에 시선을 고정한 채 그 길을 걸어야 했다. 이처럼 '대전역-도청-충령탑'을 일직선에 배치한 것은 다분히 의도적인 것으로, 말하자면 권력의 도상학 같은 것이었다. 하지만 그것은 근대도시 대전의 '미관'을 만들어 낸 것이기도 했다.

대전은 철도가 만든 도시다. 황무지에 그어진 철길이 유일한 문명의 상징이자 도시의 인프라였던 곳에서, 오랫동안 그것을 바라보았을 이들의 마음속에 어떤 지향과 미의식이 생겨났을지 상상하기란 그리 어렵지 않다. 경부선 개통 이후, 대전에 놓여진 수많은 직선의 길들은 고토 신페이식으로 말하면 도시의 진선미를 추구한 정신의 힘이 발휘된 것인 동시에, 근대도시 대전의 미학적 성취였다.

아이러니하게도 폐허가 된 대전의 사진들은 그것을 선명히 드러내 보여준다. 텅 빈 중앙로, 대전의 스카이라인에 찔러진 충령탑, 위의 사진처럼 폭격으로 폐허가 된 대전은 문신처럼 지워지지 않는 허연 길들을 통해 그 지나온 날들의 지도를 펼쳐내 보인다.[15]

근대, 사라진 시공간

우리는 보통 시간의 흐름을 '과거-현재-미래'로 이야기하는데, 거기에는 강물처럼 흘러가는 시간의 이미지가 투사되어 있다. 하지만『삼국사기』와『삼국유사』의 시간은 수평적이 아니라 수직적이다. 이 둘은 시간을 '상대(上代)-중대(中代)-하대(下代)', '상고(上古)-중고(中古)-하고(下古)'로 나눈다. 즉 고대 한국인들은 지금과 달리 하강하는 시간관을 갖고 있었다.[16] 이 시간개념을 가져오면 '근대'를 이렇게 말할 수 있다. "시간의 줄을 타고 위에서 아래로 내려와 보자. 그리고 아래에서 그 줄을 잡고 위로 올라가 보자. 그러면 어느 순간 전통도 아니고 현대도 아닌 독특한 시공간을 만나게 되는데, 거기가 바로 근대이다."[17] 학문적으로 사용할 수 있는 엄격한 정의는 아니지만, 시간을 줄자처럼 펴 1876년 개항에서 1945년 광복까지가 근대라는 교과서식 정의보다 훨씬 직관적이고, 통사적으로도 별로 반박의 여지가 없는 설명이다.

----

15 본문의 사진은 폭격이 끝난 대전시가를 찍은 항공사진(1951.6)으로 구글의 라이프 포토아카이브 중 하나이다(http://images.google.com/hosted/life/5c78941235621104.html).

16 박대재,『의식과 전쟁 - 고대국가를 바라보는 새로운 시각』, 책세상, 2003, 107쪽.

17 이같은 설명을 언젠가『서울에 딴스홀을 許하라』의 저자, 김진송 선생에게서 들었거나 그가 쓴 글에서 읽었던 것 같다. 기억에만 의존하여 정확한 출전을 밝히지 못해 사과드린다.

이 사진은 미육군통신대(USASC)가 촬영한 1950년 7월 6일의 대전
역 광장이다.[18] 사진 속 대전역 광장은 서로 다른 시간대가 겹쳐진 듯 기
이한 느낌을 자아낸다. 그 이유는 아마도 낯선 대전역의 모습 때문일 것
이다. 1918년 6월에 신축된 두 번째 대전역으로 이 역을 소개할 때는 중
세풍의 건물이라거나 르네상스 양식이라는 등, 종잡기 힘든 설명들이
나오곤 한다.

기실 초기 아시아에서의 근대건축은 가장 '서양적'이라고 생각되는
고전주의나 신고전주의 양식을 계통 없이 베끼는 것에서 시작되었다. 하
지만 동시기 서구에선 아르누보, 데 스틸, 세제션 등 이전 시대의 건축들

----

18 NARA 소장 기록사진(문서번호 SC343148); 국사편찬위원회 수집자료(http://archive.
    history.go.kr/record/catalog/catalogView.do).

폐허를 말하다

과는 의식적인 거리두기와 구별짓기에 몰두한 건물들이 지어지고 있었다. 근대건축을 대표하는 건축가, 프랭크 로이드 라이트의 혁신적인 라킨빌딩(Larkin Building)이 완공된 게 1904년이었으며, '집은 살기 위한 기계'라는 철학을 구현한 르 코르뷔지에의 사보아 저택(vila savoye)은 1928년 설계되었다. 세계사적으로 근대는 이같은 '비동시성의 동시성'이 횡횡하던 때였다. 한국전쟁기 몇몇 사진들은 이처럼 복수의 시대가 합성된 것 같은 대전의 모습을 포착한다.

위 사진은 앞의 장면으로부터 보름이 지난, 7월 21일의 대전역 광장이다.[19] 이날 대전역이 사라졌다. 광장이 빈 것은 공중 폭격을 앞두고 미군의 소개령이 내렸기 때문으로 보인다. 사진에는 역시 국적과 시대를

----

19 위 이미지는 사진이 아니라 NARA에 소장된 영상을 캡처한 것(등록번호 ADC7739)이다.

알기 힘든 대전역이 보이고, 그 앞에 비석 하나가 서 있다. '을유해방기념비'로 1946년 광복 1주년을 기념하여 대전시민들이 세운 것이다. 좌우에는 한 쌍의 석수(石獸)가 비를 호위하고 있고, 그 주변으로 아치형의 낮은 경계석들이 둘려져 있다. 비는 가첨석에 비대석까지 갖춘 전형적인 조선시대의 것이고 석수는 흔히 해태상으로 불리지만, 자세히 보면 중국의 사자상 또는 일본 신사 앞에 있는 고마이누(狛犬)에 가깝다.[20] 유럽식 궁정 정원에나 어울릴 것만 같은 경계석 또한 시대와 국적을 가늠하기 힘들긴 마찬가지다.

　이 사진은 대전이라는 도시에 대해 많은 것을 알려준다. 일제강점기 신문기자 다나베 리이치(田辺理市)는 대전을 '기형도시'라고 표현했다. 그 단어를 굳이 빌려오지 않더라도 이 사진은 시쳇말로 대전이 얼마나 족보없는 도시였는지, 좋게 표현하자면 얼마나 하이브리드하고 코스모폴리틱스한 도시였는지를 보여준다. 이러한 대전의 혼종성은 한국전쟁과 전후 재건기, 그리고 과학도시 같은 새로운 도시 정체성을 구축하는

20　대전역 광장의 석수 한 쌍은 1956년 서울 국립현충원에 기증되어 현재 무명용사의 탑 입구에 세워져 있다. 2021년 9월 대전시의회에서 1971년 보문산으로 이전된 을유해방기념비의 대전역 광장 이전과 해태상의 반환을 촉구하는 결의안을 통과시켰다. 그러나 전문가들의 현지조사 결과, 석수가 그동안 불려왔던 대로 한국 전통의 해태상이 아니라, 중국의 사자상을 기본으로 하여 일본의 고마이누(こまいぬ)와 한국의 해태상의 요소들이 혼합되어 있다는 사실이 밝혀졌다. 또 일각에서 광복 이후 일본 신사에 있던 것을 전리품처럼 가져다 놓은 것일 수도 있다는 말이 나오며 반환 문제는 곧 사그러들었다.

대전역 해태　　　　일본 고마이누　　　　중국 사자　　　　한국 해태

　　　　　　　　　　　　　　　　　　　　폐허를 말하다

과정에서 빠르게 지워졌다. 1904년 대전역이 문을 연 이래, 대전역광장이 비워진 것은 아마 저 하루가 유일했을 것이다. 고요함이 아닌 긴장감으로 가득 찬 저 텅 빈 광장에서 우리는 근대라는 시공간 속 대전의 마지막 모습을 목격한다.

폐허의 발견

한국전쟁기 대전에서는 남과 북, 양측에 의해 자행된 약 3천명에서 5천명에 이르는 민간인 학살이 있었다. 미군이 대전에 들어온 후, 대전형무소와 그 인근에서 시신들을 발굴했다. 아래의 사진은 『라이프』의 사진작가 칼 마이던스(Carl Mydans, 1907-2004)가 1950년 10월 10일에 찍은 것이다.[21] 장소는 중구 목동성당 인근 용두산쯤으로 추정된다.

처음 이 사진을 접할 때 우리가 느끼는 감정은 슬픔과 연민, 분노가 아니라 당혹감이다. 우리 뇌는 이런 이미지를 즉각적으로 해석할만한 충분한 데이터를 갖고 있지 못하다. 제2차 세계대전 당시의 유대인학살을 지칭하는 '쇼아(השואה)'는 재앙이나 절멸을 뜻하는 히브리어로, 그 안에는 '존재할 수 없는 것', 그래서 '있어서도 안 되는 것'이라는 의미가 담겨있다. 그런 점에서 이런 사진을 보고 사후적으로 반응하게 되는 슬픔과 연민, 분노의 감정들은 어떤 면에선 불경한 것일 수 있다.

사진 속 시신들은 무말랭이처럼 뒤엉켜 있고, 얼굴은 이상하게도 모두 지워져 있다. 이 이미지는 푸코의 유명한 전언을 떠올리게 한다. "해변의 모래사장에 그려진 얼굴이 파도에 씻기듯, 우리는 인간이 이내 지워지게 되리라고 장담할 수 있다." 푸코가 말하고 싶었던 것이 인간이라는

----

21 'Google Art&Culture'의 사진(https://artsandculture.google.com/asset/taejon-atrocities/xwGpdTnqDy4b6w)

폐허를 말하다

실존적 주체의 지워짐이라면, 이미 이 사진 속에 인간은 물성화된 이미지로 바뀌어 그 주체성을 상실해 있다. 이 낯선 이미지적 감각이 모두에서 말했듯, 지금까지 가려져 있던 것들의 실체를 존재하게 만든다. 러시아의 비평가 쉬클로프스키는 리얼리즘의 본질을 '낯설게 하기'라고 정의했다. 리얼리즘이란 결국 익숙한 것들을 낯설게 하는 끊임없는 과정이다. 폐허의 사진들은 그것을 수행한다.

한국전쟁기 폐허가 된 대전 사진들은 지워진, 혹은 실재하나 표상화되지 못한 대전과 그 안의 사람들을 우리 인식의 감광지 위에 천천히 인화해 낸다. 이것은 가라타니 고진이 말한 '풍경이 발견'되는 메커니즘과 크게 다르지 않다. 즉 풍경이 발견되기 위해서는 어떤 내적인 전도, 역전이 필요하다. 가라타니 고진이 주목한 구니키다 돗포의 소설, 「소라치 강변」에는 다음과 같은 독백이 있다.

어디에 사회가 있는가. 인간이 자랑스러운 얼굴로 전하는 역사라는 것이 어디에 있다는 것인가.[22]

이 독백은 앞서 본 사진들에서 느낀 우리 내면의 소리이기도 하다. 우리는 애써 확보한, 혹은 직관적으로 불러낸 풍경으로서의 폐허를, 마치 매직아이 속 그림처럼 계속 띄워 놓아야 한다. 그것은 폐허의 사진들을 평화와 반전, 혹은 인권과 휴머니즘을 계몽하는 수단으로만 소비해서는 안 된다는 뜻이다. 폐허의 사진들은 폐허가 아니다. 그것은 폐허를 평면적으로 리프리젠테이션할 뿐이다. 「그래서 우리는 그것이 주는 안도감에 빠져서는 안 된다.」 만약 폐허가 주는 교훈이나 위안이 있다면

----

22 이 인용문을 포함, 가라타니 고진의 「풍경의 발견」에 대한 부분은 가라타니 고진, 박유하 옮김, 『일본근대문학의 기원』, 도서출판b, 11~47쪽 참고.

그것은 이 한구절의 시구일 것이다. "무상이 있는 곳에 영원도 있어 희망이 있다."[23] 텅 빈 황룡사지 위에 앉아 따사로운 가을 햇살에 등을 내어주고 있으면, 천년의 시간을 건너 불어오는 바람이 그렇게 우리를 위로한다. ◻ᴸ

---

23 김남주, 『나와 함께 모든 노래가 사라진다면』(창작과비평, 1999.)의 표제시.

대전, 폐허와 징후적 언어

1950년대 대전의 매체에 기록된 폐허의식

맥비 동인 편

운문

1. 정훈의 시「비절(悲絶)」

悲絶

丁薰

慘忙한 太虛다

휘— 휘— 미처 나르는 思慕의 새

무슨 간절한 그리움이냐

툭 따우에로 떨어져

한 있는 힘은 견딜 길이 없어

있을듯 찾어지지 안는……

目출기 선지가 맺어요

神經이 찢어 지지 않어

그래도 本能인것 처럼

치치처처

瞳구를 ——고서 본다

꺼꾸로 백혓다간

또

치치처처

——고서 본다

이무슨 殘忍한 生態이냐

보기싫은 몸짓

아하 슬픈새 白鳥야

오날도 네는 病처럼 來日을 기다르지

호(浩)망한 태허(太虛)다
휘— 휘— 미쳐 나르는 사모의 새

있을 뜻 찾어지지 안는……
무슨 간절한 그리움이냐

한 있는 힘은 견딜 길이 없어
툭 따우에로 떠러저

목줄기 선지가 맺이고
신경이 찢어 지게 앓어

그래도 본능인것 처럼
치치치치—————
체구(體軀)를 끄셔 본다

꺼쿠로 백혓다간
또
치치치치
끄셔 본다—————

이무슨 잔인한 생태냐
보기싫은 몸짓 이냐

아하 슬픈새 백조야
오늘도 네는 병처럼 내일를 기다르지

-『호서문학』 창간호, 1952. 9.

폐허를 말하다

2. 정훈의 시 「폐허(廢墟)에서」

어데서 종이 운다
암흑과 살육이 간 폐허에

무슨 소원이 있어
이리 목메이는 소리냐

지친 형해(形骸)를 이끌고
낙조(落照)와 더부러
흘러간 기억을 더듬어 본다

누구는 죽고
누구는 살고
누구는 학살(虐殺)을 당(當)하고
누구는 훈장(勳章)을 타고

암흑과 살육이 폐허에
무엇이라 종은 운다

종은 울고 울어서 몇천년
우리는 무엇을 보았느냐

꿈의 자최를 본 사람이 없는 것처럼
우리의 삶은 정녕 꿈이드라

꿈이 헛되기에
맺어지는 괴로운 연이냐

내 고장 폐허를 안고
목매이는 심회(心懷)의 미운 욕(慾)이여

- 정훈 시집 『파적(破笛)』, 학우사, 1954.

3. 고창환의 시 「길」

길고 긴 기다림을 목쉬어간 마중 길에서
너는 봄을 스쳐만 보내고
세월이
인생이
쌓여간 허구.

다시는 기다리지 말자해서 산울림같은
어휘를 동글 동글 삼키면서 가슴을
드디고―

너는 이제 뭣을 더 불러 목은 쉬어야 하고
뭣을 더 젊음이 기다림을 지쳐야
한다는 것이냐

니가 나일 수 없듯, 내가 너 되어
부비고 슬수없는 언덕길을 비오고

사태(沙汰)는 기어히 일을 저즈르고 말리라.

하늘이
별빛이
삭어간 이 거리에서 이제는 이제는 내가 가야만 한다는 것이—
불정확한 기상도를 피어들어서 좋으니
분수처럼 쏟아지는 백광의 열도를
삼키자고
오늘은 모두가 떠나야만 하지 않드냐.

기약은 행복을 말함이 아니어도 좋다.
참으로 목숨이 이어지는 길에서
피와 피가 다하고 뼈와 뼈가 아사짐이
차라리 원통하리어냐.

하늘이 있고
내가 있고
—여기 길을 간다
(同人誌 "脈"에서)

-『호서문학』 제3집, 1956. 6.

4. 원영한의 시 「상」

눈감으면 무수히 별이 보인다.
갈대 나부끼는 들길에 서서

저므는 노을빛을 헤아리든 모습들이
아련하건만,
무쇳발 서(西)쪽 하늘 기웃거리며
휘시휘시 갈가마귀 날아든다는 밤에사,
머리카락 나부끼며 여기 허허벌판 언덕 우에
역사 책 낡은 그림인가, 해괴스런 인형극(人形劇).
소리 없이 흐르는 행렬(行列) 속에, 너는
어느 동굴(洞窟) 어둠 속 더듬어 보나.

바다 물결 부서지는 단애(斷崖).
겁겁(劫劫)을 헤아리다 지친 물보라.
보라 빛 아침 햇발을 등지고
표정 없을 돌벼랑에 알몸을 부디치고
부디치어 죽어간 불사조(不死鳥).

일곱 가닥 빛깔이 모여오는
어둠의 가장자리에서
관세음(觀世音)…….
가시덤풀 피어린 발가락 못 이겨
마다못해 쫓겨난 제 구실을
탓하지 않으리라.

폭풍우(暴風雨) 지난 거리에는
연달아 구역나는 홍수가 범람(氾濫)하고,
풀니파리 하나도 보이지 않을 나날을 위하여
떼져 가는 군상(群像)과 또

216

군상(群像).
살았다 산다 소리치는 생(生)의 분류(奔流) 속에
미친 바람 휘몰리어 떨어진 꽃닢인가,
자욱 자욱마다 짓밟혀서 서러운
인종(忍從)을 되사리는 창녀(娼女)라도 너와 나는
하늘을 지녔다 자랑해야 하는겐가.

바람이 스쳐가는 언덕에 서면
배암이 잔등이듯 꿈틀대는 바다 물결이라,
조악돌 줍는 아이 하나 없고,
솔가마귀 떼지어 날아드는 하늘 가
수평(水平)을 가로막고 몰려오는
소낙비.
백년(百年)을 두고 개이지 않을 하늘이냐,
풀버레 소리도 없다.

눈감으면 한없이 강(江)이 흐른다.
눈보라도 흐르는 물속에선 사라지련만
메아리처럼 되돌아 울려오는
가슴파기에,
가시지 않을 허무, 절망을 떠받고,
바람마지 북(北)녘으로 달려가는 나무 숲.

여울물 구비치는 벼랑을 돌아
낙엽진 골자구니 가도가도 우거진
수풀 사이.

가랑잎 잎새마다 피가 맺혀도
어둠을 비웃는 듯 빛이 있느냐.
해그림에 타는 산(山)마루 넘어
수정(水晶)빛 푸른 하늘을 가고파 우는 여기
귀밑 머리 소(小)녀가 바람에 나부낀다.

-『호서문학』3집, 1956. 6.

5. 이교탁의시「서신-누이에게」

전신주에 얼먹은 서먹이는 싫없고 어색하○......(누락)기에 또한 너에게
무엇을 말하려 하는가.

사람보다 일 잘하는 많은 기계들이 있다는 이국병사들이 활보하는 대
낮 거리엔 지금 안해와 딸을 판 훈장을 자랑하는 신사들이 지게꾼의 어
깨 떡장수의 목판에 흙탕물을 튕기며 최신식 자동차가 은어처럼 미끄
러 나가고
태초에서부터 푸르렀다는 언 동천에 가로 꺾으며 Z기의 속도는 무엇을
단축했느냐.
귀여운 목아지는 이미 야릇이도 십자가에 거룩하게 전당을 잡히고『구
두』와『그리무』와『양복』과『사랑』을 낙엽처럼 바람에 몰린다는『돈』을
저울질하다…………. 지쳐서 참으로 모초롬만 일요일에 태양을 우러러
본다.
이글대는 작열의 화심(火心)에 뛰어들던 여름 벌레 벌레들의 생리를 반
추하며 샤풋이 머리채를 바르르 떠는 어머니의 무릎에 파묻고 울던
박꽃처럼 흰 얼골들

반디인 양 실없기만 했다.

독쏜 눈알들이 스쳐간 두덕에 으슥한 솔길에 아무렇게나 쓰러진 시체 위 왕파리만 잉잉대던 날 보배로운 족보를 팔고 또한 계보를 팔고 사야만 했다.

이제 폐허 위에선 텅빈 하꼬방 매점

……한 잎의 동정과

……그리고 나와 너

다시 해바라기를 닮아서는 아니되는 위치에선 살기가 괴롭다는 그것보다 또 다른 것을 모른다는 것뿐이냐.

전신주에 얼먹은 눈처럼 서먹이는 싫없고 어색한 소식이 있기에 또한 너에게 무엇을 말하려 하는가.

-『호서문학』 3집, 1956. 6.

6. 최승범의 시 「진달래꽃전설」

땅에 매달려 사는 가난한 사람에겐
해마다 찾아오는 보리고개도 무서운데
옛날에 까마득한 옛날에 모진 흉년든 다음해

연산에 자진 눈발 골짝에 남아있고
봄도 채 들기전부터 나물을 뜯어야하는
가시내 할먼네들은 산과 들로 나섰다.

주리고 주린 창자 졸라맨 허리띠에

별도곤 트믄 푸성기 바구니는 텅비고
그대로 들판에 골짝에 쓸어졌더란다.

기진맥진한 어미네도 딸을 찾아 소식없고
山이며 골짝이며 들판에 넋어 어려
못다 푼 원한에 젖어 귀촉도 되었는가

골짝 골짝마다 피어난 진달래꽃
화사한 햇살 나려쬐는 그속에 내가 누었다.
눈감고 귀를 막아도 상기 들려오는 설은 얘기.

-『호서문학』3집, 1956. 6.

7. 박목월, 「은행동(銀杏洞)」

아,
나는 지도를, 지도위에
은행동을
더듬어간다.
옛날의
번지를.
그집 주인 주인을.
다, 친숙하고 어질고, 따뜻한 분들을.
문등(門燈)이 환한 그집 밤을
착각처럼
확실한 은행동을.

이슬비는
온다. 자욱한 달빛처럼
다음 네거리는
그집 골목.
여기였는데
여기는 잿더미
은행동은 하얀
재가 되었다.
보얗게 삭은 옛날의
번지를
그집 주인을.

이슬비는
온다. 달빛처럼
망각의 은은한 베일을 짜며
저기였을가.
저기는 잿더미.
례배당자리만
까맣게 삭고,
다만 벽이 한쪽
올연(兀然)히 남았다.

은행동을
간다. 불이 환한 은행동.
그것은 옛날의
골목인 것을.

발자국이 남는다.

잿더미 위에.

망각에서 살아오는 나의 발자국을

아무런 감동도

느낀 바 없음.

-『난·기타(蘭·其他)』, 신구문화사, 1959.

폐허를 말하다

산문

1. 박상용 역의 「금일의 미국 전쟁소설-최근 외지(外誌)에서」

今日의 美國 戰爭小說

最近 外語에서

朴 柏 用 譯

(10)

(11)

저명한 미국작가들의 작품묘사법의 기교가 구상에 있어서 일대변동은 현세대의 작품에 일대 뚜렷한 특징을 주고 있다

가령 미국작품을 대강 분해해 본다면 전쟁문학 심리학 사회적 소설 또는 역사적 배경을 가진 종교적 소설과 종교소설 등으로 구분할 수 있다. 이 이외에도 청년문제와 흑인문제 반(反)세음사상문제 또는 변태적 성문제 나아가서는 소범위이나마 사회적 문제에 대한 보다 심각한 묘사품 등이 있다.

첫재 미국의 한 전형적인 반비(反非)민주주의적이면서도 종종 반관적(反官的) 태도를 보여주는 미국전쟁소설은 1945년 이래 등장하기 시작하였다.

"해리 부라운" 작 (워-크, 인, 더, 산)은 시적이면서도 아무런 애수감이 없는 명랑한 작품이다 "알후랫트, 헤이스" 작 (을, 다이, 콩쾨스트) "고어-, 비다루" 작 (위리워우) "로바트, 로우리" 작 (사상자)와 "존, 호네, 바-ㄴ 스"의 (露台) 등은 "헤밍웨이"의 필법을 그대로 인용하고 있는 것 같은 작품들이였다 이 작품들은 로만틱한 점이 없고 또는 헤로익한 성격을 떠난 그야말로 엄격한 필법으로서 전쟁의 피비린내 진동하는 지옥을 상기시켜주는 그렇한 오만한 묘사법으로 표현된 작품들인 것이다.

그리고 태평양 지역의 일본 영도(領島)에 대한 정복기 작가 "놀만, 메이라"는 무명작가로부터 (네이크드, 엔드 댓드)란 작품에 연유해서 일약 저명문인으로 등장하게 되었다 이 작품은 잔인무도하고도 적나라하며 반항적인 태도를 보여주며 혹간 작품 중에 나타나는 그다지 아름답지 못한 군인들의 "슬랭"을 인용해가면서 묘사하고 있다 그와 동시에 "아-윤, 샤우" 작 (어린사자)는 그다지 딱딱한 맛이 없고 풍부하면서도 예리한 통찰력으로 비참한 전화를 입은 구라파의 집단수용소와 황폐화한 수많은 도시에 대한 광범한 서정시적 한토막의 "파노라마"처럼 보여지는 것이다 "마-다, 결혼" 작은 (경악의 포도주)란 것과 "이라, 월, 화-르 작"

(안액트, 오부, 러부)는 그처럼 전쟁이 비저낸 참사인 유혈을 허용한 이 세상에 대해서 냉철한 비판을 나린 것으로서 참으로 인상적인 작품이 였으며 "스티환, 헤임" 작 (십자군) 등 제작품은 현실적으로 오늘날의 인 간적 문제를 또한 반영시켜주는 작품들인 것이다 다시 말하면 대혼란 (혼란)의 세계로부터 도피적 태도를 취하지만 그래도 그들의 진로는 적 어도 25년전 전쟁소설에 나타낫던 것과 같이 결코 평단하고 평화롭지 못하며 그런가 해서 그들은 "칼 맑쓰"주의를 신봉치도 않고 오히려 이에 대하여 반대적으로 나오는 그러한 작품들이었다 이러한 전쟁소설과 그 에 따르는 다른 작품들은 결국 분석적이였다.

현대 신인작가들은 자기들이 제아무리 전쟁을 비탄하고 혐오한다 할지라도 그들은 모두 전쟁을 불가피한 것으로 받어드리는 태도를 보여 주고 있다 신인작가들은 그들이 전쟁 자체에 대립해서 글쓰는 환경 속 에 정지하고 있는 것이 아니라 지옥같은 전쟁과 그네들 자신과의 관계 면에서 인간성을 구명하는데 깊은 관심을 가지고 있는 것이다 특히 그 의 호례(好例)로서 "푸로리다" 훈련소의 사관들과 종업원들에 대한 내 부 통찰적인 묘사로 된 "제임스, 고울드, 코즌" 작 (영예의 수비)와 신인 "제임스, 존스" 작 (내세까지)와 전전(戰前)에 가장 혜택을 받은 산문시 작가였든 "놀만메이라-"들과 같이 후방생활상에 구상을 잡어 이 단체에 서 활동하는 인간의 활동면을 묘사한 작품 가운데에서 찾어볼 수 있다.

세계 제이차전 발발 당시 "하와이"의 장교들과 주민들의 전사회생 활면을 묘사해낸 이 광범한 한토막의 인간생활 회화중에서 이 작가는 기교적인 성숙성을 가지고 昨日까지의 무명문인의 테두리를 거더차고 일약세계문학계에 등장하여 거의 원숙한 필법으로 작품의 극적호흡을 기묘하게도 그려내고 있다 독자로서도 읽어가는 가운데 필자의 주안목 적을 감지해가주는 여유를 가진 작품이라할 수 있다.

최근전쟁소설로서는 신인 "하-맨, 워우크" 작 (더, 카이네, 무리니)를 들 수 있는데 금년의 "베스트, 세-라-"판이다 스토-리는 1944년에 태평양 해상에서 일어난 대선풍을 만난 미국선박에 대한 현실적 실화담이다 이렇한 작품 중에서는 인간요소와 인간성이 항상 그 중심적 지위를 점하고 있고 사건자체에 중점을 두지 않은 것만은 사실이다.

-『호서문학』창간호, 1952. 9, 10-11쪽.

2. 송영헌의 「무서록(無序錄)」

일국(一國) 문화 발달의 수준과 고저를 개측(槪測)하는 방도에는 여러 가지 방법이 있으나 우리나라 문화의 과거와 현재를 비교 관찰할 제 그 장래를 위하여 고언과 불만의 연속이며 빈곤의 소치임은 주지의 사실이나 문화 발달의 부진의 인과 관계를 고찰할 제 문화에 관여하는 문화인 자체는 물론 문화 정책을 표방하고 있는 문교 당국의 근시안적 견해와 미봉적 시책으로 유래한 과오는 장래 찬란한 문화의 발전을 약속하고 지향하는 청년 학생들에 일대 암영(暗影)을 던져주고 고뇌와 혼미에 빠트리고 있는 사실은 음폐할 수 없는 것이다.

문화인의 지적 영양(榮養)과 그 섭취의 방법이 도서의 생산 방면 즉 저술 출판의 부족은 물론 외국도서의 수입 두절 번역 출판의 빈곤 급(及) 제한 국내적으로는 고증학 문헌학 사학적 필수 참고 도서의 결핍 편재 그나마 전란으로 인한 도서관의 소실 개인의 장서의 분실 도난 산일 등 문화재의 막대한 손해는 실로 문화인들에게는 해골의 심통과 탄식이여서 형언할 수없는 바이며 문화 저하의 최대 원인이 될 것이다.

각국 문화에는 과거 일부 일침(一沈)이 있는 것이지만 우리나라 문화의 불운은 심각하기 비할데 없는 차제 문화인 문교 당국은 물론 문화에 관심한 전국민은 외관적 표면적 부화 뢰동的 태도를 일축하고 궐기

폐허를 말하다

분기하여 화앙[1]을 극복하고 전후의 신문화 건설에 적극 협심 노력하여
주었으면 그리고 문화 건설에 대한 기초적 구상과 시설에 대한 물적 원
조에 맹렬한 활동이 있기를 충심으로 기원하는 바이다.

-『호서문학』 창간호, 1952. 9, 9쪽.

3. 손을조의 콩트 「소년」

여나무살 되어 보이는 소년이 (약칠 염색합니다) 라고 쓴 울긋 불긋
구두약이 묻은 상자를 둘처 메고 비오는 거리를 관공서나 회사 다방 등
을 소혜매여 돌아다니었다.

구두약에 짜○은 손들이 꺼머케 빗물을 드린다 년이 울고 싶은 애
달픈 심정으로써 문을 열고 들어가면

"야 이 자식아!! 누가 들어오랴드냐 응? 나가!!"

구두를 딱그라고 하기도 전에 욕설을 퍼붓는 사람이 대부분이었다
이럴 때 소년은 으례히 육, 이오 사변 때 학살당한 아버지를 연상하고 병
석에 누허있는 어머니 얼골을 그려보았다 그리곤 실컨 욕설이라도 하고
속이 시원토록 울고 싶었으나 꾹꾹 참았다 그럴 때면 언제든지 소년은
등허리에 둘러멘 약칠하는 상자를 추켜 올렷다 이상스럽게도 그다음
순간 그의 얼골엔 억지 미소가 떠 올른다 욕설을 하는 사람에게 그는
다시 한번

"아저씨 그러지마시고 구두 딱그세요, 건사하게 치려드리것요"라
고 권해본다.

----

1   禍殃 : 뜻하지 아니하게 갑작스럽게 생긴 불행한 재앙이나 사고.

오늘은 더욱이 비가 나려 그러는지 새벽부터 헤메고 돌아다니었으나 한사람도 못잡었다.

겨우 해가 기울 무렵에야 그는 술에 만취한 신사를 잡었다 술내음새가 푹 코를 찔럿다 중심을 못잡고 비틀거리는 다리를 발판위에 언져논 구두가 흑투성이다 그는 철푸덕거리는 처마밑에 무릅을 꿀코 비틀거리는 구두를 바로 잡아가면 닦느라고 땀을 흘렷다.

"애 임마‼ 잘 딱거‼"

"………‼"

"그런데 윤이 안 나지않아‼"

고함을 바락바락 지르는 신사는 혀 꼬불어진 잔소릴 심하게 한다.

소년은 문둑 소학교에 입학했을 때 아버지가 사주신 구두생각이 떠올랐다 그 생각이 들자 그는 눈물이 핑돈다.

무릅을 꿀코 앉었던 그의 양복은 처마 끝에서 떨어지는 물방울에 흠신 젖었다.

염색을 한 뒤 윤을 내기 위해서 손질하는 그의 눈에서는 한방울 두방울 힘드려 닦아놓은 구두 위에 눈물 자욱을 남긴다 안 울려고 애써 쓰면 쓸수록 마치 처마 끝에서 떨어지는 빗방울과도같이 뚬벙뚬벙 떨어졌다.

가까스로 눈물을 머금고 그는 다 닦았다 다 닦았다는 그의 말에 비틀대고 술내를 풍기든 신사는 한참 굽어다보더니 또 트집을 잡는다.

구두끈 있는 데가 어떻다는 등 어데가 어떻다는 등 소년은 고분고분 지적하는 대로 다시 닦아주었다 그때사 신사는

"얼마냐?"한다

"오백원만 주세요."

"뭐 오백원?"

"삼백원만해라"

"안 되겠요 이것 보세요 양복을 오백원은 주서야겠어요."

이렇게 말하는 소년의 손에 신사는 삼백원을 쥐어주고 어느듯 가랑비로 부엿케 변한 거리를 철벅거리고 걸어간다 소년은 쪼차가면서 이백원을 더 달라고 애원한다.

"찰삭!!"

술취한 신사는 소년의 따구를 보기좋게 갈기고는 소년이 잡었든 양복을 무순 벌레나 붙은 듯이   털 털며 아무 말도 하지 않고 비툴거리고 걸어갔다 주춤 걸음을 멈추었든 소년은 볼에 손을 대고 물그러미 바라만 보고 서 있었다.

그의 눈에서는 다시금 눈물이 떠 오른다 병석에서 굼주린 어머니의 모습과 아버지의 모습이 떠올랐다 구준비가 게숙되었다 소년은 그래도 비를 맞으며 올마 서질 않는다. (끝)

-『호서문학』창간호, 1952. 9, 18쪽.

4. 양촌의 「대전석금담(大田昔今談) - 문우를 중심으로」

(……)

육, 이오 후 혼란이 왔다 문우고 무엇이고 없어졌다 새로운 세대와 새로운 질서가 필요했다 정계도 치부계(致富界)도 뿔뿔이 다시 헤여졌다 그러나 나만은 고고(孤孤)이 한 군데를 그대로 지켜보려고 무진 애를 썼다.

문학단체도 생겼고 각지서 모인 새로운 면면들도 느렀다 나는 언제든지 그 맨 말석에 앉아 있는 것을 진정 자랑으로 했다 그 숫한 정당과 모임에는 일체 사양해도 문우들의 모임에는 기를 쓰고 나갔다 무슨 놈의 정성인지 나도 쓴웃음을 웃을 때가 있다 그 무렵에 "모레나" 다방(현오페라)을 본거해서 소장파가 生기고 우리들 사십세들은 사양족(斜陽族)이라 해서 황혼파를 꾸몃다 황혼이 올 무렵이면 빈대떡집에서 술을 기우렸다 이러는 동안 나는 반처녀(半處女)의 장편구상이 익어가고 있었다 그것이 겨우 금년들어 그 제일부를 대전일보에 발표하게 되었고 그 제이부가 이 책에 실리게 된 것이다.

그러나 문학 "써클" 중에는 "감투"와 "질투"같은 게 늘 개재되어서 결국은 부서지고 말았다 소장파들은 일부는 서울로 떠나가고 잔류파들 중에서 또 다른 써클을 맨들고 했다 도시 모를 일이다 허지만 헤겔의 변증법을 빌리지 않드라도 진통과 탈피로 발전 귀결짓는 것에 희망이 싹튼다고 보는 것이다 요는 작가는 "써-클"로서 대결하는 게 아니라 一에도 二에도 작품으로써 자기혁명을 연소시키고 대결한다는 것을 알아야 권내에 들어가리라는 작가 하나도 내눈에는 보이지 않기 때문이다.

-『호서문학』3집, 1956. 6, 131쪽.

5. 박완식의 「내 고장을 건설하자」(대전시장)[2]

계룡산의 정기 받어 호남의 관문이요 충남의 웅도(雄都) 대전은 六.二五사변으로 인하여 막대한 파괴를 초래하여 폐허화하였으나 건설의 함마- 소리 높이 울려 일진월보(日進月步) 변화 발전하고 있읍니다.

폐허화된 땅 위에 도시계획은 확립되어 도로는 넓어졌고 신축 고층건물들은 하나하나 건립되어가고 있으며 일상생활에 긴요한 만톤(萬

----

2 박완식의 「내 고장을 건설하자」와 다음 글 김규만의 「대전의 양상」은 (주)시사통신충남지사에서 기획하여 펴낸 『대전의 이모저모』(1956)에 수록된 글이다. 이 두 편은 앞에 열거된 문학작품과는 다른, 관 주도적인 성격을 띤 비문학적 글임을 밝힌다.

)의 급수시설과 상수도를 개조 재정비하고 삼천만명의 인구에 급수할 수 있는 수원지의 공사를 서쪽 산정에 대대적으로 시공하고 있으며 국리민복(國利民福)의 원대한 이상을 품고 국민체육의 발전과 보건향상을 위하여 보문산 동편에 오만평의 확대한 오지를 이용하여 축구(송구) 육상 농구 정구 배구의 오대경기장과 오만명을 수용할 수 있는 관람석을 포함한 대 공설운동장 설립을 추진 중에 있으며 정서 도덕 문화적 생활을 향상시키는 지적 양식을 도모하기 위하여 도서관 건축을 구상하고 있읍니다 국민경제를 윤택하게 하고 국가재건에 공헌하는 산업발전을 도모하여 많은 공장을 설립하고 기술자 배양에 경주하여 민생문제를 해결해야 하겠습니다.

-『대전의 이모저모』, 주식회사 시사통신충남지사, 1956, 20쪽.

6. 김규만의 「대전의 양상」 (대전시 세무과장)

대전천 광경은 대전의 도시가 얼마나 생의 경주이 심각한 것인가를 말하고 있으며 얼마나 혼란한 거리인가를 또한 말해주고 있는 것이다 뿐만 아니라 그의 북쪽으로 지금 각종 건물이 재건되어가고 있는 중앙시장인 거리는 군소상인들의 아우성과 혼잡으로 어느 곳보다도 심각한 현실상을 보여주고 있다 넓은 한밭 한없이 스케일이 큰 대전도 인구의 팽창과 생활 경주의 우심(尤甚)으로 차츰 주변산록(周邊山麓)에 새로운 하꼬방 부락을 형성케 되었다 즉 객년(客年)부터 당국에서 단행하게 된 무허가 건물 철거로 말미암아 철거 당한 주민이 시당국의 주선으로 성남동 대동 등지의 외곽 지대에 집단입주케 되어 새로운 부락을 형성하게 된 것도 확실히 시사(市史)의 변모에 한 페-지를 점하게 되었다 그러나 대전에서 특기할 점은 대전의 길이다 낮이면 뭇 자동차의 질주로 먼지통에 걸어다닐 수 없는가 하면 비만 오면 길바닥은 ○죽을 끓여 부은 것 같이 진흙구렁이가 되어 대전에서는 장화없이는 못 산다는 말까지 유행되고 있는 것이다 대전의 도시는 다시 말하거니와 확실히 무성격적 성격의 도시다 그것은 이상에서 별견한 바와 같이 전후 재건 도상에 있는 혼란 시에 자연스런 현상이며 또한 전통에서 오는 것이겠지만 역사와 더부러 제재건이 완성되고 안정되는 날 대전의 도시는 하나의 신흥대도시로써 강한 성격을 지니는 동시에 보다 더 살기 좋은 거리가 될 것이다.

- 『대전의 이모저모』, 주식회사 시사통신충남지사, 1956, 92-93쪽.

페허를 말하다

의견들

IV

폐허는 장소의 미메시스와 같다. 문학에서 폐허란 물리적 실재에 대한 사회적, 역사적, 그리고 문화적 재현이기 때문이다. 그렇다면 식민 질서로부터 본격화된 한국 근대문학은 폐허의 문학으로 출발했던 셈이다. 우리에게 있어서 폐허 이후가 한국전쟁 이후를 실정적으로 가리킨다면, 한국문학은 여전히 폐허성이라는 장소 조건 위에 현전하는 중이다. 한국문학의 새 역사가 시작되는 시점에서, 지난 폐허로부터 진보의 가치와 예술의 미래를 궁구하는 일은 선택의 문제가 아니다. 그것은 또 다른 처음을 개방하는 전제일 수 있다. 적멸을 읽는 동시대의 시선을 남다른 의미로 천착해야 할 이유이다.

폐허를 읽는 시선

남기택

남기택 : 강원대 교수. 평론집 『제도 너머의 문학』 등

적멸, 처음을 개방하는

'맨 앞, 처음'(『맥비』 0호, 2023)을 조명했던 우리의 시각은 이어서 '폐허'를 주목했다. 모든 처음은 끝을 향하게 마련이다. 끝은 적멸이라는 점에서 폐허와 같다. 하지만 그런 적멸은 또 다른 신생으로 이어진다. 끝이 없다면 어떻게 처음이 가능한가. 신생만이 있을 수 없고, 역시 적멸로만 존재하지 않는다. 끝이 있기에 처음이 있고, 모든 처음은 결국 끝을 맞는다. 그런 점에서 적멸은 또 다른 시작을 부른다.

여기서 말하는 폐허는 장소의 미메시스와 같다. 문학에서 폐허란 물리적 실재에 대한 사회적, 역사적, 그리고 문화적 재현이기 때문이다. 그렇다면 식민 질서로부터 본격화된 한국 근대문학은 폐허의 문학으로 출발했던 셈이다. 특히 우리는 현대사의 결절적 사건이라 할 수 있는 한국전쟁 전후의 폐허라는 기제에 주목하였다. 한반도는 구한말과 일제강점기를 거치며 폐허의 장소가 되었고, 잇따른 동아시아의 지정학적 긴장이 중층결정된 결과가 곧 한국전쟁이었다. 분단과 휴전은 여전히 지속되고 있다. 우리에게 있어서 폐허 이후가 한국전쟁 이후를 실정적으로 가리킨다면, 한국문학은 여전히 폐허성(ruines)이라는 장소 조건 위에 현전하는 중이다.

적멸의 유비는 문학사에도 적용된다. 2024년의 한국 문학사는 새로운 시작을 맞았다. 한강 소설이라는 문학사적 사건은 비단 한 작가의 능력만으로 외화되지 않았다. 그것은 근대문학 100년의 과정에 농축된 개별 작가들의 고투와 제도적 모색이 종합된 결과일 것이다. 이런 계기로 인해 우리는 비로소 문학 범주 정립의 시기를 끝으로 보내고, 또 다른 언어와 미학의 지평이 개방되는 처음을 맞았다. 문학상 수상자가 인생을 걸고 사유해 가는 것처럼 새로운 시작의 계기에는 공동체의 상처와 내면이 전제되어 있다. 폐허에 관한 다양한 성찰을 살펴보는 과정은 결국 여기 현재를 또 다른 신생으로 이끌기 위한 필연적 단계일 수밖에 없다. 한국전쟁은 동아시아 근현대사의 전개 과정을 배경으로 지니고, 이는 세계대전이 함의하는 지정학적 질서와 연동된다. 그리하여 4부에서는 폐허로서의 세계대전을 보는 최근 성과에 주목하였다.

첫 번째 시선은 폐허에 관한 독일 민족의 망탈리테를 상상한 글을 분석한다. 전쟁과 폐허, 그리고 그 극복의 과정 속에서 형성된 독일인의 내면은 어떤 것이었을까. 니콜라스 스타가르트는 『독일인의 전쟁 1939-1945』(교유서가, 2024)에서 2차대전과 관련된 다양한 사료를 통해 독일인의 내면에 접근한다. 이 책은 '편지와 일기에 담긴 2차대전, 전쟁범죄와 폭력, 그리고 내면'이라는 부제가 지시하는 것처럼 독일인의 생생한 육성에서 전체주의 전쟁범죄 속에 숨겨진 새로운 진실을 발견한다. 970여 쪽에 이르는 방대한 자료이다. 이 책에 따르면 독일인은 패전 순간까지 적극적으로 전쟁에 임했다. 그들의 민족 방어 논리가 나치즘과 결부되어 있었던 것인가. 잘 알려진 괴벨스 사례도 예시된다. 괴벨스의 언론전략은 절멸에 대한 공포를 독일인의 내면에 조성하였다. 그 과정에서 '알지 못하는 앎'이 구축된다. 그것은 독일 민족의 집단무의식이었고, 요즘 개념으로 집단지성에 비견될 만하다. 이 책은 '침묵의 나선형'이라는 수사로 그 지식을 설명하고 있다. 식민지 조선의 대다수 민중들에게 전체주의 폭력은 어떤 무의식으로 내면화되었을지 비교해 보는 것도 흥미로운 지점일 듯하다.

이와 함께 대비해볼 만한 의견은 하랄트 애너의 『늑대의 시간』(위즈덤하우스, 2024)이다. 이 책은 '제2차 세계대전 패망 후 10년, 망각의 독일인과 부도덕의 나날들'이라는 부제를 달고 전후 형성된 그들 내면세계를 분석한다. 이른바 '제로시간'이라 불리는 패망의 순간부터 1955년까지를 대상으로 독일인의 망탈리테가 상세히 다루어진다. 이 저작은 패망 이후 어떤 과정을 거치며 오늘날의 독일이 만들어졌는지, 일반적으로 알려진 것과 다른 모습의 독일을 소개하고 있다고 평가된다. 그것은 침묵의 나선형과 무관한 또 다른 민족적 신화였을까? 독일인의 다층적 내면은 폐허를 거친 한국사회 내부의 민족적 망탈리테를 조명하는 데 있어서 중요한 참조점이다.

두 번째 시선은 일본의 전후 내셔널리즘 양상에 초점을 맞추고자 했다. 일본의 내셔널리즘 국면은 한반도 현실과 더욱 긴밀히 관련된다. 집중적으로 리뷰할 대상은 월터 F. 해치의『전후 일본과 독일이 이웃 국가들과 맺은 관계는 왜 달랐는가』(책과함께, 2024)이다. 제목 그대로 두 전범국이 과거 청산을 어떤 식으로 전개해 갔는가를 대조하는 작업이다. 이에 따르면 독일은 유럽연합이나 나토 등에 동반자임을 입증함으로써 이웃 국가들과의 화해에 도달할 수 있었다. 반면 일본은 형식적인 사과 표명과 달리 주변국들과의 신뢰 강화 등 적극적 협력 의지를 보이지 않았다. 이 책은 양자의 차이에 미국의 영향력이 작동하고 있음을 주장한다. 방대한 자료를 가지고 새로운 관점을 제기하기에 한일 관계에 대한 다른 각도의 시사점을 얻을 수 있다. 한편 이 논지가 동아시아 지정학적 관계에 전제된 전통의 역학 관계를 기저에 담보하고 있는지는 별도로 따져봐야 할 문제이다. 동아시아에서 자생한 제국주의 이데올로기가 민족적 망탈리테로 변주되는 과정을 서구 지식인의 관점으로 귀납하였는데, 여기에 또 다른 보편주의의 일반화 논리가 잠재되어 있지는 않은지 염두에 두어야 한다.

역사적 현실에 대한 이해와 미래 전망 제시를 위한 이 의제를 참고하면서, 나아가 전후 내셔널리즘을 조명한『'잿더미' 전후공간론』(이숲, 2020)이나『사쿠라가 지다 젊음도 지다』(모멘토, 2004) 등도 대비될 필요가 있겠다. 일본 군국주의는 몇 겹으로 중첩되는가. 이들 저작에 대한 꼼꼼한 리뷰를 통해 폐허의 전유, 곧 일본식 내셔널리즘의 구성 과정을 파악할 수 있을 것이다. 다양한 의견들이 전후 한국 문학사의 정립 과정에 내재된 정치적 무의식 역시 조감해주리라 본다. 예컨대『전후 일본과 독일이 이웃 국가들과 맺은 관계는 왜 달랐는가』는 폐허 이전과 이후, 일본의 내셔널리즘 양상과 우리의 그것을 대비해볼 만한 단서를 제공한다. 집중된 감각과 시간을 요구하는 일이다.

폐허를 낳는 물리적 동인은 폭력이요, 폭력은 권력에 귀속된다. 공간의 역사는 권력의 역사요, 공간적 뿌리내림은 정치경제학적 형식임에 주목해야 한다. 문학적 공간의 구조도 이와 다르지 않다. 근대 권력 메커니즘이 정착된 이래 권력의 시선은 내면화되었다. 이는 스스로를 관찰하는 내부의 시선, 끊임없이 작동하는 권력 양상을 가리킨다. 빠져나올 수 없는 일종의 기계 시스템 속에 권력이 작동하고 있다.(미셸 푸코,『권력과 공간』) 우리 주변에도 폐허 전후의 권력이 내재화된 양상으로 자리하고 있을 것이다. 하지만 우리에게는 폐허의 실재에 대한 자료도 분석도 부족하다.

폐허가 진행되던 일제강점기에 조선총독부는 모든 매체를 장악하고 있었다. 지금까지 남아 있는 일본 제국주의의 아카이브 산물들은 그 치밀함에 있어 남다른 정치함을 과시한다. 괴벨스식 문화정치가 제도 각 단위에서 체현된 결과일 수 있다. 이런 이데올로기의 조건 속에서도『카프 시인집』(1931)을 베스트셀러로 읽었던 식민지 조선 민중들의 내면은 어떤 것이었을까. 민족적 망탈리테에 절대적 영향을 미칠 수밖에 없었던 매체 환경에도 불구하고 피식민자의 내면은 중층적이었다. 해방기와 한국전쟁을 거치면서 반공 이데올로기가 모든 에크리튀르를 점령하던 세월이 이어졌다. "우리는 대한민국의 아들딸, 죽음으로써 나라를 지키자"로 시작되는 '우리의 맹서'가 각인된 이념적 지평 속에서 폐허 이후의 민족적 망탈리테는 형성되어 나갔다.

그런 우리에게 폐허는 어떤 기록으로 남아 있는가. 아직까지도 제대로 된 아카이브 구축조차 미진한 실정인 것이 사실이다. 각 지역마다 아픈 실재로 남아 있는 여러 경로의 학살의 흔적들은 여전히 재현될 언어의 순간을 기다린다. 그런 점에서 폐허 이후에 대한 성찰들은 그 자체로 소중한 지적 성과이며, 여전히 폐허성을 지니고 있는 지금 여기의 장소성을 전조하는 인류 공통의 육성일 수 있다. 김수영은 자신의 마지막 시론 「시여, 침을 뱉어라」에서 정치적 자유가 인정되지 않는 사회에서는 개인의 자유도 인정하지 않으며, '내용'을 인정하지 않는 사회에서는 '형식'도 인정되지 않는다고 경계했다. 나아가 자유와 사랑의 동의어로서의 '혼란'을 그렸다. 혼란조차 존재하지 않는 현실은 또 다른 폐허와 다르지 않아 보인다. 한국문학의 새 역사가 시작되는 시점에서 폐허로부터 진보의 가치와 예술의 미래를 궁구하는 일은 선택의 문제가 아니다. 그것은 또 다른 처음을 개방하는 전제여야 한다. 적멸을 읽는 동시대의 시선을 남다른 의미로 천착해야 할 이유이다. ◪◪

알지 못하는 앎

침묵은 폭력과 어떻게 공모하는가

니콜라스 스타가르트의 『독일인의 전쟁 1939-1945』

(교유서가, 2024) 리뷰

정은경

정은경 : 문학평론가. 비평집 『영원의 기획』 등

도저히 이해할 수 없는 인류적 차원의 질문, 도대체 그 끔찍한 홀로코스트는 어떻게 가능했는가에 대해 한나 아렌트는 '악의 평범성'[1]이라는 답을 내놓았다. 나치 독일의 친위대 장교 겸 홀로코스트의 실무 책임자였던 아돌프 아이히만의 전범재판을 지켜보고 탐색한 결과, 아이히만 같은 학살자들이 결코 희대의 악당이나 괴물이 아니라 우리들과 크게 다르지 않다는 것이다. 아이히만은 그저 상부의 명령을 충실히 따른 성실한 관료일 뿐, 일상에서는 친절하고 선량하기까지 한 평범한 사람이었다는 것이다. 한나 아렌트의 통찰은 자신의 행위에 대한 생각과 타인에 대한 공감을 포기한 '수동성'이 어떻게 폭력과 공모하는지를 보여준다. 그러나 이러한 통찰이 모든 것을 해결해주는 것은 아니다. 나치당과 친위대, 독일군이 관료주의라는 냉혹한 시스템 속에서 기능적으로 그들의 임무를 다하는 동안, 그들 주변의 독일국민들은 무엇을 하고 있었다는 말인가? 그들은 게슈타포, 군인들과 함께 행동하지 않았다고 하더라도 공적, 사적 영역에서 이웃 친구, 가족, 연인 등으로 다양하게 얽혀있었다. 한 줌밖에 안 되는 이들이 600만 명의 유대인을 비롯해 이웃과 자신의 가족인 장애인과 질환자들을 가스와 총칼로 살해하는 동안 7천만의 독일국민들은 정말 아무것도 모른 채 있었다는 것일까?[2] 수많은 지성인들과 성직자들은 무엇을 했을까?

----

1 『예루살렘의 아이히만』, 김선욱 역, 한길사, 2006.
2 2차대전 당시 유대인 학살 및 잔혹한 만행은 주로 나치 친위대(SS, Schutzstaffel) 중심으로 이루어졌다. 나치 정권 초기 5만명에 불과하던 SS는 1944년 전쟁말기에는 80만명~100만명으로 증가한다. 물론 나치당이 전체 국민의 7~8%밖에 안 되었다고는 하지만 이 책에서 지적하듯 2/3가 나치당 대중 기구 한 가지에는 소속되어있었다는 것을 감안하면, 다음과 같이 상정할 수 있다. 학살과 폭력은 나치 친위대와 군인들에 의해 실제적으로 자행된 것이고, 나치 대중 기구에 참여한 국민들은 나치가 내세운 민족사회주의 이념을 공유하는 정도에 불과했다고 말이다.

니콜라스 스타가르트의 『독일인의 전쟁 1939-1945』[3]은 아이히만으로 상징되는 추상적인 '기능인'이 아니라 2차대전 당시 '임무' 이외의 시간을 보내야했던 독일군인들과 가족, 주변 인물들의 편지와 일기를 통해 기계장치가 아닌 시시각각 느끼고 생각하는 '온전한 한 인간'으로서의 '아이히만들'의 내면을 들여다본다. 또한 참전군인을 비롯한 독일국민들이 결코 낮지 않은 지적·문화적·감성적 수준을 가졌음에도 불구하고, 어떻게 홀로코스트에 관여하거나 방관함으로써 공모의 자리에 놓이게 되었는지를 추적하고 있다. 이 책은 '홀로코스트'에 대한 연구가 아니라 독일인들이 어떻게 2차세계대전을 경험하고 생각했는지를 편지와 일기 등을 통해 '주관적인 차원(subjective dimention)'에서 추적하고 있는 저서이다. 그러나 이 책은 영웅적 개인들이 아니라 각양각색의 '주관'이 어떻게 전체주의적 이데올로기와 배타적 민족주의, 인종주의에 의해 통제되고 더 나아가 자기보존의 논리와 맹목 속에서 폭력의 공모자가 되었는지를 보여준다. 2차대전 중 독일인들의 망탈리테에 관한 연구라고 할 수 있는 이 책이 던지고 있는 가장 흥미로운 질문과 그 답은 다음과 같은 것이다.

모든 독일인이 나치 친위대의 희생자이거나 악한 가해자였다는 두 가지 전쟁 내러티브는 90년대 이후 와해되었다. 독일인은 나치 친위대와 일체화되지도 않았지만, 그렇다고 완전히 분리되지도 않았다. 그렇다면 독일인들은 자신이 방어하는 정권이 제노사이드를 자행하고 있다는 사실을 어떤 정도로 지각하고 논의하고 있었을까? 저자에 의하면 전쟁 중의 경찰국가에서 제노사이드에 대한 대화가 불가능했으리라는 통념과 달리 독일인들은 1943년 후반기에 유대인 학살에 대하여 공공연하게

----

3   니콜라스 스타가르트(Nicholas Stargardt), 김학이 역, 교유서가, 2024.

말하기 시작했다. 그러나 대중들 사이에서 유대인 절멸은 익명의 소문으로만 존재했을 뿐 공적 대화의 주제는 될 수 없었고 전쟁이라는 극단적 상황 속에서 민족국가주의에 의해 묵인되거나 연합국의 폭격과 등치되었다. 그리고 '묵인'은 다음과 같은 방식으로 진행되었다.

1941년 유대인들에게 '다윗의 별'이 부착되면서 1942년 말 유럽의 유대인들 다수가 비밀리에 학살되었다. 그러나 이 사실은 전화교환원, 유대인 재소자들, 철도원들, 독일인 엔지니어 등에 의해 은밀히 퍼져갔다. 그리고 독일인들이 소문으로 들었던 제노사이드는 괴벨스의 세련된 여론 관리에 의해 나치 친위대의 만행이 아니라, '독일인 전체'의 공동범죄가 되어갔다. 1942년 괴벨스는 언론을 통해 반유대인 캠페인의 강도를 낮추고 유대인 절멸의 정치적·인종적 필연성을 승인하라고 촉구하는 대신, 독일인들이 이미 알고 있는 것을 넌지시 비춤으로써 '공모'의 느낌을 심고자 했다. 이 새로운 전술은 "도덕적 동요를 관리하는-그리고 부분적으로 침묵시키는-암묵적이고 공모적인 방식"[4]으로 독일인을 범죄로 끌어들였다. 니콜라스 스타가르트는 이를 '침묵의 나선형'[5]이라는 개념으로 설명하고 있다. 이 개념의 창시자 뇔레-노이만에 따르면, "소수자의 위치에 있다고 느끼는 개인은 고립과 사회적 처벌에 대한 두려움으로 인하여 자신의 소수자적 의견을 침묵하는 경향"[6]이 있다. 그리하여 소수자적 의견은 줄어들고 다수 의견의 도덕적 지위가 강화된다. '침묵의 나선형'에서 중요한 것은 이러한 과정이 사적, 공적 영역에 걸쳐 완성

----

4   위의 책, 351쪽.
5   '침묵의 나선형'은 전후 서독의 유명한 커뮤니케이션 연구자 뇔레-노이만(Noelle-Neumann)이 1974년에 고안한 것으로 전후 서독 민주주의와 관련된 것이다. 니콜라스 스타가르트는 이를 홀로코스트에 대한 독일인의 침묵에 적용하고 있다.
6   위의 책, 352쪽.

된다는 것이다. 이 논리에 따르면 순응압력이 비슷한 성향의 동료 및 가족, 작업장 내부에서 소수자적 의견은 당혹과 굴욕을 경험하게 되고, 고립된 개인의 공포심은 이내 침묵과 공적인 순응으로 이어진다.[7]

니콜라스 스타가르트는 '침묵의 나선형'의 구체적 사례를 카를 뒤르케팔덴[8]에서 가져오고 있다. 카를 뒤르케팔덴은 2차세계대전 당시 저지 작센 첼레에 위치한 기계공장에서 엔지니어로 일하고 있었다. 그는 '미국의 소리' 방송에서 토마스만이 네덜란드 유대인 400명의 가스학살을 언급하는 것을 들었고, 동부전선에 복무하던 처남 발터 카슬러가 보낸 편지에서 키이우에 유대인이 한 명도 남지 않았다는 전언을 읽었다. 뒤르케팔덴은 1942년 6월 휴가를 나온 처남과 대화를 나누던 중 '우리가 유대인이 아니라는 사실이 얼마나 다행인지 몰라.'라는 발터의 말에 충격을 받고 '그러나 그것은 살인이잖아'라고 항변한다. 그러자 발터는 '사느냐 죽느냐의 문제야'라며 히틀러가 주입해온 '민족 종말론'으로 대응한다. '우리가 패배하면 그들은 우리가 그들에게 행했던 바로 그것을 우리에게 행할 것이라는 거야'[9]라는 처남의 말에 뒤르케팔덴은 아무런 답변도 하지 못한다. 처남에게 반대하면 가족 내 관계가 뒤틀리고 자신이 고립될 수 있기 때문이다.

저자는 카를 뒤르케팔덴을 침묵시킨 것은 게슈타포나 나치당이 아니라 가족 안에서 행사되던 순응 압력이었다고 지적한다. 나치 언론이 공개적인 논의를 피하는 동시에 학살과 정당성을 은밀하게 유포함으

----

7   위의 책, 같은 쪽.
8   저자는 이 사례를 뒤르케펠덴의 일기문에서 발췌하고 있다.-Karl Dürkefäldens, *Schreiben, Wie Es Wirklich War: Aufzeichnungen Karl Dürkefäldens aus den Jahren 1933-1945*, Herbert and Sibylle Obenaus(eds), Hanover, 1985.
9   위의 책, 353-354쪽.

폐허를 말하다

써 '침묵의 나선형'과 "알지 못하는 앎"을 구축했다는 것이다. 독일인들은 대량학살을 알고 있었지만, 공적으로나 사적으로나 발화하지 못할 뿐 아니라 확인 또는 도덕적 책임감과 '무관한 앎'을 공유하게 된다. 독일인들이 '알지 못하는 앎'과 더불어 공모자의 자리로 몰린 것은 1차세계대전 패배에 대한 '독일민족'의 원한, 그리고 나치 정권의 대공황 극복 및 민족영웅주의 등과 밀접히 관련이 있지만, 무엇보다 괴벨스로 대변되는 나치의 교묘한 여론공작과 선전에 힘입은 바 크다. 나치는 2차대전 발발에 대한 책임을 폴란드의 도발로 조작하고, 영국 제국주의에 맞선 '민족방어전쟁'이라는 프레임을 만들어낸다. 독일인들은 1차대전 패전 이후 많은 영토와 자산을 내주어야했던 베르사이유 조약으로 인해 굴욕감과 원한으로 묶였고, 이 정념은 '민족방어' 전쟁을 정당화했다. 2차세계대전이 소련으로 확전되자 독일인들은 동유럽의 문명화 사명과 볼셰비즘과의 대결이라는 나치의 선전을 그대로 수용했다. 정신질환자 안락사 및 유대인 절멸은 나치정권 옹호가 아니라 민족 및 인종 전쟁이라는 더 굳건한 결속에 의해 방조되었고, 그들은 그 범죄와 더불어 '승리 아니면 절멸'이라는 종말론에 빠져들었다. 저자는 독일군이 끝까지 치열하게 싸운 것은 1943년 연합군의 폭격을 곧 그들이 잔혹하게 수행한 인종주의 전쟁의 보복으로 받아들였고 패배하면 동일한 절멸을 겪게 되리라는 공포심에 기인한 것으로 분석한다. '생존'에 대한 공포심은 전황이 악화될수록 더욱 커졌고, 종전 이후에도 그것은 여전했다. 전후 시대 대다수 독일인들이 홀로코스트에 대해 침묵하고 의식하지 않았던 것, 스스로를 희생자로 보는 집단기억의 형성 등은 생존 욕구라는 가장 원초적인 욕망이 죄책감을 차단했기 때문이다.[10]

----

10   하랄트 애너, 박종대 역, 『늑대의 시간』, 위즈덤하우스, 2024.

'생존'이라는 문제 앞에서 선악과 합리성은 끼어들 여지가 없다. 유대인 학살을 직접 목격한 사람은 많지 않았지만, 일부에 의해 퍼져나간 사실에 대해 독일인이 저렇듯 함구했던 것은 폭력을 '전쟁'이라는 극단적 상황 속에서 받아들였기 때문이다. 전쟁의 원인과 명분, 이념 따위는 '사느냐 죽느냐' 앞에서 아무런 의미가 없다. 폭력은 용인되고, 생존 이후에 그것은 완전히 지워져야할 것이었다. 홀로코스트에 대한 전후 세대 독일인의 망각은 이런 식으로 이뤄진 것이다. 이는 비단 전쟁이라는 극한 상황, 혹은 독일인이 유대인-아리아인의 대결로 벌인 특수한 전쟁에만 해당되는 것이 아니다. 우리가 겪은 한국전쟁은 물론 현재에도 벌어지고 있는 우크라이나-러시아전, 중동전쟁은 여전히 반복되고 '맹목'의 어떤 지점을 가리킨다. 이성이 틈입할 여지가 존재하지 않는 피투성이 시공간에서 사람들은 쉽게 '초월'과 '영혼'에 의탁하게 된다. 독일 가톨릭과 개신교는 물론 지성인들은 전쟁을 "우리가 독일 민족의 영적인 재탄생을 위해서 일할 수 있는 기회", '영적 부활', '존재의 심연', '볼셰비즘에 대한 십자군 전쟁', '횔덜린의 운명'으로 보았고, 그들이 믿는 신과 지성은 그것을 정당화하고 증명할 논거에 불과했다.

그러나 이러한 생존의 논리가 비단 총칼로 싸우는 전쟁터에만 존재하는 것일까. '이기느냐 지느냐'에 의해 생계가 결정되는 숱한 일상의 전투에서 '침묵의 나선형'은 없을 것인가. 조금만 생각해보면 그것은 이성과 정의의 법칙보다 훨씬 더 강고하게 세상을 움직이고 있다는 것을 알게 된다. '나'라는 단독자는 항상 더 큰 '우리'에 의해 구속되고 결정된다. '관계'를 형성하는 숱한 조직은 개인을 구속하기도 하지만 보호하기도 한다. 공동체의 일원으로서 다른 구성원의 비리는 '우리'라는 음험한 생존 논리 속에 은폐된다. 내부자의 고발은 거의 대부분 배신자라는 오명으로 삭제되기 쉬운 것이 현실이다. 아무도 폭력을 옹호하지 않지만, 누구도 그것을 심판할 수 없는 사태 속에서 우리는 숨어있는 것이다.

폐허를 말하다

이 책은 위의 같은 요지로 수렴되는 독일인의 내면을 탐색하는 데 800페이지에 육박하는 분량을 할애하고 있다. 이 책은 2차세계대전에 대한 방대한 자료-연구서, 전쟁 기록 및 자료, 보고서 등-로 독자를 압도하지만, 진정한 독창성과 경이로움은 독일인의 내면을 톺아보는 저자의 방법론에 있다. 옥스퍼드대 사학과 교수이자 나치즘 연구의 권위자인 니콜라스 스타가르트는 1백 명이 넘는 사람들의 편지와 일기를 참조하면서 그 중에 특히 20명 안팎의 편지 작성자들-부부, 연인, 부모자식, 친구-을 일관되게 추적하고 있다. 이들은 젠더, 계층, 직급, 지역 등에 차이를 보이는 다양한 인물 군상으로 구성되었는데 특히 16명은 '주요 주인공들'로 등장한다. 이 인물 목록에는 농민이자 직업군인(에른스트 귀킹), 시골학교 교사이자 바르샤바 독일군 주둔군(빌름 호젠펠트), 유대인 아내와 의붓딸을 둔 작가(요헨 클레퍼), 포병 장교와 결혼한 여성 사진 저널리스트(리젤로페 푸르퍼), 김나지움 교사이자 전쟁포로 담당 장교(아우구스트 퇴퍼빈), 고등학교를 막 졸업하고 참전한 미학주의자이자 가톨릭 청년 운동 소속 군인들(한스 알브링과 오이겐 알트로겐) 등이 포함된다.

전쟁 경과와 주요한 객관적 사건들 사이를 냇물처럼 흐르는 이 개인들의 목소리는 저마다, 그리고 시기마다 조금씩 다르지만 큰 흐름에서 크게 벗어나지 않는다. 가령, 경건한 개신교도이자 보수적인 교사인 아우구스트 퇴퍼빈은 나치에 거리를 두었고 히틀러에 반대하는 고백교회의 편에 가까웠다. 그는 1939년부터 일기에 나치에 대한 반감을 표현했고, 1945년에는 유대인 학살에 대한 이야기도 썼지만 끝까지 히틀러를 지지해야할 필요성을 의심하지 않았다. 1918년의 패배에 대항하는 것이 독일인인 선민임을 증명하는 것이라고 믿었고 전쟁에 '선과 악은 없다' '역사적으로 강한 것과 약한 것'만 있다며 니체를 권력의 철학자로 읽는 유행을 따랐다.[11] 그는 유대인 학살을 혐오했지만 세계유대인을 독일의 적에 포함시키는 보수적 민족주의자의 반자유주의, 반유대주의, 반사회주의를 견지했다.[12]

퇴퍼빈의 이러한 내면은 몇 번이나 유대인을 구해준 정보장교 빌름 호젠펠트의 경우에도 반복된다. 영화 <피아니스트>의 주인공, 바르샤바의 유대인 피아니스트 슈필만을 구해준 독일군 장교의 실존모델이기도 했던 그는 폴란드의 전쟁포로수용소에 근무하면서 "인류에 대한 범죄 행위를 방어하는 방패가 된 것"[13]에 고통스러워했다. 나치당 당원이자 나치 돌격대 대원이었던 그는 몇 번이나 개인적으로 개입하여 폴란드인들을 풀어주었으나 "민족 사회주의 이념은 현재 두 개의 거악 중에서 차악이기 때문에 용인하는 것뿐이다. 패전은 더 큰 거악이 당하게 될 것이다."[14]라며 '우리' 편에서 벗어나지 못했다. 프랑스의 프랑코화와 러시아의 아이콘에 열광했던 청년 한스 알브링은 전쟁 초기 빨치산의 처형장면에 경악하다가 나중에는 '잘 정리된 시체더미'에 무심해졌으며 1942년 3월에는 친구 오이겐 알트로게에게 "우리가 지난 수백 년 동안 그릇되고 갈수록 왜곡되어 간 인간관을 추종하다가 이제야 비로소 새롭고도 진정한 인간관이 우리 내면에서 올라오고 있다는 것, 아마 그것이 이 전쟁의 형이상학적인 의미일거야."[15]라고 편지를 쓸 정도로 변한다.

마그데부르크의 종교교사이자 반나치였던 콘라트 야라우쉬는 크리체프 포로수용소의 식당담당병사로 근무하면서 포로들을 굶기지 않

---

11 위의 책, 160쪽.

12 위의 책, 635쪽.

13 위의 책, 870쪽.

14 위의 책, 379쪽.

15 위의 책, 888쪽.

기 위해 최선을 다했고 러시아 포로로부터 러시아어를 배우기까지 했다. 그는 아내에게 러시아 포로들의 죽음과 제노사이드에 대해 암시적으로 썼지만 볼셰비키의 폭정 아래서 고통을 겪는 그들에게 할 수 있는 '작은 의무'는 복음을 전하는 것이라고 덧붙였다. 검열을 감안하면 편지의 기록들을 이들의 진정한 내면으로 받아들이기는 어렵다. 그럼에도 불구하고 전쟁 와중의 개인들이 줄곧 1918년의 쓰라린 패배, 나치가 선전하는 민족방어전쟁, 아리아인 대 유대인이라는 성전, 볼셰비즘에 대한 십자군 전쟁, 종말론 등을 수용했다는 것은 부정할 수 없다.

그렇다면 이 야만의 시간을 독일의 성직자들은 어떻게 전쟁을 통과해갔을까. 니콜라스 스타가르트가 조밀하게 천착하는 종교계의 복잡한 과정을 전부 소개할 수는 없으니 몇 가지 중요한 지점만 보자. 개신교 스펙트럼의 한쪽 끝에는 나치에 열광하는 게르만 기독교가 있고, 또 한쪽에는 히틀러의 종교정책에 반대하여 설립된 고백교회가 있었다. 게르만 기독교는 "유대인 기독교들과의 성찬식은 그 어떤 형태로도 행하지 않는다고 맹세했고, 유대인 박해를 강력히 지지"[16]했다. 이를 거부한 고백교회의 설립자 중 하나인 마르틴 니뫼럴은 1937년 7월에 체포되어 다카우 수용소에 수감된다. 마르틴 니뫼럴과 몇몇 지도자는 종전과 함께 풀려났으나 디트리히 본회퍼는 1943년 3월에 체포되고 1945년 4월에 교수당했다.

이 양끝의 스펙트럼 사이에서 개신교, 그리고 가톨릭 대부분은 민족주의 전쟁에 합류했다. 가령 1차대전에 군목으로 종군했던 젊은 신학자 파울 알트하우스는 1919년의 평화주의를 비난하며 보수적인 전투적 민족주의를 주장했는데 많은 개신교도들과 가톨릭들도 여기서 크게 벗

---

16   위의 책, 372쪽.

어나지 않는다. 이들은 '독일인들이야말로 선민'이라며 독일 민족의 영적 부활을 열정적으로 요구했고 주교들이 나서서 전쟁을 유대-볼셰비즘에 대한 십자군 전쟁으로 선언하기도 했다. 스타가르트에 따르면 이들은 유대인 학살에 대한 사실을 모르지 않았고 이에 대해 가장 강력히 문제 제기할 수 있는 유일한 기관이었음에도 불구하고 공적으로 침묵했다. 그 이유는 인종말살에 반대했음으로 불구하고 유대인 재산 감소와 영향력의 '아리아화'에 동조했기 때문이다. 성직자 또한 근본적으로 자신의 민족 정체성과 배타적 이기심에서 벗어날 수 없었다는 것이다. 물론 이들은 1941년 8월에 'T-4 작전'으로 불리는 정신질환자 안락사에 항의했고 일부는 유대인 학살에 진정서를 썼으나 끝내 전달되지 못하거나 묵살되었다.[17] 이러한 과정에서 교회 기관과 재산에 대한 나치의 공격이 중요한 역할을 한다. '민족 공동체' 안에서 유보적인 태도를 보인 이들에 비해 한발 더 나아간 독일인도 있었다. 친위대 장교 쿠르트 게르슈타인은 소독전문가로 1942년 방문한 베우제츠에서 유대인들이 가스로 살해되는 것을 목격했다. 그는 이를 기록하고 독일 주재 스웨덴 대사관의 고위 관리인 오터에게 세계에 알려줄 것을 부탁했으며, 가톨릭 주교 콘라트 폰 프라이징에게 알리고 교황청 대사와 스위스 공사관도 움직이고자 했다. 그러나 모든 것이 헛수고였다. 오터의 문서는 문서철에 박혔고, 주교들은 기대에 맞게 행동하지 않았다.[18]

----

17 정신병 환자의 안락사에 대해 1940년 라인홀터 자우터 목사 및 주교 테오필 부름은 나치 지구 당위원장과 내무장관, 제국총리실장 등에게 비밀스럽게 항의서를 전달했고, 유대인 학살에 대해 1943년 베를린 주교 프라이징은 풀다 주교회에 진정서를 상정했으며, 개신교 주교 테오필 부름도 나치 지도부에게 자신의 교구 유대인 기독교 1,100명을 옹호하는 편지를 괴벨스에게 보냈으나 묵살되거나 전달되지 못했다. - 위의 책, 133쪽, 355쪽.

18 361쪽. 이 특이한 사례는 저자가 독일 태생의 프랑스 - 이스라엘 역사학자인 사울 프리드랜더 (Saul Friedländer)가 쓴 전기 *Kurt Gerstein: The Ambiguity of Good*(New York: Knopf,

니콜라스 스타가르트의 전쟁기 독일인의 '내면' 발굴작업은 유적지를 헤매는 고고학자를 연상시킨다. 그것은 마치 폭격 속에 사라진 도시의 폐허와 잔해 속에서 생명의 흔적을 찾아헤매는 것과 유사하다. 그러나 그렇게 지난한 작업을 통해 찾아낸 개인의 목소리들은 기존의 군사 및 정치사적 결과물을 전복시킬만큼 진귀하거나 새롭지 않다. 저자가 영화처럼 펼쳐놓은 전쟁기 실존 인물들의 아카이브에서 우리는 나치에 정면으로 맞서는 영웅적 개인이나 내면, 양심을 좀처럼 찾아볼 수 없다. 그렇다면 저자가 기존의 평평한 역사서와 다른 방향에서 탐색한 방대한 증언들은 의미가 없다는 말인가. 물론 그렇지 않다. 유대인을 숨겨주던 빌름 호젠펠트와 '유대인 절멸'을 기록했던 아우구스트 퇴퍼빈, 포로수용소에서 러시아인들을 굶기지 않기 위해 애썼던 콘라트 야라우쉬 등이 내적으로 얼마나 괴로워했던 친위대 장교, 대위 등의 직급을 단 그들은 끝내 나치 독일을 부정하지 못했다. 그러나 이 책은 숱한 개인들의 '내적 괴로움'의 서사들을 겹겹이 늘어놓고, 또 한편 불가항력적으로 포섭되어간 개인의 무력과 국가폭력의 대결에 대한 풍부한 서사를 겹쳐놓음으로써 독자들이 '홀로코스트'라는 문자를 입체적으로 체험할 수 있게 해준다.

　　이 책은 '역사적 사실과 개인의 기억을 결합', '집단기억 형성과정'에 주목하는 최근 역사학계의 한 흐름을 반영한 것이다. 이러한 방법론을 통해 이 책은 전통적인 정치사 및 특권층 중심의 역사서에서 벗어나 다층적인 사회사, 문화사, 미시사적 층위를 만들어내고 있다. 또한 위에 언급한 사울 프리드랜드 등의 성취에서 볼 수 있듯, 객관적이고 추상적인 전쟁사에 '생생한 증언'을 기입함으로써 깊이와 진정성을 획득하고 있

1969)에서 참고한 것이다.

다. 다만 한 가지 아쉬운 점은 연대기순에 의해 펼쳐지는 다수의 증언자의 기록들이 다소 반복적이며 산만하다는 것이다. 물론 이러한 연대기적 구성은 '주요 인물'들의 내적 변화를 보여주기 위해 고안된 방법일 것이다. 그러나 대중 독자를 위해서라면 좀더 압축적이고 집중된 서사가 필요하지 않을까 하는 아쉬움이 남는다. 물론 이 책은 역자의 말처럼 '영화보다 더 영화같은' 파노라마를 보여준다. 저자는 전쟁 과정과 사건 기록이라는 사실 속에 수많은 정념과 사유를 불어넣음으로써 독자로 하여금 좀더 실감을 가지고 2차대전을 들여다보게 한다. 그리고 전쟁기를 살아낸 독일인의 다양한 표정을 읽게 된다. 그들의 고통스럽거나 무정한 표정을 읽고 있노라면, 이 책이 단지 독일인과 전쟁에 관한 것만이 아니라는 것을 깨닫게 된다. 이 책은 제노사이드만이 아닌, 모든 폭력의 속성을 해부하고 있다. 폭력의 행위자는 소수자이다. 다수나 모든 사람들이 폭력의 행위자가 되는 것은 아니다. 그러나 폭력에 가담하지 않았다 하더라도, 침묵은 공모를 넘어 행위자 편에 서게 만든다. '침묵의 나선형'은 깊숙이 '폭력의 나선형'을 감추고 있는 것이다. ◼◗

죽지 않은 유령과 화해하는 방법

사쿠라꽃과 잿더미의 폐허를 껴안고

월터 F.해치의 『전후 일본과 독일이 이웃 구가들과 맺은 관계는 왜 달랐
는가』, (책과 함께, 2024) 리뷰

임세화

임세화 : 성균관대 비교문화연구소 연구교수. 논문 「한국전쟁의 의도적 망각과 전쟁포로의 기억
투쟁」 등

폐허를 말하다

일본은 왜 전쟁범죄와 그에 대한 책임을 인정하지 않는가? 대다수의 한국인에게 이는 익숙하면서도 새삼스러운 문제이다. 식민 지배를 정당화하는 교과서 검증을 통과시키고 종군위안부와 징용의 강제성을 부정하는 일본 정부의 과거사 왜곡은 현재진행형의 오랜 역사로 남아 있다.[1] 유엔을 위시한 국제기구의 협력 증진과 평화 유지를 위한 권고를 정면으로 거스르는 일본의 태도는 많은 연구자와 현실 정치인들을 곤혹스럽게 만들었으나, 그 원인에 대한 유력한 분석과 대안은 미비했던 것이 사실이다. 월터 F.해치의 『전후 일본과 독일이 이웃 국가들과 맺은 관계는 왜 달랐는가』는 2차 세계대전의 패전국이었던 독일과 일본을 비교항으로 설정하고 두 나라의 외교적 위상과 국제관계를 본질적으로 달라지게 만든 실정적 원인과 구체적 대안을 제시하고 있다는 점에서 주목을 요한다.

저자는 '일본 정치를 연구하는 아시아 전문가'로서 "도대체 일본은 왜 다른가?"[2]를 미국이라는 패권국과 일본이 맺은 국제관계학의 동력 속에서 추적한다. 일찍이 일본은 서구인의 시각에서 이해하기에 난점이 있는 특수한 대상으로 여겨져 왔고, 특히 2차 세계대전을 경유하는 과정에서 더욱 문제적인 타자로 부상했다. 루스 베네딕트의 기념비적인 저서 『국화와 칼』(1946)[3]에서 일본인 특유의 모순적인 성격을 '혼네(本音, 속마음)'와 '다테마에(建前, 겉모습)'로 구분하고, 이를 형성한 원인으로

----

1   최근까지도 이어지는 일본의 과거사 왜곡과 전쟁 책임 거부는 양국 외교의 쟁점적 사안으로 여전히 갈등을 일으키고 있다. 「일, 윤 '역사 양보' 뒤 교과서 왜곡 수위 올렸다···강제동원 전면 부정」, 『한겨레』, 2024.3.22.; 「日, 유엔 '위안부 배상노력' 권고에 "협약前문제···소급 부적절"」, 『연합뉴스』, 2024.11.8.
2   월터 F.해치, 이진모 옮김, 『전후 일본과 독일이 이웃 국가들과 맺은 관계는 왜 달랐는가』, 책과함께, 2024, 34쪽. 이하 이 책을 인용할 경우 본문의 괄호 안에 쪽수를 병기함.
3   루스 베네딕트, 김윤식·오익석 옮김, 『국화와 칼·일본 문화의 틀』, 을유문화사, 2019.

수치와 죄책감, 위계적 문화 체계를 제시한 이래 '문화적 특수성'은 일본을 이해하기 위한 주된 방법론으로 자리잡게 되었다. 때문에 일본이 주변국들에 사과하지 않는 원인으로도 사회적 속박감이 강한 문화가 그 유력한 배경으로 거론되어왔다. 그러나 저자는 일본의 문화적 특수성보다는 국제관계를 구성한 실정적인 원인으로서 지역주의에 기반한 국제기구의 역할에 주목한다. 특히 미국의 동양에 대한 외교 전략이 서양과 어떻게 달랐는가를 주요한 변인으로 설정하고, 전후 일본과 독일의 국제관계 형성 과정을 주요한 분석의 대상으로 삼는다.

2차 세계대전에서 패전한 이후의 독일과 일본을 비교하는 방법론은 각각 서양과 동양의 열강으로서 각국의 문화·정치·경제·외교의 차이점을 분석해온 오랜 접근법이다. 대표적으로 이안 부루마는 그의 선구적인 저서 『아우슈비츠와 히로시마』[4]에서 패전한 각국이 전쟁에 대한 공적 기억(public memory)을 형성하고 보존해온 과정의 본질적 공통성과 차이점을 설파한 바 있다. 독일과 다른 일본인들의 태도는 일본의 전쟁 경험 의미화와 전후 연합군의 점령 정책이 교착되며 빚어진 결과물로서 과거사에 대한 반성과 사과가 없는 현재의 갈등 상황을 초래했다. 전쟁 범죄와 책임마저도 전략적인 연속-단절의 제의들을 거치며 망각을 촉진하는 기념비적인 '전후'의 한 구성품이 되었다.

『전후 일본과 독일이 이웃 국가들과 맺은 관계는 왜 달랐는가』의 저자 역시 두 패전국을 비교항에 놓고 독일과 달리 일본은 주변국과 화해에 이르지 못했다는 전제로부터 출발하고 있다. 그러나 저자는 독일이 사과 담론과 행동을 통해 반성하는 모습을 보여준 반면 일본은 그렇지 않았다는 기존 연구사의 견해를 정면으로 반박한다. "일본은 반복해서 그들이

----

4 이안 부루마, 정용환 옮김, 『아우슈비츠와 히로시마-독일인과 일본인의 전쟁 기억』, 한겨레신문사, 2002.

과거에 한국과 중국에서 자행한 행위에 대해 유감을 표명"하고 대규모 기금을 지원했지만 관계를 회복하는 데 "소용없었다"(17쪽)는 것이 논의의 대전제이다. 또한 국가는 여러 집단이 이해관계를 갖고 충돌하는 포괄적인 공동체로서 일반적으로 다른 국가에 공개적으로 사과하지 않으며, 사과할 경우 초래할 국내적 결과를 무시할 수 없다는 점을 '사과 담론'의 문제점으로 거론하고 있다. 통상적으로 반성이 전제된 진정성 있는 사과를 관계 개선의 필수조건으로 파악했던 관점을 부정하고 저자는 각국 지역주의의 차이점과 미국의 영향력을 본질적 요소로 지적한다.

독일과 일본을 비교한 저자의 분석에 따르면 사과보다 중요한 것은 한 국가가 이웃 국가들에게 협력할 것이라는 신뢰성 있고 진정한 약속을 보여주도록 돕는 협력기구(특히 다자간기구)의 잠재력이다. 독일은 유럽의 경제 및 방위 협력 프로젝트를 이용해 이웃 국가들의 신뢰를 회복한 반면, 일본은 동아시아에서 어떠한 교류 네트워크 기구도 구성할 수 없었다. 두 지역주의에서 차이를 발생시킨 원인은 무엇일까? 저자는 그 배경으로 일본과 독일에 대한 미국의 정책 재량권의 차이를 거론한다. 미국은 프랑스-독일의 화해를 중심으로 한 유럽의 다자주의 육성을 위해 강력한 역량을 발휘한 반면, 이와 대조적으로 동아시아에서는 미국을 중심으로 한 양자 관계인 '허브앤스포크(hub and spokes)' 패턴을 구축하는 방법을 선택했다. 그 이유는 문명화된 국가와 낙후된 국가를 구분하는 문화적 정체성과 인종주의에 기반한 미국의 정책 기조 때문이었다. 미국은 유럽인들을 대등한 정치적 파트너로 여겼지만, 아시아인들은 미국을 배제하는 지역주의를 형성하고 감당할 준비가 되어 있지 않은 '미숙한 주니어 파트너'로 얕잡아보았다. 이러한 차이가 결과적으로 아시아 지역주의 발전과 기구 결성을 막고 화해를 불가능하게 한 원인이 되었고, 따라서 화해를 위해서는 '제도화된 지역주의'가 필요하다는 것이 저자의 논지이다.

동아시아의 국제 갈등을 제도적 차원에서 논구하는 저자의 관점은 일본의 과거사 청산 문제와 외교 갈등을 해결하기 위한 현실적 의제와 대안을 제시하고 있다는 점에서 의미를 지닌다. 그러나 동시에 국가 간 갈등을 '화해'로 수렴하는 과정에서 일정한 한계를 노정하고 있기도 하다. 가장 문제적인 지점은 일본과 아시아 국가 관계들에 대한 미국의 영향력이 과대평가되었고 해결 방책에 있어서도 미국의 역할이 절대적인 것으로 전망되고 있다는 점이다. 사태의 원인도 결과도 해결책도 모두 미국의 전적인 책임으로 수렴되는 논리 구조 속에서 정작 당사국인 일본의 역사적 과오와 책임, 역할은 함몰되어 버린다. 특히 일본의 전후 내셔널리즘과 군국주의의 실체를 초강대국 미국에 의해 구성된 우연적 산물만으로 치부할 수 없음에도 불구하고 패전국 일본의 현재진행형의 과오를 지역주의에 의해 조정 가능한 영역으로 환치시키는 논리는 실재하는 역사적 사건과 피해자들의 삶을 부정하는 기제가 될 수 있다.

일본이 과거를 기억하고 의미화하는 방식의 문제성을 경유하지 않고는 저자가 화해의 방법으로 제시하는 지역주의 기구의 창설과 존속은 불가능하다. 물론 일본인의 전쟁 기억 구축 과정에도 미국이 개입되어 있음을 부정할 수는 없다. 주지하듯이 '천황'의 전쟁책임을 불문에 붙이고 황실과 협력적 공생의 관계를 맺은 미국의 전략은 일본인의 전쟁책임의식을 희박하게 만든 결정적 사건이었다. 히로히토의 개전 책임과 전쟁수행 책임을 면책하고 '국체'를 수호하기 위해서 군부 지도자의 전쟁 책임만이 엄격히 추궁되었고, 군부 지도자와 일반 국민을 분리해내는 과정에서 국민은 '속았다'라는 논리가 팽배하며, '천황'과 국민의 전쟁 책임과 협력 문제를 불문에 붙이는 전후의 담합구조가 형성되었다.[5]

----

5   고모리 요이치, 송태욱 옮김, 『1945년 8월 15일, 천황 히로히토는 이렇게 말하였다』, 뿌리와이파리, 2004, 207-217쪽.

"미결의 전쟁책임"은 일본인이 미국에 의존하는 의식을 강화시키는 동시에 아시아를 경시하게 만든 하나의 원인이기도 했다. 일본인들은 오직 미국에 졌다는 의식을 가졌을 뿐, 아시아 제민족의 항일전쟁에 패했다는 의식은 희박했다.[6] 이러한 일본의 아시아 경시 풍조는 새로운 국제관계 형성과 전후 책임의 회피에도 중요한 배경이 되었다. 만주사변과 난징대학살, 그리고 종군위안부로 상징되는 전쟁 희생자들에 대한 배.보상과 진실 규명의 문제에도 전쟁 책임에서 벗어난 '천황'과 그 뒤에 숨은 일본인들은 미온적 태도를 보이거나 진실을 부정했다.

일본인들이 전쟁을 기억하는 방식은 전쟁을 호명하는 방식에서 단적으로 드러난다. 1945년은 '패전'이 아닌 '종전'으로 명명되며, '전후'는 재생과 복구의 기점으로 소환된다. 현재도 일본에서는 '전후 70년(80년)'이라는 표현을 사용한다. 전쟁에 대한 국제사회와 사람들의 변화한 인식 변화를 반영하지 않고 일본 내 지역과 입장에 따라 상이한 '전후'가 존재한다는 사실을 지운 채, 그 긴 시간의 흐름 속에서의 '전후'를 마치 단조로운 하나의 시대처럼 통칭하고 있는 것이다.[7] 더불어 '대동아전쟁'이라는 용어는 미국의 공격에 맞서 전쟁이 시작되었고, 서구 제국으로부터 아시아를 해방시키는 전쟁이라는 의미에서 사용되며, 전쟁이 언제 시작되었는가에 대한 부정확한 공동 기억을 창출하는 기능을 했다.[8]

이처럼 '전후'라는 용어로 표상되는 전쟁에 대한 일본의 인식은 전

----

6   나카무라 마사노리, 유재연·이종욱 옮김, 『일본 전후사 1945 2005』, 논형, 2006, 40-41쪽.

7   이오키베 가오루 외, 동서대학교 일본연구센터 옮김, 『전후일본의 역사인식』, 산지니, 2023, 132쪽,

8   1931년 '만주사변', 1937년 '중일전쟁(일본에서는 전쟁에 대한 국제법상 책임과 추궁을 피하기 위해 '지나사변'이라고 명명하는)', 1941년 '진주만 기습' 등이 '대동아공영권'을 이룩하기 위해 벌였던 일련의 전쟁으로 묶였다. 이안 부루마, 최은봉 옮김, 『근대 일본』, 을유문화사, 2014(신판), 103-104쪽.

쟁기의 과오와 책임보다는 자신들의 피해와 재생에 그 초점이 맞춰져 왔다는 점에서 문제적이다. 그와 같은 공동기억을 구성한 대표적인 이미지는 폐허가 된 도시와 핵 구름이다. 미국 공군 사진사가 찍은 히로시마 상공의 버섯구름과 8월 15일 "견딜 수 없는 것을 견디어내"라고 한 일본 '천황'의 잡음 섞인 라디오 연설은 수많은 일본 소설과 영화에서 묘사된 전후 일본의 가장 상투적 이미지로서 오래도록 고난과 굴욕, 국가적 패배를 상징해왔다. 불에 타고 폭격으로 파괴된 폐허의 도시 풍경은 '전후'의 표상으로서 새로이 재건해야 할 패전국 국민들의 삶을 애틋하고 낭만적인 것으로 정체화하는 데 일조했다.[9] '잿더미'가 지탱하는 '전후 일본'이라는 시대인식은 제국의 잔재와 점령이라는 역사적 사실을 '보이지 않는 영역'으로 내몰고, 2차 세계대전 이후 확립된 냉전구조 한가운데에 일본이 자리하고 있었다는 것을 감각하기 어렵게 만드는 기제로 작용한 것이다.[10]

저자는 일본의 문화적 특수성에 함몰되지 않는 객관적 실증으로서의 제도 연구를 강조하지만, 전쟁을 정당화하고 가치 있는 것으로 만들었던 일본적 논리와 이미지들은 전후에도 잔존하며 전쟁을 관념적으로 미화시키는 역할을 했다. 예컨대 '사쿠라꽃'은 전사(戰死)한 병사의 희생을 상징하는 시각적 이미지로 활용되며, '두려움 없이 죽음과 마주할 수 있는 고결한 야마토 다마시이(大和魂) 정신'을 표상하게 되었다. 일본은 전몰병사가 안치된 야스쿠니 신사와 식민지에 사쿠라 나무를 심었고, 사쿠라꽃은 전사한 병사가 환생한 것으로 여겨지며 '군신(軍神)'으로 신격화되었다. 군국주의를 상징하는 사쿠라꽃은 전후로도 일본인들

---

9   이안 부루마, 정용환 옮김, 『아우슈비츠와 히로시마-독일인과 일본인의 전쟁 기억』, 한겨레신문 사, 2002, 66-141쪽.

10 사카사이 아키토, 박광현 외 옮김, 『'잿더미' 전후공간론』, 이숲, 2020, 320쪽.

에게 사랑받는 상징물로서 남았다.[11] 죽음을 꺼안은 채 낙화하는 사쿠라꽃의 미적 가치는 폐허를 조장한 일본의 군국주의를 아름답게 낭만화하고, 그 꽃잎은 폐허 속에서도 여전히 잔존하는 숭고한 가치로서 현현하게 된 것이다. 폐허가 된 참혹한 도시 풍경과 병사들의 신격화된 죽음의 이미지는 일본의 전후 내셔널리즘과 군국주의를 구축한 강력한 원동력이었다. 전후 일본은 전쟁으로 인한 폐허를 재생과 피해의 이미지로 전유하고 전쟁을 미적인 가치로 표상하며 전쟁에 대한 '천황'과 자신들의 책임을 회피해왔던 것이다.

일본에게 폐허는 끌어안고 응시해야 할 내면의 거울이 아니라 국가 재건과 재생의 기회로 인식되었다. '전쟁에서 패했으므로 어쩔 수 없다'는 체념과 암묵적 이해가 팽배했던 패전 직후의 일본에서 GHQ에 의한 점령 통치의 '민주화' 기조는 오히려 일본 재생의 일대 전환기로서 적극적으로 수용되었다.[12] 전쟁에 대한 책임 의식이나 패전의 의미에 대한 반성과 책임 의식은 온데간데없이 미국식 민주화의 새로운 물결은 3S(섹스, 스크린, 스포츠)의 쾌락적 이상으로 '전후'를 물들여갔다. 전쟁기 시민의 자유를 억눌러온 신성한 국가 정체였던 '고쿠타이(國體)'는 이제 신성한 전제적 왕의 지위 대신에 '국가 통합의 상징'이 되어 미국의 우산 안으로 들어갔고, 그간 설파했던 제국주의의 이상과 아시아인들에게 저지른 전쟁범죄는 은폐되었다.[13]

이처럼 전쟁을 인식하는 연속적 관점에서 보았을 때 일본의 '전후'는 여전히 끝나지 않았고, 화해의 가능성을 봉쇄하고 있다. 나카무라 마

---

11 오오누키 에미코, 이향철 옮김, 『사쿠라가 지다 젊음도 지다-미의식과 군국주의』, 모멘토, 2004, 27 - 29쪽.

12 나카무라 마사노리, 유재연·이종욱 옮김, 『일본 전후사 1945 - 2005』, 논형, 2006, 30쪽.

13 이안 부루마, 최은봉 옮김, 『근대 일본』, 을유문화사, 2014(신판), 161-175쪽.

사노리는 일본의 '전후'가 좀처럼 끝나지 않는 까닭에 대해 의문을 제기한 바 있다. 일반적으로 전후가 끝났다고 볼 수 있는 여러 정치적 전환점 이후에도 청산되지 못한 과거가 여전히 남아 '전후'의 의미를 추궁하고 있다는 것이다. 당연하게도 긴 전후(long postwar)가 한없이 이어지는 근본적 원인은 전쟁의 의미와 책임에 대한 규명이 충분히 이루어지지 않은 데에 있다. 독일, 일본 등의 패전국에서는 전후 책임이 늘 따라다니므로, 간단히 전후와 결별하는 것은 물론 어려운 일이다.[14] 그러나 '포스트 전후'를 논하기 위한 첫 걸음으로 '전후'의 종식과 그 의미를 갈무리하는 것은 새로운 도약을 위한 필수요소이다.[15] '전쟁'의 의미와 책임을 직면하는 문제는 일본사회가 왜 여전히 '전후'에 사로잡혀 있는가에 대한 물음과도 맞닿은 질문이자 해답일 수밖에 없는 것이다.

그런 의미에서 월터 F.해치가 제시하는 지역주의에 기반한 국제기구의 제도화는 '전후' 종식의 과정이자 종착지로서 실질적인 의미를 지닐 수 있다. 하지만 저자의 국가 간 관계에 대한 인식과 방법론이 과연 '화해'에 어느 정도의 실효성을 지닐 수 있을지에 대해서는 의문을 표하지 않을 수 없다. 가장 본질적인 문제는 일본의 과오 부정과 이중적 태도에 대한 간과이다.

일본은 국제사회에서 '공식적인 화해'의 첫 출발점이었던 샌프란시스코 강화조약(1951년 9월 8일 조인, 1952년 4월 28일 발효)을 기점으로 동아시아 국가들과 평화조약과 배상협정을 체결하기 시작했다. 1965년 한일기본조약, 1972년 중일공동성명, 1978년 중일평화우호조약을 체결하며 '정부 간 화해'의 틀 속에서 아시아 주변국들과의 관계 재건을 시작한 것이다. 그러나 이후로도 일본 역사 교과서와 야스쿠니 참배 문제

----

14 나카무라 마사노리, 유재연·이종욱 옮김, 『일본 전후사 1945 2005』, 논형, 2006, 20-22쪽.

15 요시미 순야, 최종길 옮김, 『포스트 전후 사회』, 어문학사, 2013, 5-6쪽.

폐허를 말하다

가 국제화되며 국가로서의 전쟁에 대한 인식 부족과 책임 회피에 대한
비난을 당했고, 위안부 문제 등 전후 보상 문제가 정면으로 제기되었지
만 일본은 '국민적 고통분담'과 '공평'이라는 원칙을 내세우며 전쟁책임
론과 보상요구의 분출을 억눌렀다.[16] 진정성 있는 사과를 하라는 요구가
빗발칠 때마다 무라야마 수상의 담화를 '전가의 보도'처럼 소환하고, 한
국의 독도와 중국의 댜오위다오(센카쿠) 섬들에 대한 영유권을 주장하
며, 과거사를 부정하고 사과를 거부하는 일본의 태도가 의미하는 바는
명백하다. 더불어 독일인들이 공유하는 가해자 의식과 죄의식에 반해
일본인들은 근래까지 미국 대통령에게 원폭에 대한 사과를 요구할 만
큼 전쟁에 관한 짙은 피해자 의식을 공유하고 있다. 전쟁범죄자들이 묻
힌 신사를 참배하고, 전범기를 패션으로 활용하며, 전쟁 보상 책임을 거
부하는 일련의 흐름들은 단지 '천황'을 비롯한 A급 전범들에 대한 전쟁
책임 면책의 효과라고만 단정할 수 없는 거대한 군국주의 내셔널리즘
의 일관된 기조인 것이다. 따라서 저자가 거론하는 '미국과 베트남이 전
쟁 후에도 좋은 관계를 유지하고 있는 사례'와 일본을 동일선상에 놓는
것은 곤란한 일이다. 또한 일본의 이웃 국가들에 대한 '원조금'이 독일이
프랑스에게 했던 것보다 더 인색한 게 아니었다거나, "일본은 독일이 유
럽의 유대인들에게 가한 것과 비교될 만한 만행을 저질렀다고 보기 어
렵"(291쪽)다는 저자의 근거가 희박한 평결에 동의할 수 있는 한국인은
거의 없을 것이다.

또 다른 문제는 『전후 일본과 독일이 이웃 국가들과 맺은 관계는 왜
달랐는가』의 저자가 논의하는 국가 간 관계 개선과 화해의 기준을 무엇
으로 평가할 수 있는가에 대한 모호성이다. 저자는 국가와 정부를 사과

---

16 하타노 스미오, 오일환 옮김, 『전후 일본의 역사문제』, 논형, 2016.

하는 '인격체'로 간주하는 관점에 동의하지 않는다고 했지만, 저자도 언급했던 알프레드 그로서의 비판처럼 국가는 수천 명의 청년, 예술가, 사업가, 연인 들을 포함하는 "인간들로 구성된 건축물"(46쪽) 위에 건설된 총체이다. 각 국가와 민족의 오랜 역사를 구성해온 사회적 힘과 조건들은 지역주의를 포괄하는 국제적 패권 질서의 변동과 힘의 논리로 단순화할 수 없는 다층적이고 생명적인 구성물인 것이다.

저자는 특정한 조건 변수 속에서 인간의 행위성을 모델링하는 게임 이론에 입각하여 국제관계의 상호성이 최대의 이익이나 호혜적 협력으로 이어지지 않음을 주장하고 있다. 인간심리의 행위모델로 각국의 선택과 국제관계를 설명할 수 있는지를 차치하더라도, 그렇다면 어떤 변인들이 한-일 관계의 과거와 현재에 영향을 끼쳤는지가 분류되고 정리될 필요가 있을 것이다. 저자가 가장 중요한 요인으로 거론하는 것은 미국의 아시아-유럽에 대한 정책전략의 차이이다. 그러나 아시아에 대한 인종적·문화적 편견으로 인한 정책 차이는 하나의 변인일 뿐 그것이 현재의 한일관계를 충분히 설명할 수 없다는 점은 여전한 아쉬움으로 남는다. 미국의 압도적인 영향력에 가려져 아시아의 지역적·역사적 특수성이 충분히 고려되지 못한 것이 아닐까.

이에 더하여 한일관계의 화해와 갈등을 파악함에 있어 저자가 유력한 증거로 활용하는 것은 <일본에 대한 한국인의 인식> 여론조사와 사례 연구이다. 한국인의 일본에 대한 비우호적 인식은 1990년대 아키히토 일왕의 식민 지배에 대한 사과나 무라야마 총리의 사과 담화 등에도 변화하지 않고 여전히 부정적이었다. 또한 1965년 한일협정에서 일본이 국교정상화를 위해 8억 달러의 보조금과 저금리 차관을 '원조'하고 1995년 아시아여성기금을 설립한 것은 오히려 큰 논란과 부정적 여론을 낳았다. 이러한 사례들과 여론조사, 일본 정치인들의 활동과 한일관계의 비상관성을 근거로 저자는 '진정성 있는 사과'나 과거사 관련 담화 및 행동이 한일관계 개선에 특별한 영향을 끼치지 않는다는 결론을 내린다. 관계가 경색된 와중에도 양국의 경제적 상호의존성이 증진되며 무역 파트너로서 양자 관계가 긴밀히 구축되었던 동시적 상황이 '비우호적 감정과 양국의 경제교류에는 상관관계가 없음'을 증명하는 증거로 활용되고 있는 것이다.

그러나 경제적 상호의존성과 문화, 국민감정이 늘 일치하지 않는다는 사실은 오히려 우호/대립 관계를 단선적으로 파악할 수 없다는 점을 고려해야 할 필요성을 역설한다. 한 국가 안에서도 다양한 시민 사회의 교류가 이루어지며 여러 갈래로 나뉘는 입장들이 복잡하게 공존한다는 점이 간과되고 있는 것이다. 또한 저자가 활용하는 여론조사와 여러 사안들에 걸친 사례 연구를 국가 관계로 환치시킬 수 있는가에 대한 의문을 제기하지 않을 수 없다. 과연 탈냉전 이후 전쟁과 평화라는 개념을 대신하여 국가 간 관계를 설명하고 증명할 수 있는 개념은 무엇인가. 이념 블록의 해체와 자본주의의 전지구화 과정을 거쳐 형성된 국제 관계를 설명할 유력한 개념적 방법론 없이 '화해'를 논의하는 것은 유의미한 작업일 것인가.

최종적으로는 저자가 서두에서 제시했던 "'화해(reconciliation)'라는 모호한 개념이 무엇을 의미하는지"(19쪽) 다시 묻지 않을 수 없다. 저자는 "한 국가에 의한 다른 국가의 침략, 식민지화, 분열 등이 종식된 후에, 관련 국가들이 어떻게 하면 서로 화해할 수 있는가에 초점을 맞추"(291쪽)었다고 강조하지만, 왜 화해해야 하는지에 대해서는 침묵하고 있다. 여전히 논란 중인 한일 군사정보포괄보호협정(GSOMIA)과 양국에 미군이 주둔하는 상황에서 전쟁억지력을 가지는 '평화와 번영'이라는 거대하고 상투적인 목표는 '화해'의 개념적 모호성을 상쇄하지 못한다. 동아시아 국가들은 왜, 무엇을 위해 화해해야 하는가? 저자의 주장대로 미국이 아시아 제국가들에 대한 양자주의 개입 정책을 폐기하고 아시아의 '제도화된 지역주의'를 독려 내지 방조할 수 있을 것인가? 일본과 한국은 '미국의 우산'에서 벗어나 수평적인 지역주의를 구축하고 '화해'할 이유를 찾을 수 있을 것인가?

『전후 일본과 독일이 이웃 국가들과 맺은 관계는 왜 달랐는가』의 원제는 Ghosts in the Neighborhood: Why Japan Is Haunted by Its Past and Germany Is Not(이웃에 떠도는 유령들―왜 일본은 여전히 과거에 발목이 잡혀 있고 독일은 그렇지 않은가)이다. 역설적이게도 과거의 유령에 발목이 잡힌 것은 일본뿐만이 아니다. 저자는 각국이 역사 문제를 정치적인 도구로 활용한다는 전제 하에 외부자의 시선에서 아시아 국가들의 관계와 냉전기 미국의 대아시아 정책을 긴밀히 연동하여 해석하는 관점을 취하고 있다. 그렇다면 식민 통치와 오랜 전쟁의 상흔으로 분단 상태에 놓인 아시아 국가들의 원념과 오랜 기간 축적되었던 갈등, 개별적이고 다양한 계층의 사람들의 간난신고는 제도적으로 해소 가능한 과거의 유령일 것인가.

우리는 '유령과 같은 역사'가 과거의 망령이 아니라 현재진행형의 폭력과 갈등으로 현현하는 오늘을 살아가고 있다. 식민 지배가 종식된 이후 아시아 국가들은 전쟁과 분단, 체제 갈등으로 오랜 갈등을 겪었고, 아시아의 민족주의는 두려운 과거의 망령이 다시 출몰할 위험을 경계하며 끊임없이 재형성되어왔다. 따라서 각국의 '화해'는 국경 바깥을 향한 것만이 아니라 내부적인 문제를 직시하고 해소하는 양방향의 경로 위에서 실현되어야 하는 이중의 과제이기도 하다. 이 오래된 '폐허'는 성급히 다듬고 재건해야 할 잔해가 아니라 오래도록 응시하고 새롭게 낡아가야 할 가능성인 것이다. 유령은 여전히 폐허 속을 떠돌고 있다.

국제질서 속의 '화해'는 일종의 레토릭으로 접근될 수밖에 없지만 그 유령적 본질은 실체로서 분명히 인식되어야 하고 명명되어야 한다. 거대한 국제 관계를 바로잡기 위해서, 미국의 영향력을 넘어, 여전히 청산되지 않은 과거사와 그 시간을 증거하는 목소리들에 미시적으로 귀 기울어야 할 이유다. '역사적 현재'와의 화해, 그리고 새로운 평화는 정확히 그 폐허의 토양 위에서만 구축될 수 있을 것이다. ◻◼

폐허를 말하다

맥락과비평 편집위원회

초판 1쇄 발행 2024년 12월 22일
펴낸이 이민·유정미
편집주간 한상철
편집 맥락과비평 편집위원회
디자인 사이에서

펴낸곳 이유출판
주소 34630 대전시 동구 대전천동로 514
전화 070-4200-1118
팩스 070-4170-4107
전자우편 iu14@iubooks.com
홈페이지 www.iubooks.com
페이스북 @iubooks11
인스타그램 @iubooks11

ⓒ맥락과비평 2024
ISBN 979-11-89534-59-2(03800)

정가 15,000원

* 이 책은 대전광역시, (재)대전문화재단에서 제작비 일부를 지원받았습니다.